지금
내 앞의 너

you
just
in
front
of
me

지금 내 앞의 너

1판 1쇄 찍음 2015년 9월 16일
1판 1쇄 펴냄 2015년 9월 23일

지은이 | 이해음
펴낸이 | 고운숙
펴낸곳 | 봄 미디어

기획·편집 | 정수경 박혜진

출판등록 | 2014년 08월 25일 (제387-2014-000040호)
주소 | 경기도 부천시 원미구 소향로17, 304(두성프라자) (우)420-864
영업부 | 070-5015-0818 **편집부** | 070-5015-0817 **팩스** | 032-712-2815
E-mail | bommedia@naver.com
소식창 | http://blog.naver.com/bommedia

값 9,000원

ISBN 979-11-5810-137-4 03810

지금
내 앞의 너

you
just
in
front
of
me

이해음 장편 소설

Contents

지하철을 타고 도착한 곳은 영재의 회사가 있는 혜화동이었다. 북적이는 사람들 틈에서 시간이 멈춘 듯 서 있던 희재는 발길을 끊은 지 꽤 오래됐음에도 동네가 익숙하게 느껴져 주위를 두리번거렸다.

매일같이 이 길을 지나, 삼촌의 회사로 향하던 10대 때의 자신이 떠올랐다. 그 옆에는 항상 인하가 있었다. 기타를 메고 항상 제 손을 놓지 않았던 그가.

희재는 다시 조심스레 거리를 걷기 시작했다. 인하와 함께 가던 음식점, 오락실, 카페까지. 이 동네 골목골목에는 아직도 그가 있었다.

희재는 주먹을 꼭 쥔 채 고개를 떨어트리고 깊은 한숨을 내쉬었다. 이래서 웬만하면 이 거리를 걷기 싫었다. 오랜 시간이 지났음에도 골목마다 인하가 있어서. 그래서 자꾸만 그가 곁에 없는 이 상황이 현실이 아닌 것같이 느껴져서.

긴 머리칼을 쓸어 올린 희재가 회사로 발걸음을 옮기려던 때였다. 맞은편에서 다가오던 누군가와 부딪치고 말았다. 휘청거리며 살짝 뒷걸음질을 친 그녀는 인상을 찌푸리고 부딪힌 사람의 얼굴을 바라보았다.

"⋯⋯인하?"

언뜻 본 익숙한 얼굴에 놀라고, 자신이 내뱉은 이름에 놀라 제 입을 손으로 얼른 막았다.

그녀는 사람들 틈으로 사라져 버리는 남자를 흔들리는 눈으로 바라보다 천천히 걸음을 떼어 냈다. 한 걸음, 두 걸음 내딛던 발걸음이 조금씩 빨라지기 시작했다.

혹여나 놓칠세라 희재의 시선은 멀어지는 남자에게서 떨어질 줄을 몰랐다. 당연히 그가 아닐 거라는 사실을 아는데, 그럴 리 없다는 걸 아는데도 멈출 생각을 하지 못했다.

골목으로 들어가는 남자의 뒷모습에 그녀도 급하게 코너를 돌았다. 언덕을 올라가려 하는 남자의 팔을 붙잡았다. 그러자 남자가 놀란 얼굴로 희재를 바라보았다.

그의 얼굴을 확인했을 때, 그녀의 시선은 희망에서 절망으로 순식간에 뒤바뀌었다.

"죄, 죄송합니다."

남자를 붙잡았던 손을 힘없이 떨구었다. 고개를 갸웃거리
며 남자는 가던 길을 재촉했고, 희재는 입술을 깨물며 제 이마
를 툭툭 쳤다. 대체 뭘 기대한 건지 모르겠다. 당연히 인하일
리가 없는데.

"죽었잖아. 이미 죽었잖아. 그런데 대체 뭘 기대한 거야. 바
보 등신……."

희재는 결국 자리에 주저앉아 버렸다.

사고였다. 아주 불행한 사고. 벌써 7년 전 일인데도, 아직
그녀는 과거에 머물러 떠나지 못하고 있었다.

01

마지막 문장을 확인한 희재는 기나긴 한숨을 내쉬며 모니터에서 시선을 뗐다. 기지개를 쭉 펴고 온몸을 비틀며 괴성을 지르자 탕비실에서 커피를 타던 효주가 놀라 몸을 움찔했다.

"끝났다!"

희재의 입가에 생기 있는 미소가 번졌다. 한 달 넘게 마감에 시달리느라 오로지 원고만 바라보던 피로한 눈은 이미 생기를 잃은 지 오래였지만 그래도 마감을 끝냈다는 성취감이 온몸을 감쌌다.

"축하한다. 그 화가 비위 맞추느라 고생했고."

효주가 갓 내린 커피를 내밀었다. 그동안의 고생이 하나둘 머릿속에 떠오르자 희재는 미간을 찌푸렸다.

난생처음 맡은 자서전 집필이었는데 하필 엄청나게 까다롭다고 소문난 화가가 걸리고 말았다. 까다로우면 얼마나 까다롭겠냐며 콧방귀를 뀌던 자신을 얼마나 원망했는지 모른다.

희재는 받아 든 커피를 한 모금 마시며 시계를 바라보았다. 벌써 저녁 7시가 훌쩍 지나가고 있었다. 입가에 미소를 띠운 희재가 효주를 올려다보며 말했다.

"야, 장효주, 우리……."

들뜬 목소리로 말을 이어 가려던 찰나, 책상 위에 있던 휴대폰이 울리기 시작했다. 핸드폰의 액정에 뜬 '이해승'이라는 이름에 고개를 갸웃거리던 희재는 통화 버튼을 눌렀다.

"여보세요?"

―지금쯤 마감이 딱 끝났겠지?

어우, 귀신. 정확한 예측에 살짝 인상을 찌푸린 희재가 입을 뗐다.

"너 회사에 몰래카메라 설치했냐?"

―지긋지긋한 마감에서 벗어났으니 기분 좋게 커피를 마시고 있을 테고.

희재의 손이 허공에 멈칫했다. 마침 책상 위에 올려 둔 머그잔을 다시 집으려던 참이었다. 순간 온몸에 소름이 쫙 끼쳐 희재는 주변을 두리번거렸다.

"너 내 스토커냐?"

—에이, 또 퉁퉁거린다.

"왜 전화해서 사람을 이렇게 오싹하게 만드는 건데?"

—마감 끝낸 누나, 기분 좋게 술 사 주려고 전화했지.

"……술?"

술이란 말에 희재가 본능적으로 입가에 미소를 띠었다.

—빨리 내려와. 오늘 내가 거하게 쏠 테니까.

얼른 자리에서 일어나 창가 쪽으로 간 희재는 커튼을 열고 아래를 내려다봤다. 익숙한 승용차 한 대와 함께 선글라스와 모자로 중무장한 해승의 모습이 보였다. 그녀는 자신을 발견하고 이리저리 손을 흔드는 그의 행동에 못 말리겠다는 듯이 고개를 좌우로 흔들었다.

두 사람은 해승이 즐겨 가는 바(Bar)로 향했다. 그의 친구가 운영하는 이곳은 커튼이 달린 룸 형태라 주변을 신경 쓰지 않고 대화를 나눌 수 있었다.

가게에 도착하자마자 익숙하게 룸 안으로 들어선 해승은 답답하다는 듯이 선글라스와 모자를 벗어 던지고 소파에 몸을 축 늘어트렸다. 맞은편에 자리한 희재가 매우 피곤해 보이는 그를 안쓰럽게 쳐다봤다.

"너 오늘도 하루 종일 촬영했다며."

"응. 메이크업 지우자마자 누나한테 달려온 거야. 기특하지 않아?"

"피곤하면 집에 가서 쉴 것이지. 뭐하러 나한테 와?"

"에이, 그래도 누나 마감 끝낸 거 축하해 줘야지. 나 아니면 같이 술 마셔 줄 사람도 없잖아."

"야, 나도 친구 있거든? 오늘 안 그래도 효주랑 한잔하려고 했는데 네가 초를 친 거야."

"그럼 효주 누나도 부르지, 왜 혼자 나왔대? 보니까 효주 누나 아직 퇴근 안 한 거 같던데."

해승의 말에 희재는 아무 말도 하지 못하고 입술만 꾹 깨물었다.

때마침 해승의 친구 은성이 술과 안주를 가져왔다. 그 틈에 화제를 돌리려는 희재의 의중을 알아차렸는지 해승이 먼저 정곡을 찔렀다.

"효주 누나, 또 애인 만난다고 누나 버렸구나?"

희재는 테이블에 턱을 괸 채 배시시 웃는 해승을 아니꼽게 쳐다볼 뿐 아무 말도 하지 못하고 술을 따라 벌컥벌컥 마셨다. 그 모습에 큭큭거리며 함박웃음을 짓던 해승이 입을 열었다.

"그러게, 누나도 애인 만들라니까?"

"됐거든? 애인 만들 생각 전혀 없거든?"

"난 어때?"

해승이 얼굴을 들이밀며 고개를 갸웃거리자 희재가 똥 씹은 표정으로 대답했다.

"확, 얼굴에 술 부어 버리기 전에 입 닫아라? 말도 안 되는 소리 하고 있어."

코웃음을 치는 그녀의 모습에 그는 입을 삐죽거리며 몸을 뒤로 빼고 자세를 바로 했다.

"진짜 이해 안 돼. 세상 사람들은 다 나를 좋아하는데, 왜 누나만 날 안 좋아하지?"

"어우, 이 자뻑아. 어떻게 하면 이 세상 사람들이 다 널 좋아한다고 생각할 수 있냐?"

"얼굴 되지, 성격 되지, 노래 잘하지. 뭐 하나 빠지는 게 없으니 당연한 거잖아."

해승이 어깨를 으쓱이자 희재는 더 이상 상대하기 싫다는 듯 술을 홀짝였다.

희재에게서 면박을 듣는 해승이었지만 실제로 대한민국에서 그를 좋아하지 않는 사람은 없었다. 각종 음반 차트를 석권할 정도의 실력과 훈훈한 외모를 갖춘 가수. 거기다 넘치는 끼 때문에 예능만 나갔다 하면 온종일 그에 대한 이야기가 여기저기서 끊이질 않았다.

"빠지는 게 왜 없어? 키가 빠졌잖아, 키가."

하지만 그렇게 완벽해 보이는 그에게도 치명적인 단점은 있었다. 바로 170cm에 간당간당한 그놈의 키였다.

"아, 누나!"

정곡을 찔리자 발끈한 해승이 목소리를 높여 소리쳤다. 그 반응이 재밌다는 듯 희재는 키득키득 웃으며 술을 원샷하곤 익숙하게 그에게 잔을 내밀었다.

겉으로는 여리여리하기 짝이 없는 희재는 사실 알아주는 주당이었다. 술은 다 좋아했지만 특히 와인이라면 자다가도 벌떡 일어날 정도로 애정을 보였다.

입을 삐죽 내밀면서도 그는 잔에 술을 따라 주었다. 쪼로록, 소리와 함께 가득 찬 술을 보며 해승은 다시 몸을 앞으로 당겨 해맑게 웃었다. 이상한 낌새를 감지한 희재는 몸을 뒤로 물리며 의심스런 시선으로 그를 바라보았다.

"뭐야, 또. 그 눈빛은?"

"에이, 알면서 왜 이러실까."

해승이 능청스럽게 받아치자 희재는 텁텁한 한숨을 내쉬며 시선을 돌렸다.

"안 해."

단호하기 그지없는 한마디에 해승이 미간을 구겼다. 그러자 들고 있던 술잔을 매섭게 테이블에 내려놓은 희재가 그를 삐딱한 시선으로 바라보았다.

"석 달 전에도 분명히 안 한다고 했고, 지금도 그 마음은 변함없어."

"인간적으로 생각이란 걸 해 보긴 한 거야?"

"생각할 마음 없다고 석 달 전에 말했을 텐데. 같은 말 자꾸 반복하는 거 지겹지도 않냐?"

워낙 꼿꼿한 자존심을 가진 사람인지라 한 번 안 한다고 하면 절대로 물러서지 않을 성격이라는 것을 잘 알고 있었다. 그럼에도 해승은 희재의 마음을 되돌리고 싶었다.

해승이 조금 진지해진 시선으로 희재를 바라보았다. 평소 장난기가 넘치는 그인지라 진지한 모습을 볼 일이 없었기에 그녀는 당황하기 시작했다.

빈 잔에 술을 따라 한 모금 홀짝인 그는 어디서부터 말을 꺼내야 할지 모르겠다는 듯 입술을 달싹이다 조심스럽게 질문을 던졌다.

"누나, 내가 누나한테 왜 계속 이런 제안을 한다고 생각해?"

"당연히, 삼촌이 시켜서."

술술 나오는 대답에 해승은 헛웃음을 내뱉었다.

"누나, 내가 그렇게 주관 없는 사람으로 보여?"

"응. 그래 보여."

"아, 진짜. 누나!"

"이런 말 할 거면 그냥 갈게. 난 그 얘기 더 이상 하고 싶지 않아."

술잔을 간단하게 비워 낸 희재가 자리에서 일어서자 해승이 그녀의 앞을 막아서곤 주머니에서 CD 케이스 하나를 꺼내 들었다. 희재의 시선이 자연스레 그가 쥔 CD로 향했다.

"누나는 이게 뭔지 알지?"

꽤나 손때가 묻은 듯한 CD 케이스를 본 희재의 시선이 낮게 가라앉기 시작했다.

"내가 누나 실력도 모르고 제안할 성격이야? 나 그래도 내 일에 대해선 신중한 사람이거든. 누구의 부탁도 아니고 순전히 내가 누나를 선택한 거야. 누나 노래가 좋으니까. 날 위해서 한 번만 도와주면 안 되는 거야?"

희재는 말없이 CD를 바라보기만 했다. 그는 그녀에게 몇 안 되는 친구 중 하나였다. 알고 지낸 지는 오래되지 않았지만 그는 모난 그녀의 성격을 잘 맞춰 줬다.

도움 받은 것도 많았고 그만큼 소중한 사람이었다. 그런 그가 이렇게까지 진지하게 부탁을 하는데 웬만하면 들어주고 싶었다. 하지만 이 일에 관해선 예외였다.

"그거 어디서 났어? 삼촌이 줬어?"

"지금 그게 중요한 게 아니잖아."

희재의 입술 사이로 자잘한 한숨이 새어 나왔다. 조금 어두워진 낯빛에 해승은 걱정스런 얼굴로 그녀를 바라보았다.

"누나."

해승이 어깨에 손을 올리자 그녀는 됐다는 듯 그의 손을 쳐 내었다. 그리고 애써 미소를 지으며 말을 이어 갔다.

"해승아, 진짜 미안한데 아무리 그래도 난 안 해. 난 지금 내 일이 좋고, 다시는 그 일 하고 싶은 생각 없어. 그러니까 이제 그런 제안 안 했으면 좋겠다."

단호한 희재의 태도에 해승은 아무런 말도 하지 않았다. 점점 멀어지는 그녀의 구두 굽 소리가 완전히 들리지 않았을 때가 돼서야 해승은 기나긴 한숨을 내쉬었다.

땅이 무너지는 거친 발소리에 이어 현관문을 열고 희재가 들어서자, 거실에서 텔레비전을 보고 있던 영재는 잔뜩 긴장한 표정을 지었다. 쿵쾅거리는 발소리의 의미가 무엇인지 이미 해승에게 들었기에 그는 어색하게 손 인사를 건넸다.

"조, 조금 늦었네?"

뭐라 소리칠 줄 알았건만 희재의 얼굴은 의외로 담담했다. 영재를 바라보는 시선에 약간의 원망이 담기긴 했지만 말이다. 다가와 그의 맞은편에 앉은 희재가 입을 열었다.

"삼촌."

"으응?"

"이제 그만하지? 지금 해승이한테 확실히 말하고 오는 길이야. 그러니까 삼촌도 그만해. 지금 일에 만족하고, 나름 행복하게 살고 있으니까."

희재의 눈빛은 진실을 말하는 듯 보였지만 영재는 그것을 온전히 믿지 않았다. 두 사람 사이에 정적이 흘렀다. 영재가 팔짱을 끼더니 침묵을 깨고 잔잔한 목소리로 말을 이어 갔다.

"해승이가 밝은 척하고 있지만 이번 앨범 때문에 걱정이 이만저만이 아니야."

"그러니까 기획사 대표인 삼촌이 잘 도와주면 되겠네."

희재는 뜻을 꺾을 생각이 전혀 없다는 듯 그의 말을 되받아쳤다.

"마지막으로 물을게. 정말 다시 시작할 마음 전혀 없는 거야?"

"없어."

대답은 한 치의 망설임도 없이 입술을 통해 흘러나왔다. 제 할 말은 끝났다는 듯 자리에서 일어난 희재는 2층으로 올라갔고, 영재는 눈썹을 치켜 올리며 멀어지는 그녀를 바라보기만 했다.

방으로 들어선 희재는 문에 등을 기대고 나직한 탄식을 내뱉었다. 그렇게 한참을 서 있던 그녀는 쓰러지듯 침대에 누워 눈을 감았다. 몇 잔 마신 술 때문인지, 아니면 마감에 지쳐서 인지 눕자마자 잠에 빠져들었다.

❖   ❖   ❖

이른 아침에 불어오는 서늘한 바람은 아직 봄이 다가오기 엔 이르다는 것을 느끼게 해 주었다. 따뜻한 커피를 여유롭 게 마시는 것을 좋아하는 희재는 남들보다 조금 더 일찍 출근 하는 편이었다. 그런 그녀 때문에 숙모도 언제나 일찍 일어나 아침을 준비해 주는데 오늘은 이상할 정도로 집 안이 조용했 다.

낯선 느낌에 희재는 삼촌과 숙모의 방문을 노크한 뒤 문을 열었다. 하지만 안에는 아무도 없었다.

"아침부터 어디 간 거야? 운동 갔나……."

고개를 갸웃거리며 방문을 닫은 희재는 거실 소파에 앉아 텔레비전을 켰다.

요란한 박수 소리와 함께 익숙한 얼굴이 등장했다. 해승이 었다. 얼마 전에 찍었다던 화보 촬영에 동행한 연예 뉴스 리 포터와 인터뷰를 하고 있었다.

─벌써 다음 앨범을 준비하신다는 소식이 들리고 있어요. 많은 신경을 쓰신다고 하던데 사실인가요?

─네, 좋은 프로듀서와 함께 프로듀싱을 진행할 예정이에요. 또 제가 무지 존경하는 싱어 누나와 작업을 할 예정이라 기대도 많이 되고요.

─아, '싱어 누나'라면 현직 가수분이신 건가요?

─아니요. 저희 회사 식구예요. 작사도 맡으실 거고 피처링도 해주실 겁니다. 워낙 실력이 좋으셔서 이번에 간곡히 부탁했어요. 이번 앨범은 많은 기대를 하셔도 좋을 것 같습니다.

"허, 저거 미친 거 아니야?"

희재의 얼굴에 당황스러움이 떠올랐다. '싱어 누나'라는 지칭의 대상은 분명 자신이 틀림없었다. 허락을 한 적도 없는데 방송에서 저렇게 말을 해 버리다니. 어이가 없어 입이 다물어지지 않았다.

"처음부터 내 의사는 안중에도 없었네."

한숨을 내쉰 희재는 계속해서 텔레비전을 뚫어져라 쳐다보았다. 방긋방긋 웃는 해승의 모습에 괘씸함을 느끼면서도 한편으론 얼마나 간절했으면 인터뷰에서조차 저 얘기를 했을까, 하는 생각도 들었다.

부탁이라곤 생전 안 하는 그가 한 첫 부탁임에도 선뜻 도와

줄 수 없는 게 마음이 쓰였다. 괜히 심란해진 기분에 텔레비전 전원을 꺼 버린 희재는 창밖으로 시선을 옮겨 집 앞을 두리번거렸다.

"대체 어디 간 거야. 삼촌이랑 숙모."

언제 올지 모르는 두 사람을 기다리다간 회사에 늦을지도 모른다는 생각에 혼자 아침밥을 먹기로 결정한 희재는 슬리퍼를 질질 끌며 부엌으로 갔다. 그리고 식탁 위에 맛있게 차려진 아침상을 발견했다.

"뭐야, 아침밥 차려 놓고 나갔네?"

의아한 시선으로 식탁 위를 훑던 희재는 밥그릇 옆에 놓인 포스트잇을 발견했다. 조심스레 내용을 확인한 그녀의 얼굴에 당혹감이 스쳤다. 그녀는 얼른 주머니에 있던 휴대폰을 들어 영재에게 전화를 걸었다. 신호음이 몇 번 가기도 전에 그가 들뜬 목소리로 전화를 받았다.

—어, 조카! 일어났어? 삼촌이 지금 비행기를 타야 해서 전화할 시간이 별로 없는데, 얼른 용건만 간단히 말하렴.

태연한 목소리에 희재는 헛웃음을 지었다.

"갑자기 해외여행을 간다니 이게 무슨 소리야! 어제까지 아무런 말도 없었잖아. 어제 해승이가 앨범 작업으로 힘들어한다고 그래 놓고 소속 가수를 내버려 두고 여행을 가시겠다고?"

―네가 있는데 무슨 걱정이야. 그리고 굳이 미리 말해서 뭐하냐? 너 이제 해승이 앨범 작업으로 바빠질 텐데 우리만 여행 간다는 얘기를 어떻게 면전에다 대고 할 수 있겠어.

"아, 삼촌!"

―어휴, 벌써 시간이 이렇게 됐네. 자세한 건 회사 가서 해승이한테 듣도록 하고, 로밍 안 했으니까 연락하지 마! 한 달 뒤에 보자, 조카!

끊겨 버린 전화를 한동안 멍하게 바라보고 서 있던 희재는 괴성을 지르며 자리에 풀썩 주저앉았다. 어이가 없어 입이 다 물어지지 않았다. 그저 지금 상황이 당혹스럽고 혼란스럽기만 할 뿐이었다.

오늘도 회사에 제일 먼저 도착한 사람은 희재였다. 평소 같으면 휴게실에서 여유롭게 커피 한 잔을 마시며 김동윤 시인의 시집을 읽었을 테지만 오늘은 오자마자 넋을 놓고 앉아 영재에 대한 원망을 늘어놓기 바빴다.

"어제는 그렇게 해승이 걱정하는 척을 하더니."

늘어지는 한숨을 내쉬며 그녀는 손으로 눈두덩이를 힘주어 눌렀다. 어제까지만 해도 절대 변하지 않을 거라 여겼던 생각이 조금씩 흔들리고 있었다. 책상에 엎드린 채 희재는 울림 없는 휴대폰을 멍하니 바라보았다.

그때, 사무실 문이 열리며 효주가 모습을 드러냈다. 그녀는 심각한 표정을 짓고 있는 희재에게로 다가와 눈앞에 손바닥을 이리저리 움직였다. 희재는 그제야 책상에서 몸을 일으켰다.

"왔어?"

"뭐냐? 무슨 고민 있어?"

"어, 삼촌 때문에."

"왜? 무슨 일 생기셨어?"

"오늘 아침에 갑자기 해외여행을 가셨다."

"진짜? 야, 그럼 좋은 일 아니야? 당분간 너 괴롭힐 사람 없잖아."

"그건 그런데, 해승이가 걱정되니까 그렇지. 앨범 준비 때문에 힘들어 보이던데 회사 대표라는 사람이 도와주지는 못할망정 해외로 놀러 간다는 게 말이 돼?"

도저히 이해할 수 없다는 듯 희재는 고개를 절레절레 흔들었다.

"아, 맞다. 너 좋아할 만한 소식 있는데."

"무슨 소식?"

"김동윤 시인 다음 작품, 우리 출판사에서 하게 됐다."

"뭐? 김동윤 시인?"

"응. 이 언니가 몇 날 며칠을 따라다닌 끝에 결국 계약서에 도장을 찍게 만들었지."

효주는 손가락으로 승리의 브이를 그리며 기분 좋게 웃었다. 그녀의 말을 듣자 희재도 기분이 좋아졌는지 눈빛을 반짝거렸다.

"그래서 말인데, 네가 김동윤 시인 작품 맡아 보는 건 어때?"

"내가?"

효주의 제안에 입가에 진한 웃음이 번졌지만 그녀의 낯빛은 곧 어두워졌다. 예상과 다른 희재의 반응에 효주는 고개를 갸웃거렸다.

"왜? 김동윤 시인이랑 작업할 생각하니까 너무 떨려?"

"아니, 그게 아니라⋯⋯."

희재는 작게 한숨을 내쉬며 제 이마를 손으로 감쌌다. 김동윤 시인과 작업을 하는 건 그녀가 출판사에서 일하기 시작하면서부터 꿈꿔 왔던 일이었다. 하지만 마냥 좋아할 수가 없었다. 아침에 봤던 해승의 인터뷰 장면이 자꾸만 머리에 떠올랐다.

"일단 생각 좀 해 볼게."

"뭐? 야, 생각하고 자시고 할 게 어디 있어. 네가 그렇게 사모하는 김동윤 시인이라니까?"

"알아. 아는데⋯⋯ 조금만 생각할 시간을 줘."

또다시 한숨을 내쉰 희재는 자리에서 일어나 휴게실로 향했다. 문을 등지고 선 그녀는 자신의 이마를 매만지며 혼잣말을 중얼거렸다.

"아, 진짜. 이해승 엄청 신경 쓰이게 하네."

그때, 주머니에 있던 휴대폰이 울리기 시작했다. 휴대폰을 꺼내 액정에 뜬 해승의 이름을 본 그녀는 눈을 휘둥그레 뜨며 얼른 전화를 받았다.

"이해승, 너 진짜 나한테 싸대기 열 대만 맞을래?"

―어휴, 그러면 내 팬들이 누나 가만히 두지 않을 텐데?

다짜고짜 화를 내는데도 해승은 당황하지 않고 되받아쳤다. 그에 희재가 조심스레 물었다.

"너, 삼촌 해외여행 간 거 알고 있어?"

―응. 오늘 아침에 전화하셨어.

"안 말리고 뭐했냐?"

―일개 사원인 내가 어떻게 말려.

해승이 씁쓸하게 웃으며 대답하자 희재는 낮게 가라앉은 목소리로 말을 이어 갔다.

"그래서 왜 전화한 거야?"

―아, 작곡 겸 프로듀서 해 주실 분 소개시켜 주려고. 오늘 회사 오기로 했거든.

천진난만한 목소리에 희재는 망치로 머리를 한 대 맞은 듯 멍해졌다.

"삼촌이나 너나 남의 말은 전혀 안 듣는구나."

체념한 듯 작게 중얼거린 희재가 두 눈을 지그시 감았다 떴다.

—뭐라고?

"아니야, 됐어. 끊어!"

—누나! 올 거지? 지금 와야 된다?

다급한 목소리에도 대답 없이 전화를 끊어 버린 희재는 제 머리를 손으로 움켜쥐며 잔뜩 인상을 찌푸렸다.

"정말 하나같이 마음에 안 들어!"

희재는 빽 소리를 지르곤 휴게실 밖으로 걸음을 옮겨 의자에 걸려 있던 핸드백을 손에 들었다.

"나, 나갔다 올게."

"어디?"

효주가 물었지만 그녀는 지금 아무 소리도 들리지 않았다. 복잡한 생각을 빨리 정리하고 싶은 마음뿐이었다.

출판사와 얼마 떨어지지 않은 곳에 삼촌의 회사 건물이 보였다. 희재는 애써 태연한 척하며 익숙한 건물로 들어섰다.

5층에 도착한 엘리베이터 문이 열리자마자 노랫소리가 여기저기서 들려왔다. 연습실이 줄지어 있는 5층은 연습생이건 가수건, 너 나 할 것 없이 드나드는 곳이었다. 이곳에서 노래를 부르던 자신의 모습이 떠올라 희재는 저도 모르게 문득 미소를 지었다.

오로지 딱 하나의 꿈만 바라봤기에 행복했었다. 흐릿해진 기억들을 새록새록 떠올리던 때, 누군가가 어깨를 톡톡 쳤다.

"희재 누나."

뒤돌아보는 희재의 시선에 배시시 웃는 해승이 들어왔다.

"웰컴! 회사로 돌아온 걸 환영해!"

양팔을 들고 아이마냥 소리치는 그의 모습에도 희재는 냉담한 표정을 유지했다. 대꾸조차 하지 않고 그를 지나 복도 맨 끝에 있는 회의실로 걸어가자 해승은 어색하게 웃으며 그녀의 뒤를 졸졸 따랐다.

소파에 자리를 잡은 희재는 해승을 매섭게 노려보았다. 그 시선에 잔뜩 겁먹은 그가 어색하게 웃으며 맞은편에 조심스레 앉았다.

"에이, 누나. 눈에 힘 좀 풀어. 이왕 이렇게 된 거, 그냥 못 이기는 척 나랑 일하면……."

"이걸 확, 진짜! 야, 삼촌한테 연락해 봐."

"대표님 한 달 동안 연락 안 된다고 하셨는데."

"너한텐 따로 비상 연락처 알려 주고 가셨을 거 아냐!"

"그런 거 없어. 진짜야."

여전히 의심스런 시선으로 해승을 바라보던 희재는 자리에서 일어나 그의 주머니를 뒤지기 시작했다. 놀란 그가 뒷걸음질 쳤지만 그녀의 행동은 멈추지 않았다.

주머니에서 휴대폰을 꺼내 들고 뒤지기 시작했으나 그의 말대로 영재의 원래 전화번호밖에 보이지 않았다.

정말 비상 연락처도 안 알려 주고 간 건가?

한 회사의 대표가 소속 연예인에게 비상 연락처도 남기지 않고 여행을 갔다는 게 이해되지 않았지만 이내 영재라면 그럴 수도 있겠다, 라는 생각이 들었다. 희재에게 영재는 세상에서 제일 이해할 수 없는 사람 중 하나였으니까.

신경질적으로 휴대폰을 테이블에 내려놓은 희재가 자리에 주저앉았다. 거의 반 정도 포기한 것 같은 그녀를 보며 해승은 회심의 미소를 지었다.

"누나는 이번 앨범 전곡 작사랑 피처링. 딱 이것만 해 주면 돼. 프로듀서 겸 작곡가는 내가 특별히 미국에서 모시고 왔어. 한국 사람인데 미국에서 알아주는 작곡가야. 데려오느라 애 좀 먹었지."

"작사가랑 피처링 하실 분도 미국에서 데려오시죠?"

"싫은데? 난 누나랑 같이 일할 건데."

테이블에 턱을 괸 해승이 배시시 웃었다. 그에 희재는 치밀어 오르는 화를 참기 위해 숨을 깊게 들이쉬었다.

"너 말이야. 흔히들 웃는 얼굴에 침 못 뱉는다고 하지만, 나만큼은 예외라는 거 알고 있냐?"

살벌한 말에 해승은 굳은 표정으로 몸을 움찔거렸다. 그녀라면 정말 웃는 얼굴에 침을 뱉을 수도 있다는 생각에 얼른 뒤로 물러서며 소리쳤다.

"하지 마! 침 뱉기만 해!"

엉거주춤한 자세로 벽에 붙어 설설 기는 모습에 희재는 코웃음을 쳤다. 당해 내지도 못할 거면서 도발을 왜 하는 건지 모르겠다. 고개를 절레절레 흔든 희재는 가방을 들고 자리에서 일어섰다. 더 이상 이러고 있어 봤자 입씨름만 할 것이 뻔했다.

집에 가서 이 사태에 대한 대비책을 강구해야겠다는 생각에 회의실을 나서려던 찰나, 굳게 닫혀 있던 회의실 문이 열렸다. 누군가의 등장에 희재는 발걸음을 멈추었다.

해승이 만면에 해맑은 웃음을 지으며 소리쳤다.

"형! 잘 찾아왔네? 우리 회의실에 있는 거 어떻게 알았어?"

"복도에 네 목소리가 쩌렁쩌렁하게 울리는데 어떻게 모를 수가 있겠냐?"

유쾌하게 웃으며 해승의 어깨를 다독이는 남자의 모습에 희재는 놀라 손에 들고 있던 가방을 떨어트렸다. 그 소리에 해승과 남자가 시선을 옮겼다.

"누나, 내가 말한 작곡가분이셔. 형, 이쪽은 내가 말했던 희재 누나."

남자가 싱긋 웃음을 지으며 희재를 바라보았다. 마주친 시선에 희재는 그에게서 시선을 떼지 못한 채 그대로 온몸을 딱딱하게 굳혔다. 해승이 소개한 작곡가는 다름 아닌 7년 전에 죽은 '서인하'였다.

02

희재는 목구멍이 막혀 버린 듯 아무런 소리도 내뱉지 못한 채 벽에 기대 그를 응시했다. 그러자 저벅저벅 다가온 그가 그녀의 발밑에 떨어진 가방을 주워 들며 옅은 미소를 지었다.

"안녕하세요. 말씀 많이 들었습니다. 작곡을 맡게 된 지은수입니다."

인하와 소름끼칠 정도로 똑같았다. 사슴처럼 깊고 큰 눈방울, 오뚝하게 선 콧날, 시원하게 벌어지는 입술, 모든 것이 다 서인하였다.

다리에 힘이 풀린 희재는 결국 바닥에 주저앉아 버렸다.

놀란 해승이 달려와 부축하며 덜덜 떨리는 그녀의 손을 붙잡았다.

"왜 그래? 어디 아파?"

금방이라도 실신해 버릴 것만 같았지만 희재는 해승에게 기댄 몸을 일으키며 옅은 미소를 내지었다.

"아냐, 아무것도. 잠깐 어지러워서."

"그냥 어지러운 게 아닌 거 같은데? 누나 식은땀도 나."

이마에 맺힌 땀을 닦아 주려 해승이 손을 내밀자 그녀는 고개를 저었다.

"아무것도 아니라니까. 단순한 빈혈이야. 화장실 좀 다녀올게."

희재는 무거운 몸을 일으켜 도망치듯 회의실을 나와 화장실로 향했다.

세면대를 집고 선 그녀의 시선이 불안하게 흔들렸다. 분명, 자신의 눈이 틀리지 않았다면 그는 인하가 맞았다. 도저히 이 상황이 이해되지 않아 그녀는 마른세수를 하며 거울을 바라보았다.

꿈일까? 꿈이 아니고서야 이런 일이 일어날 수가 없었다. 제 볼을 꼬집어 보았지만 생생한 아픔이 전해져 왔다.

"꿈이 아니야……."

현실이다. 진짜 현실. 희재는 화장실 문으로 시선을 옮겼다. 어떻게 된 것일까. 세상에 이런 일이 일어날 수 있는 것일까. 아무리 생각해도 믿기지 않아 어안이 벙벙했다.

한참을 그 자리에 서서 생각하던 희재는 이 꿈만 같은 상황을 이해하려면 그를 다시 한 번 보는 방법밖에 없다고 생각했다. 호흡을 가다듬고 얼굴을 손바닥으로 툭툭 치며 정신을 다잡기 위해 애를 썼다. 그리고 아직도 후들거리는 다리를 옮겨 회의실로 저벅저벅 걸어갔다.

문을 열고 들어선 희재를 본 해승이 걱정스런 얼굴로 다가와 말했다.

"괜찮아진 거야?"

"응, 괜찮아. 멀쩡해."

"병원 가 봐야 하는 거 아니에요? 단순한 빈혈 같지는 않아 보였는데."

나긋나긋한 은수의 말에 동의한다는 듯 해승은 고개를 세차게 끄덕이며 말을 보탰다.

"맞아, 누나. 병원 가자."

"괜찮다니까 그러네."

희재의 짜증 섞인 말투에 해승은 칫, 하고 입을 삐죽였지만 평소처럼 짜증을 내는 모습에 안심이 되었다. 희재가 천천히 자리에 앉자 대각선으로 앉아 있던 은수가 그녀에게 가방을 가져다주었다.

"여기요."

"아, 감사합니다."

가방을 받아 든 희재는 은수를 빤히 바라보았다. 다시 봐도 인하와 너무나 닮았다. 누가 뭐래도 서인하였다.

"저기…… 이름이 뭐라고 하셨죠?"

떨림을 감추기 위해 두 손을 마주 잡아 꽉 쥐고 묻자 미미한 미소를 머금은 은수가 대답했다.

"지은수입니다."

"본명이에요?"

"네, 본명이에요."

"그, 그럼 나이가 어떻게 되세요?"

"올해 한국 나이로 스물아홉 됩니다."

"스물……아홉이요?"

"네, 스물아홉. 87년생이에요."

"그럼 혹시 생일은……."

끊이지 않는 질문에 은수가 적잖이 당황한 표정을 지었다. 그 모습을 지켜보고 있던 해승이 희재의 어깨를 잡으며 '누나' 하고 작게 불렀다. 그제야 초면에 실례되는 말을 하고 있었음을 깨달은 희재가 어색한 미소를 지었다.

"아, 죄송합니다."

"아닙니다. 궁금할 수도 있죠. 전 7월 5일 생이에요."

87년 7월 5일. 나이도, 생일도, 인하와 공통된 점은 하나도 없었다. 하지만 의심의 끈을 놓을 수가 없었다.

만약 드라마나 영화에서처럼 기억을 잃었다면? 쌍둥이 동생이나 형이라면? 별의별 생각으로 머릿속이 복잡해지고 있을 때, 해승이 희재의 옆에 앉으며 두 사람의 대화에 끼어들었다.

"형, 내가 준 건 들어 봤어?"

"응. 끝까지 다 들었어. 되게 좋더라. 아참, 그 노래 부른 사람이 희재 씨라면서요?"

희재는 설마하는 생각에 당황한 얼굴로 해승을 바라보았다.

"아, 그게. 누나 실력이 어느 정도인지 작곡가도 알아야 할 것 같아서 들려줬어."

해승은 희재가 화를 낼 거라는 생각에 말을 하면서도 긴장했지만 그녀는 아무런 반응도 보이지 않았다. 꼭 무언가에 홀린 사람처럼.

"노래 정말 잘하시더라고요. 작곡·작사 전부 희재 씨가 하신 거죠?"

은수의 말에 희재는 심장이 쿵 내려앉음을 느꼈다. 전혀 기억하지 못하는 거야? 아니야, 내가 아니야. 네가 했잖아. 네가 만든 노래잖아. 서인하.

"누난 작곡 안 해. 그러고 보니 나도 작곡한 사람이 누군지는 모르네? 멜로디 진짜 좋던데."

해승이 궁금하다는 듯 바라보았지만 희재는 여전히 은수를 응시한 채 다문 입을 열지 않았다. 입술을 깨물던 그녀가 자리에서 일어나 낮은 목소리로 말했다.

"나 이만 가 볼게."

"벌써 가게? 같이 점심이라도 먹고 가."

해승의 말에 대꾸도 하지 않은 채 희재는 회의실 밖으로 나와 쫓기듯 택시에 올라탔다.

"뭐야, 진짜……."

평소와 다른 희재의 모습에 뒤따라온 해승은 걱정스런 시선을 멀어지는 택시에서 떼지 못했다.

회의실에 홀로 남겨진 은수는 심심한 듯 주위를 두리번거리다 희재가 앉아 있던 소파에서 반짝이는 무언가를 발견했다.

"목걸이네."

아까 그 여자가 떨어트린 건가? 은색 동전 모양의 펜던트가 달린 목걸이에는 작은 글씨로 무언가가 쓰여 있었다.

"You coexist with me in my life at all times(너는 나의 삶에 늘 공존해)……."

꽤나 오글거리는 문장에 은수는 웃음을 터트렸다. 그 문장 밑에는 아주 작게 'HJ, IH'라고 적혀 있었다. 곰곰이 스펠링의 뜻을 추측하던 그는 문득 희재의 이름을 떠올렸다. '역시 그 여자 목걸이네'라고 생각하던 때, 회의실 문이 열리며 해승이 들어섰다.

"미안. 사실 누나가 이 일을 하고 싶지 않아 하거든. 오늘 컨디션도 별로 안 좋은 거 같고."

"괜찮아. 이쪽 일 오래 쉬었다면서. 부담스럽게 느껴질 수도 있지."

은수는 의연하게 어깨를 으쓱거리곤 자연스레 들고 있던 목걸이를 자신의 주머니에 넣었다.

"희재 씨 말이야."

"응, 누나 왜?"

"……애인 없지? 딱 내 스타일인데."

확신에 찬 물음에 해승은 미간을 살짝 찌푸리곤 은수의 맞은편에 앉아 한숨을 푹 내쉬었다. 그리고 정신 차리라는 듯 테이블을 손바닥으로 툭툭 쳤다.

"저기요. 희재 누나 여기 회사 대표님 조카예요."

"그래? 그러니까 흥미가 더 생기는데."

"그리고 내가 엄청 아끼는 누나거든? 형 같은 바람둥이한테 절대 소개 안 시켜 줘. 아니, 못 시켜 줘!"

단호하기 그지없는 태도에 은수는 만면에 웃음을 머금었다.

"네가 소개 안 해 줘도 희재 씨가 먼저 나한테 다가올걸? 내가 보기엔 말이지, 나한테 어느 정도 호감이 있는 거 같아."

자신감에 찬 목소리로 말하는 은수의 태도에 해승은 반쯤 입을 벌린 채 어이없다는 표정을 지었다. 그가 미국에서 여자 여럿 울리고 다녔다는 것쯤은 알고 있었다.

여자보다 하얗고 잡티 하나 없는 피부에 사슴같이 깊은 눈매, 오뚝한 코, 그리고 웃을 때 매력적이게 휘어지는 입매까지. 연예인인 자신이 봐도 매력적인 남자인데 여자가 혹하지 않으면 그게 더 이상한 일이었다.

"형 매력적이고 참 멋진 사람인 건 아는데 말이야. 희재 누나는 절대 아니야."

"그럼 재차 이름 확인하고, 나이, 생년월일까지 물어보는 건 뭔데?"

해승은 그 말에 아무런 대답을 하지 못했다. 평소 성격으로 보아 처음 보는 사람에게 그런 걸 물을 사람이 아닌데 왜 은수에게 그런 질문을 한 건지 해승도 이해가 되지 않았기 때문이다.

"아니야. 그럴 리가 없어. 그 누나 독신주의자라고."

"독신주의자?"

"그래. 외모 되지, 몸매 되지, 성격⋯⋯이 조금 거시기 하지만 딱 봐도 남자가 안 꼬일 상은 아니잖아? 그런데 내가 본 단 한 번도 남자 사귀는 걸 본 적이 없어."

손을 절레절레 흔드는 해승의 행동에 은수는 엄지손가락으로 자신의 입술을 툭툭 쳤다. 그리고는 이내 씩 미소를 짓고 낮은 목소리로 말했다.

"아니, 내가 보기엔 그 여자, 나한테 관심 있는 게 확실해."

흥미로움이 가득한 얼굴로 은수는 점심을 먹으러 가자며 일어나 유유히 회의실을 나섰다. 그의 말에 못 말리겠다는 듯이 한숨을 푹 내쉰 해승도 따라서 회의실을 나섰다.

카페에 홀로 앉아 있는 희재의 두 눈엔 초점이 없었다. 이 말도 안 되는 상황을 이해해 보려고 했지만 생각하면 생각할수록 이해되지 않았다.

30여 분 정도 흘렀을까. 카페 문이 열리며 효주가 모습을 드러냈다. 카페 구석에 앉아 있는 그녀를 발견한 효주가 한숨을 쉬며 다가왔다.

"밥은 먹었어?"

돌아오는 대답이 없자 효주는 희재의 이마에 손을 가져다 대었다. 딱히 열은 없는 것 같아 손을 뗀 효주는 조금 전 그녀가 전화 통화로 했던 말을 상기했다. 인하와 똑같은 사람을 봤는데 아무리 봐도 인하가 아니라는, 말도 안 되는 그 말을.

"정희재, 네가 착각한 거야."

그 말에 허공을 떠돌던 희재의 시선이 효주에게로 향했다.

"두 번이나 다시 봤어. 잘못 본 거 아니야. 정말 닮았어. 아니, 똑같아."

이미 인하가 맞다고 100퍼센트 믿고 있는 목소리에 효주는 뭐라 대답하지 못하고 입술만 깨물었다. 혼란스러워하는 모습에 이 사실을 유일한 가족인 영재에게 알려야 하는 게 아닌가 싶었지만 연락을 끊고 잠수를 타 버린 상태라 뾰족한 방법이 없었다.

갑자기 음악을 다시 시작하라고 한 일 때문에 그런 것일지도 모른다는 생각에 효주는 차분한 목소리로 말했다.

"일단 너 많이 피곤해 보이니까 집에 가서 쉬어. 그리고 내일 나랑 같이 확인해 보자. 응?"

희재는 그 말에 고개를 작게 끄덕였다. 그래, 고민해 봤자 답은 나오지 않았다. 확실히 묻고 확인해 보는 방법밖엔. 어차피 다시 볼 수 있는 사람이었다. 그제야 조금 정신을 차린 희재는 미미한 미소를 지었다. 그에 효주가 안심이 되었는지 자리에서 일어섰다.

"가자. 데려다줄게."

희재는 손목에 찬 시계를 바라보았다. 벌써 1시 30분이 지난 것을 확인하고는 고개를 내저으며 대답했다.

"너 점심시간 끝났잖아. 혼자 갈게."

"괜찮겠어?"

"택시 타면 집 앞에서 내리는데, 뭐."

지나친 걱정이라는 듯 희재가 어깨를 으쓱이자 효주는 작게 웃음을 내뱉었다. 그리고 집에 도착하면 꼭 문자 하라는 말을 남기고 밖을 나섰다.

집으로 향하는 희재의 발걸음은 너무나도 무거웠다. 그를 완벽히 잊고 안정을 되찾은 줄 알았다. 하지만 여전히 '서인하'라는 이름에 흔들리고, 닮은 사람을 찾고 있었다.

인하가 사라지고 7년이란 긴 세월 동안 지긋지긋한 심리치료를 받았다. 죄책감과 자책, 그리고 상실감은 이루 표현할 수 없을 정도로 그녀를 괴롭혔다. 상담사는 그런 희재에게 그를 완전히 떨쳐 버리고 싶다면 그 기억을 마주하고 부딪치는 힘을 기르라고 했었다.

인도에 우뚝 선 희재가 입술을 꾹 깨물며 고개를 들었을 때, 거짓말처럼 인하가 시선에 들어왔다. 택시를 잡으려는 듯 인도 끝에 서 있는 그의 모습에 또다시 심장이 요동치기 시작했다.

"마주하고, 부딪혀라……."

양손을 굳게 쥔 희재는 저벅저벅, 그를 향해 걸음을 옮겼다. 그에게로 다가가는 그 순간이 힘겹고 무서웠다. 하지만 사실을 확인하고 허상을 깨는 것이 완벽히 그 기억에서 벗어날 수 있는 방법이었기에 멈출 수 없었다.

"지은수 씨."

희재는 낮은 목소리로 그의 이름을 불렀다. 그제야 은수의 시선이 희재에게 향했다. 은수는 그녀를 보고 미미한 미소를 머금었다. 그 미소와 시선이 인하와 너무나 닮아서 희재는 콧잔등이 시큰해지고 눈물이 고일 것만 같았다.

착각일까? 착각이겠지. 당연히 그렇겠지. 그렇게 열심히 되뇌었지만 온갖 생각이 머릿속을 헤집으며 그녀를 더욱더 혼란스럽게 만들고 있었다.

"안 그래도 다시 보고 싶었는데, 이렇게 만나네요?"

근처 카페에 들어선 두 사람은 커피를 시키고 마주 앉았다. 차마 고개를 들어 그를 마주할 수가 없었기에 희재는 커피 잔만 내려다봤다.

은수는 희재와 다르게 그녀에게서 시선을 떼지 않았다. 뭔가 초조해 보이는 얼굴이었지만 그녀는 아무 말도 하지 않고 있었다. 커피 잔을 만지며 꼼지락거리는 손을 보아하니 잔뜩 긴장한 듯했다.

"내가 그렇게 무서워요?"

"네?"

"왜 이렇게 내 앞에서 긴장을 하지. 면접 보는 사람처럼. 이상하네."

어깨를 으쓱이며 그가 장난스럽게 말했지만 그녀는 여전히 긴장을 풀지 못했다. 오히려 더욱 불안한 표정으로 은수를 바라봤다.

"지은수 씨, 물어볼 게 있어요."

"물어봐요."

"미국에서 활동했다고 하셨는데 언제부터 하신 거예요?"

"늦게 시작했어요. 어렸을 때는 공부에 전념하는 걸 어머니가 원하셔서요."

"그럼, 미국엔 언제부터 사신 거예요?"

"네 살 때부터 쭉 살았어요."

"쭉이요? 그러면 한국말을 잘 못하실 텐데."

"어머니가 집에서는 한국말만 쓰게 하셨거든요. 모국어는 잊어버리면 안 된다고 하시면서."

"어머니라면 친어머니이신 거예요?"

"네, 친어머니세요."

"형제는요?"

"외동이에요."

"어릴 때 잃어버린 가족은 없어요?"

"음, 없어요."

"그럼, 혹시…… 기억상실증 같은 거 걸린 적 있어요?"

멈추지 않고 쏟아 내는 질문에 은수는 피식 웃음을 내지었다. 호감이 없을 거라는 해승의 말이 이상할 정도로 그녀는 자신에게 관심을 보이고 있었다. 은수는 턱을 괴고 몸을 조금 앞당겼다.

"그런 적 단 한 번도 없는데요."

조금 장난스러운 말투와 입가에 생긋 걸린 미소에 희재는 그의 시선을 피하며 커피를 홀짝였다. 인하와의 접점은 아무것도 없었다. 음악을 한다는 공통점 외엔.

희재는 초조한 시선으로 은수를 바라보았다. 더 물어도 된다는 듯 인자한 시선을 보내는 그의 모습에 입술을 꾹 깨물었다. 그리고는 들고 있던 커피 잔을 테이블에 내려놓으며 진지한 목소리로 질문했다.

"혹시, 나 기억 안 나요?"

풉, 그 물음에 사레에 들린 듯 기침을 하던 그가 함박웃음을 지었다. 너무 진지하게 질문을 던지는 그녀에게 뭐라 맞장구를 쳐야 할지 몰라 애써 무표정을 유지하며 대답했다.

"음, 나는 희재 씨 오늘 처음 본 거 같은데."

"예전에 본 적 있는 것 같다거나, 익숙하다고 느껴지지 않아요?"

또다시 날아온 진지한 질문에 튀어나오려는 웃음을 꾹 참은 은수는 몸의 중심을 앞으로 옮겨 그녀의 얼굴을 찬찬히 살폈다.

가깝게 다가온 그의 얼굴과 자신을 훑는 정갈한 시선에 희재는 헛기침을 내뱉으며 민망함을 없애려 했다. 한참 희재의 얼굴을 들여다보던 은수는 고개를 갸우뚱거렸다.

"하나도 익숙하지 않은데, 미국에 온 적 있어요?"

"가 본 적 없어요."

"그럼 희재 씨를 만났을 리는 없겠네요. 네 살 때 이후로 한국에 온 건 오늘이 처음이니까."

"진짜……예요?"

"진짜입니다."

은수의 말에 결국 고개를 떨어트린 희재는 깊은 한숨을 내쉬었다. 지금 자신의 앞에 앉아 있는 사람은 인하가 아니었다. 당연한 일인데, 갑자기 몸에 힘이 쭉 빠졌다.

커피를 한 모금 들이켠 은수는 손목에 찬 시계를 검지로 톡톡 치기 시작했다. 일정하게 움직이는 그의 검지에 희재의 시선이 고정되었다.

톡톡. 톡톡. 톡톡. 그 행동이 반복될수록 그녀의 얼굴엔 당혹감이 가득 차올랐다. 인하도 대화를 할 때면 습관처럼 시계를 손가락으로 치곤 했었다.

"나한테 더 물어보고 싶은 거 있어요?"

희재는 또다시 드는 바보 같은 생각에 고개를 좌우로 세차게 흔들며 벌떡 일어섰다.

"답해 주셔서 고맙습니다."

인사를 하고 뒤돌아 급하게 카페를 나서려던 그때, 은수가 낮은 목소리로 읊조렸다.

"너는 나의 삶에 늘 공존한다."

우뚝 멈춰 선 희재는 뒤돌아 은수를 바라보았다. 그는 씩 웃으며 주머니에서 목걸이를 꺼내 흔들어 보였다.

"이거 희재 씨 거죠?"

놀란 희재는 목 주변을 다급하게 만지작거리며 목걸이를 찾았다. 하지만 손에 잡히는 건 아무것도 없었다.

"중요한 거예요?"

희재가 다가가 목걸이를 빼앗으려 하자 그가 반대편 손으로 그것을 옮기며 물었다. 그녀는 잔뜩 미간을 모은 채 손을 내밀었다.

"줘요. 당장."

"에이, 너무하네. 잃어버린 걸 찾아 준 건데 고맙다는 말도 없고."

"고맙습니다. 그러니까 얼른 줘요."

은수는 강경한 그녀의 행동에 왠지 선뜻 목걸이를 내주기 싫어 장난스런 미소를 지었다.

"이거 무슨 목걸이예요?"

"알아서 뭐하시게요?"

"밑에 스펠링 보니까 선물해 준 사람은 따로 있는 거 같은데. 친구? 애인? 아, 맞다. 해승이가 희재 씨 독신주의자라고 하던데 그럼 애인일 가능성은 없는 거겠죠?"

그저 장난스럽게 건넨 말이었지만 그 말을 들은 희재의 표정은 순식간에 얼음처럼 굳어졌다. 은수는 회의실에서 자신을 보고 기절할 것만 같았던 희재의 모습이 떠올라 걱정스런 시선으로 그녀를 살폈다.

"괜찮아요? 또 빈혈 온 거 아니에요?"

그때, 테이블 위에 올려져 있는 잔을 든 희재가 은수의 얼굴에 커피를 쏟아부었다.

놀라 아무런 말도 하지 못하고 있는 그의 손에서 목걸이를 빼앗아 든 그녀는 쌩하니 카페를 빠져나갔다. 완전히 희재의 모습이 사라지고 나서야 은수는 잠시 멈췄던 숨을 내쉬었다.

"괘, 괜찮으세요?"

종업원이 티슈를 가지고 와 조심스럽게 물었지만 은수는 제 얼굴에 묻은 커피를 닦아 내기만 했다. 이게 대체 무슨 일인가 싶었다. 어이가 없는 상황에 충분히 화가 날 법도 한데 이상하게 입술 사이로 웃음이 새어 나왔다.

신기하고 재밌었다. 자신에게 이상한 관심을 보이는 정희재라는 여자가 조금씩 궁금해지기 시작했다.

03

"완전 착각이었어. 그것도 아주 잘못된 착각. 서인하일 리
가 없어. 절대, 네버!"

희재는 빨래 건조대에 아슬아슬하게 휴대폰을 걸쳐 둔 채
효주와 통화를 했다. 젖은 빨래를 탁탁 터는 손길엔 화가 가
득 차 있었다.

—그래. 당연하지. 그냥 조금 닮은 사람이라니까.

"아니, 하나도 안 닮았어. 코딱지만큼도 안 닮았어!"

버럭 소리치는 희재의 반응에 효주는 동의한다는 듯 말을
꺼냈다.

—그래서 어떻게 할 거야? 해승이랑 일할 거야?

"아니, 안 할 거야."

—그래, 그럼. 김동윤 시인 작품은 네가 맡도록 해. 아직 시간 있으니까 2주 정도 집에서 쉬도록 하고. 내가 엄마한테 말해 놓을게. 너 이번 마감 때 무리한 거 엄마도 아시니까 이해해 주실 거야. 너 너무 무리했어. 오랜만에 여유로운 시간 좀 가져 봐.

여유로운 시간이라. 희재는 그 단어가 낯설게만 느껴졌다. 4년 내내 일에만 매달렸다. 하나의 마감을 끝내면 곧이어 또 다른 마감이 따라오는 출판사의 특성상 어쩔 수 없긴 하지만 남들보다 쉴 틈 없이 달려온 건 사실이었다.

그럴 수밖에 없었다. 3년이란 기나긴 시간을 허송세월했고 무언가에 매진하지 않으면 자꾸만 잡생각이 들어 견딜 수가 없었기 때문이다.

문득 목걸이를 들고 비아냥거리던 은수의 얼굴이 떠올라 희재는 미간을 찌푸렸다.

—아무튼, 기운 차려서 다행이네. 야, 우리 오빠가 또 너랑 통화하냐고 난리다. 끊어. 내일 연락할게.

전화를 끊은 희재가 몸을 구부려 마지막으로 남은 빨래를 들어 올렸을 때였다. 요란하게 벨소리가 울리기 시작했다. 핸드폰 화면에 뜨는 해승의 이름에 희재는 잠시 망설이다 통화 버튼을 눌렀다.

─잘 들어갔다는 문자 하나 주는 게 그렇게 어려워? 어디 쓰러져 있는 줄 알고 엄청 걱정했잖아!

"내가 왜 쓰러져. 멀쩡하게 집에 들어와서 빨래 널고 있는데."

─아오, 정말 이기적인 누나! 남 생각은 눈곱만큼도 안 하지? 그리고 전화 통화는 또 왜 이렇게 오래해?

"통화하는 거 보면 '아, 이 누나가 매우 무사하시구나' 하면 되지, 굳이 목소리를 들어야겠냐?"

한숨을 푹 쉬던 해승이 조금 차분해진 목소리로 말을 이어갔다.

─누나, 아직도 마음 변하지 않은 거야?

또다시 같은 말을 반복하게 만드는 물음에 희재는 숨을 길게 내쉬었다.

─한 번만, 딱 한 번만 도와줄 수 없어?

"한 번만, 딱 한 번만 더 노래 불러 줄 수 있어?"

순간, 해승의 목소리가 그의 목소리와 겹쳐 들렸다. 희재는 뒷걸음질 쳐 벽에 몸을 기대곤 괴로운 듯 미간을 찌푸렸다.

"안 돼. 난 못 해."

자신이 없었다. 음악을 다시 시작하면 인하를 떠올리게 될 것이고, 그럼 그것을 견뎌 낼 자신이 없었다.

—그래도 난 포기 못 해. 아니, 안 해. 내일 1시에 기획 회의할 거야. 그러니까 와. 무조건 와. 내가 기다린 7년이란 세월 제발 헛되게 만들지 말고.

무섭도록 시린 말과 함께 해승이 먼저 전화를 끊었다. 멍하니 휴대폰을 바라보던 희재는 고개를 갸웃거렸다.

"……7년?"

7년이라니. 무슨 소릴까. 해승을 만난 건 4년 전 그가 영재의 회사에 들어와 가수로 데뷔한 직후였다. 워낙 사교성이 좋은 그인지라 자연스레 만남을 가졌다. 처음엔 기생오라비 같은 외모에 자기 잘난 맛에 살겠다 싶어서 그를 멀리했지만 어느새 가까운 사이가 되어 있었다.

"7년 전이면 그때인데."

옅은 한숨을 내쉰 그녀는 고개를 좌우로 흔들며 얼른 인하에 대한 생각을 지워 내려 애썼다.

❖   ❖   ❖

문을 열고 건물 안으로 들어간 희재는 몇 걸음 떼지 못하고 다시 뒤돌아 밖으로 나왔다. 그 행동을 몇 번 반복하자 경비원이 그녀를 이상하다는 듯 주시했다. 그런 경비원의 시선은 안중에도 없다는 듯 들어오고 나가기를 반복하던 희재는 결국 빽 소리를 지르며 자리에 주저앉아 버렸다.

어제 해승이 했던 마지막 말이 신경 쓰여 잠을 제대로 이루지 못했다. 하지만 그녀의 마음은 변함없었다. 해승의 얼굴을 보고 정중히 거절을 해야겠다는 생각에 회사 앞까지 오긴 했지만 아무래도 망설여졌다.

"아, 그래도 얼굴 보고 말해야 할 거 같은데."

희재는 어찌할 바를 몰라 긴 머리를 부여잡았다. 어느새 산발이 된 꼴에 경비원이 미간을 잔뜩 찌푸렸다.

"거기서 뭐하세요?"

그때, 익숙한 목소리가 등 뒤로 들려왔다. 소리가 난 쪽으로 고개를 돌린 희재는 고개를 삐딱하게 든 채 자신을 내려다보는 은수를 발견했다.

갑자기 나타난 그를 보고 놀라 벌떡 자리에서 일어난 그녀는 순간 중심을 잃고 휘청거렸다. 그에 은수가 그녀의 팔을 자신의 쪽으로 가볍게 잡아당겼다. 그 바람에 희재는 의도치 않게 은수의 품에 안기고 말았다.

얼른 뒤로 물러나 잡힌 손을 뿌리쳤지만 민망함은 가시지 않았다. 기분 나쁘다는 듯이 이맛살을 찌푸리는 그녀와 달리 그는 헤실헤실 웃음을 짓고 있었다.

"혹시 나한테 사과하러 왔어요?"

"네? 제가 왜 그쪽한테 사과해야 하죠?"

어제 그의 얼굴에 커피를 부은 게 떠올랐지만 희재는 애써 영문을 모른다는 듯 굴었다. 사과할 마음은 전혀 없었다. 오히려 그렇게 하지 않았다면 이불을 뻥뻥 차며 후회했을지도 몰랐다.

희재는 당당한 시선으로 은수를 바라보다 고개를 휙 돌려 다시 건물 안으로 걸음을 옮겼다.

"지금 해승이 회사에 없어요."

그러나 은수의 나지막한 목소리에 발을 멈출 수밖에 없었다.

"해승이 1시에 회의 있다고 들었는데요?"

"갑자기 다른 미팅이 잡혔대요. 그래서 저도 그냥 허탕 치고 돌아가는 길이고."

아, 뭐야. 취소됐으면 연락을 주지. 입을 삐죽거린 희재가 은수를 지나쳐 다시 건물과 멀어지기 시작했다. 그는 그런 그녀의 뒤를 조심스럽게 따라갔다. 어느새 나란히 걷고 있는 그를 힐끗 쳐다보며 그녀가 신경질적으로 입을 열었다.

"왜 따라와요?"

"안 올 줄 알았는데 왔네요? 하기 싫다고 하지 않았어요?"

"안 할 거예요. 안 한다고 확실히 얼굴 보고 말하려고 온 거예요."

"그냥 못 이기는 척 하면 안 되는 거예요? 나도 희재 씨랑 같이 작업하고 싶은데."

그 말에 희재는 우뚝 멈춰 서서 매우 귀찮다는 듯 투박하게 말을 던졌다.

"그만하죠? 더 이상 그쪽이랑 대화 나누고 싶지 않은데."

"지금 한 말 진심이에요. 당신 노래를 듣고 처음으로 누군가와 일해 보고 싶다는 생각이 강하게 들었어요."

가만히 희재를 바라보던 은수가 옅은 미소를 입가에 띠었다. 그 모습이 인하와 너무나 닮아 희재는 자신도 모르게 가슴이 서걱거림을 느꼈다. 그 마음을 알 리 없는 은수가 한 발짝 다가서며 작은 목소리로 중얼거렸다.

"이건 비밀인데, 해승이가 희재 씨 노래를 들려주지 않았다면 나, 이 일에 참여 안 했을 거예요."

은수의 입가에 아까보다 조금 더 짙은 미소가 지어졌다. 한참 동안 그의 얼굴을 빤히 바라보던 그녀는 이내 정신을 차리고 고개를 돌렸다.

"아무튼, 안 할 거예요."

"솔직히 그런 재능 썩히는 거 너무 아깝지 않아요?"

"나 정도 되는 사람, 대한민국에 널리고 널렸어요. 그중에는 간절하게 기회를 바라는 사람도 많을 거고요. 차라리 그런 사람들에게 기회를 주는 게 낫다고 보는데요?"

한마디 한마디가 꽤나 직설적이었다. 그에 은수는 재미있다는 듯 웃었지만 말을 마친 희재는 다시 걸음을 옮겨 그에게서 멀어져 갔다. 그는 더 이상 따라가지 않고 멀어지는 그녀의 뒷모습을 바라보며 읊조렸다.

"궁금하게 만드네, 자꾸."

무엇 때문에 음악을 거부하는지, 저렇게 가시 돋친 성격은 타고난 건지, 아니면 어떤 계기로 만들어진 건지. 그게 궁금한 동시에 너무나 매력적으로 느껴졌다. 택시에 올라탄 그녀가 완전히 모습을 감춘 후에도 그의 시선은 떨어질 줄 몰랐다.

❧   ❧   ❧

은수는 차를 몰고 경기도 용인에 위치한 공방으로 향했다. 한적한 그곳에는 그의 모친 서희가 마련한 도자기 공방이 있었다.

건축디자인 사업을 하는 서희의 센스가 잔뜩 묻어나는 공방은 유니크하고 정겨운 느낌이 가득했다. 한국으로 돌아오기로 마음먹은 그녀가 가장 먼저 한 일은 바로 이곳에 공방을 짓는 것이었다.

"어머니, 저 왔어요."

익숙하게 문을 열고 안으로 들어선 은수는 도자기를 빚는
데 열중인 어머니의 모습을 흐뭇하게 바라봤다. 깔끔하고 단
정한, 조금은 차갑게까지 보이는 어머니였지만 도자기를 빚
을 땐 푸근하고 정겹게 느껴져 그는 그 모습을 좋아했다.

은수는 도자기 작업이 끝날 때까지 어머니를 유심히 지켜
보기만 했다. 한 시간 정도 지났을까. 완성된 도자기를 보며
만족스러워하던 그녀가 고개를 들어 그를 발견하고는 화사
하게 미소를 지었다.

"은수야."

자리에서 일어나 은수를 안아 준 서희는 손을 씻고 따뜻한
국화차를 준비해 그의 맞은편에 자리했다.

"그래, 같이 일하는 사람들은 어때?"

"좋아요. 한국에서 일하는 건 처음이다 보니 조금 조심스
러운데 재밌어요. 관심 가는 여자도 있고."

그 말에 국화차를 마시던 서희가 조금 놀란 표정을 지었다.
하나밖에 없는 자상한 아들인 그가 의외로 여자관계가 복잡
하다는 것을 그녀는 잘 알고 있었다. 또 어느 집 귀한 딸을 울
리는 건 아닐까 걱정이 앞선 서희의 표정은 안중에도 없는지
은수의 얼굴에는 환한 미소가 걸렸다.

"어떤 여성분이신데?"

찻잔을 테이블에 내려놓은 서희가 사근사근 말했다. 그러자 자신의 얼굴에 커피를 부었던 희재가 떠올라 은수는 피식 웃음을 내뱉었다.

여자에게 물세례나, 따귀를 맞는 건 그에게 있어 별로 특별한 일은 아니었다. 하지만 그럴 때 보통의 여자들은 하나같이 똑같은 표정을 지었다. 분노와 배신감, 그리고 살벌함이 담긴 표정. 그런데 희재는 그들과 묘하게 달랐다. 분명 화를 내고 있는데 눈빛은 매우 서글펐다.

"아직은 잘 모르겠어요. 그래서 이제부터 알아보려고요."

예쁘고 착하다, 라는 뻔한 대답을 할 줄 알았는데 은수의 입에서 나온 것은 의외의 대답이었다. 서희는 옅은 미소를 지으며 테이블에 내려놨던 찻잔을 다시 손에 들었다. 왠지 이번엔 지금까지 만났던 여자들과는 조금 다를지도 모른다는 생각을 하면서.

❖　　　❖　　　❖

갑작스런 잠정적 휴가로 인해 쉬는 날이 계속되고 있었다. 이틀 정도는 세상의 자유가 모두 자기 것이 된 듯한 기분이 들었지만 3일째가 되자 슬슬 좀이 쑤시기 시작했다.

희재는 작은 탄성을 내뱉으며 침대에 쓰러지듯 드러누웠

다. 심심해서 미쳐 버릴 것만 같아 멍하니 방 구석구석을 두리번거렸다. 침대 옆에 가지런히 쌓여 있는 만화책이 눈에 들어왔다. 벌써 대여섯 번을 반복해 읽어서 눈을 감으면 저절로 대사와 장면이 떠오를 정도였다.

결국 몸을 흔들며 1층으로 내려온 희재는 넓은 거실을 우두커니 바라보았다. 평소보다 몇 배 더 깨끗해진 집 안은 파리가 미끄러질 정도였다. 하도 심심해서 여기저기 청소를 해 댔더니 결국 이 모양 이 꼴이 되어 버리고 말았다.

"영화나 보러 갈까."

벌써 개봉작은 모두 다 섭렵했다. 하루에 서너 편을 연달아 본 것이 화근이었다. 뭔가를 시작하면 몰아붙여서 빨리 끝을 맺어야 하는 성격이 아마도 이 심심함을 만든 주원인인 것 같았다.

외출복으로 갈아입은 희재는 집 밖으로 발걸음을 옮겼다. 3월임에도 불구하고 한겨울 같아 옷깃을 꽉 여미며 영화관으로 향했다. 평일 낮 시간이라 영화관은 한산하기만 했다.

희재는 멀뚱멀뚱 상영 시간표를 바라보았다. 처음부터 끝까지 안 본 영화가 없었다. 괜히 왔나 싶어 머리를 긁적이다 아무거나 보자, 라는 생각에 티켓 창구로 다가섰다.

"제일 빨리 볼 수 있는 걸로 하나요."

어차피 다 봤던 거니까 뭐든 상관없었다. 지갑을 꺼내 카드를 내밀 찰나였다. 누군가의 손이 옆에서 뻗어 나와 카드를 내밀자 그녀는 고개를 돌렸다.

"이분 옆자리로 하나 더 추가요."

자신의 옆에 서 있는 남자를 바라본 희재가 미간을 찌푸렸다. 지은수였다. 어디서 갑자기 나타난 건지는 모르겠지만 그는 입가에 미소를 지으며 그녀를 바라보고 있었다.

"뭐하는 거예요?"

"뭐하긴요. 영화표 끊는 거죠."

"그러니까 왜 내 옆자리로 끊는 건데요?"

"혼자 보는 것보다 같이 보는 게 더 좋으니까요."

능글맞게 웃으며 그가 영화표를 받아 들었다.

"난 혼자가 더 좋은데요?"

"내가 혼자 보는 걸 안 좋아하니까 오늘만 같이 봐요."

뻔뻔하다, 뻔뻔해. 뭐 이런 사람이 다 있나 싶었다. 외모는 닮았을지 몰라도 인하와는 하는 행동이 전혀 달랐다. 서인하라면 이렇게 능구렁이 같은 짓을 절대 할 리가 없으니까.

희재는 더 이상 그와 엮이지 않는 것이 상책이라는 듯 영화관 밖으로 걸어 나가기 시작했다. 은수가 그런 그녀의 손목을 잡아채고서 의아한 목소리로 말했다.

"어디 가요? 상영관은 저쪽인데?"

"이미 본 영화라 보고 싶지 않아서요."

61

"에이, 그래도 이미 표 끊었는데."

"하나 환불하시고 혼자 아주 재밌게 보세요."

비아냥거리는 말투로 대답하곤 다시 발걸음을 돌리려던 희재는 붙잡은 은수의 손 때문에 걸음을 옮기지 못했다. 손을 빼내려고 팔을 흔들어 보았지만 그럴수록 그는 더욱더 손목을 조여 왔다.

결국 희재는 은수의 손에 이끌려 상영관으로 끌려가기 시작했다. 떼를 쓰는 어린애마냥 엉덩이를 뒤로 빼고 끈질기게 버티는 희재의 모습에 영화관에 있던 몇 안 되는 사람들이 의아하게 바라보았지만 그녀는 그런 시선 따윈 신경 쓰지 않았다.

"와, 고집 진짜 세네."

혼잣말처럼 중얼거린 은수는 자리에 멈춰 서서 희재를 내려다보았다. 보통 사람이라면 포기하고 놓아줬겠지만 은수도 희재만큼 고집 세기로는 빠지지 않았다.

숨을 크게 들이쉬던 그는 몸을 구부려 그녀를 제 어깨에 쌀자루처럼 들쳐 멨다. 놀란 그녀가 발길질을 해 대며 놓아 달라 소리쳤지만 은수는 당황하지 않고 상영관 안으로 들어섰다.

"돌았어요?"

관에 도착해서야 희재를 내려놓은 은수는 그녀를 자리에

친절하게 앉혀 주기까지 했다. 그리곤 도망가지 못하게 재빨리 손을 맞잡고 옆자리에 태연한 표정으로 앉았다. 어안이 벙벙한 표정으로 자신을 바라보는 희재의 시선에도 아랑곳하지 않고 그는 입가에 실실 웃음을 흘렸다.

"웃겨요, 이게?"

은수는 고개를 푹 숙이고 어깨까지 들썩이며 웃음을 토해 냈다. 많은 여자를 상대했었지만 이렇게 쌀자루처럼 어깨에 들쳐 멘 사람은 희재가 처음이었다. 자신의 돌발적인 행동에 스스로도 어이가 없어 웃음이 터졌다.

이내 상영관 안이 어두워지더니 영화가 시작됐다. 은수는 애써 웃음을 참으며 스크린을 바라봤지만 희재의 시선은 여전히 아니꼽다는 듯 그에게서 떨어질 줄 몰랐다.

"저기요."

"쉿, 영화 시작했는데 그렇게 큰 소리로 말하면 다른 사람들한테 피해 가요."

"이 손 놓죠?"

"놓으면 또 도망갈 거잖아요."

"당연히……."

조금 목소리가 높아지려던 찰나, 은수는 희재의 입술에 검지를 가져다 대었다. 그에 희재는 할 수 없이 입술을 꾹 다물곤 말없이 손을 조몰락거렸다. 하지만 그럴수록 손아귀 힘은 강해져만 갔다. 5분 정도 사투를 벌이던 희재는 결국 지쳤는지 등받이에 몸을 기댔다.

영화가 상영되는 두 시간 내내 그는 손을 놓을 생각을 하지 않았다. 손을 느끼하게 쓰다듬거나 이상행동을 보이면 깽판을 치려고 마음먹었지만 그는 내내 가만히 손만 잡고 있었다.

영화가 끝나고 엔딩 크레딧이 올라가자 은수는 언제 그랬냐는 듯이 자연스레 손을 놓아주었다. 처음엔 신경 쓰이고 갑갑했지만 어느 순간 영화에 집중하면서 그와 손을 잡고 있다는 사실을 까맣게 잊고 말았다. 손을 감싸고 있던 온기가 사라지자 왠지 허한 기운까지 감돌았다.

"영화 재밌었죠?"

"글쎄요. 전 두 번째라 조금 지루하던데요."

콧방귀를 뀌며 상영관을 나서는 희재의 모습에 은수는 옅은 미소를 띠었다. 성큼성큼 쫓아가 그녀와 나란히 선 그가 나지막한 목소리로 물었다.

"배고프죠?"

"아니요."

"6시인데?"

"점심을 늦게 먹어서요. 그럼 전 이만 가 볼게요."

"이렇게 헤어지기 아쉽잖아요."

"전혀 안 아쉬운데요?"

"난 아쉬워요. 희재 씨한테 할 말도 있고."

"난 아쉬워. 너한테 꼭 할 말도 있고."

문득 은수와 인하의 목소리가 겹쳐 들렸다. 어렸을 적, 인하가 고백을 하기 전에 그녀의 손을 잡으며 했던 말과 비슷했기 때문이다. 조금 떨리던 인하의 목소리와 달리 은수의 목소리에는 자신감이 가득 차 있었다. 허전했던 손이 이상하게도 제자리를 찾은 듯 묘한 안정감이 들기 시작했다.

두 사람이 저녁을 먹기 위해 들어선 곳은 자그마한 즉석 떡볶이집이었다.

대식가인 희재는 가리지 않고 무엇이든 잘 먹었기에 괜찮았지만 한국에 온 지 얼마 안 된 은수에게는 매우 생소한 곳이었다. 하지만 이곳으로 안내한 사람은 희재가 아닌 은수였다.

두 사람은 마주 앉았고 은수는 신기한 듯 주위를 두리번거렸다. 그런 그를 보며 희재는 작게 헛웃음을 터트렸다.

"이런 곳 처음이에요?"

"네, 처음이죠. 한국에 온 건 진짜 어릴 때뿐이었으니까."

"그런데 왜 이리로 오자고 거예요? 근처 파스타집도 많은 데."

"휴대폰에 맛집 검색하니까 여기가 첫 번째로 뜨던데요."

은수가 휴대폰을 흔들어 보이며 생긋 웃자 희재는 못 말린다는 듯 고개를 좌우로 흔들었다.

"역시 미국에 오래 살았어도 한국 사람은 한국 사람인가봐요. 전 이런 곳이 더 정감 가고 좋네요."

은수의 말이 끝나기 무섭게 알바생이 다가와 준비된 냄비를 버너 위로 올려 주었다. 곧이어 맛있는 냄새를 풍기며 떡볶이가 익어 갔다. 국자로 떡볶이를 젓던 희재는 '먹어요'라고 말하곤 면부터 건져 먹었다. 그에 은수도 그녀를 따라 떡볶이를 맛보기 시작했다.

저녁을 다 먹고 나오자 어둑해진 하늘이 두 사람을 반겼다. 거리에는 버스킹을 하는 사람들이 하나둘씩 나와 노래를 부르고 있었다. 항상 이 길은 버스킹을 하는 사람들로 북적였다. 그래서 희재는 늘 이곳을 피해 다녔다.

들려오는 잔잔한 노랫소리에 희재는 방향을 틀어 다른 쪽으로 가려 했다. 하지만 은수는 그녀의 팔을 붙잡고 통기타를 연주하며 노래를 부르는 남자 앞에 멈춰 섰다.

"조금만 듣고 가요."

은수는 작게 턱짓으로 버스킹 하는 남자를 가리켰다. 능숙하게 기타를 치며 노래를 부르는 남자는 꽤나 수준급의 실력을 갖고 있었다. 듣기 좋은 목소리에, 몰려든 관객들의 입가에 미소가 지어졌다.

하지만 희재는 달랐다. 어딘가 불편해 보이는 표정으로 고개를 푹 숙인 채 버스킹 하는 남자에게는 눈길조차 주지 않았다.

노래가 끝나자 여기저기서 박수가 터져 나왔다. 그 바람에 희재는 작은 어지러움을 느꼈다. 숨을 고른 뒤 당장 이곳을 빠져나가야겠다고 생각하며 걸음을 옮기던 때였다. 은수가 갑자기 버스킹 하던 남자에게로 성큼성큼 다가갔다. 미간을 잔뜩 찌푸린 그녀는 멀어지는 그를 바라보았다.

은수가 남자의 귓가에 작게 속삭이더니 기타를 받아 들고 자리를 잡았다.

"뭐야, 저 사람……."

그냥 먼저 가는 게 낫겠다 싶어 뒤돌아서는데, 익숙한 멜로디가 희재의 발목을 단단히 붙잡았다. 그녀는 당혹감이 스친 얼굴로 다시 시선을 돌렸다. 그가 부르고 있는 건 인하가 작곡한 그녀의 노래였다. 편곡으로 알아채지 못할 뻔했지만 분명 인하의 노래였다.

지켜보던 관객들은 한 번도 들어 본 적 없는 노래에 고개를 갸웃거리다 이내 귀에 착착 감기는 멜로디에 후렴구를 흥얼거렸다.

어지러움이 거짓말처럼 잦아들었다. 노래하는 은수의 모습이 너무나 인하와 닮아서 가슴이 저릿했다.

노래가 끝나자 아까보다 더 큰 박수와 호응이 이어졌다. 은수는 감사의 의미로 고개를 꾸벅거리며 통기타를 남자에게 넘겨주고는 희재 쪽으로 걸어왔다. 그녀는 무언가에 홀린 듯 은수를 바라보았다. 아니라고 생각했는데 또다시 그에게서 인하가 보였다. 노래하는 모습이 너무나 닮아서 점점 눈시울이 붉어졌다.

"어때요? 노래는 희재 씨만큼 안 되지만 나름……."

천진한 미소를 지으며 다가오던 은수는 희재의 눈가에 맺힌 눈물을 보자마자 얼굴을 딱딱하게 굳혔다. 결국 그녀의 뺨을 타고 눈물이 흘러내렸다. 당혹감이 가득한 은수의 얼굴을 보며 희재는 눈물을 빠르게 닦아 내고는 도망치듯 발걸음을 옮겼다.

은수는 차마 그녀를 잡을 생각도, 불러 세울 생각도 하지 못했다. 눈물을 보일 것이라고는 전혀 생각지 못했기에 멀어지는 그녀의 뒷모습만 가만히 바라보고 서 있을 뿐이었다.

한참을 돌아다닌 것 같았다. 정신을 차렸을 때는 집 근처

골목이었다. 은수를 보고 또 인하를 떠올렸다는 것만으로 혼란스러운데 눈물까지 보이고야 말았다. 워낙 약한 모습을 보이기 싫어하는 희재였지만 지은수, 그 사람 앞에선 더더욱 그런 모습을 보이고 싶지 않았다.

"미쳤어, 진짜 제대로 미친 거야."

입술 끝에 터진 한숨은 너무도 무거웠다. 그 와중에도 그가 불렀던 인하의 노래가 떠올랐다. 비슷했다. 너무나 많이. 노래를 부르는 걸 그다지 좋아하지 않던 인하였기에 자주 듣진 못했지만 그의 목소리와 너무도 닮아 있었다.

"그러고 보니 목소리도 닮았어."

목소리까지 비슷하다는 것을 깨닫자 더욱더 머릿속이 복잡해졌다. 희재는 고개를 떨구곤 한숨을 푹 내쉬었다. 정확하게 그가 인하가 아닌지 확인해 보지 않으면 계속 이렇게 바보같이 행동할 것 같았다. 어떻게 하면 제대로 된 확인을 할 수 있을까 고민을 하던 찰나, 누군가가 다가오는 기척이 느껴졌다.

고개를 들어 보니 잔뜩 화가 난 표정의 해승이 희재를 노려보며 성큼성큼 다가오고 있었다.

그녀의 앞으로 다가온 해승이 갑자기 소리를 질렀다.

"전화는 왜 안 받는 건데!"

그 말에 희재가 가방에서 휴대폰을 꺼내 들었지만 배터리가 나가 버렸는지 까만 화면밖에 보이지 않았다.

"어라? 꺼졌네. 그러고 보니 배터리를 안 챙기고 나왔다."

하지만 해승의 굳은 표정은 풀리지 않았다. 그는 한 발짝 다가와 그녀의 어깨에 조심스레 두 손을 얹었다.

"은수 형 만났다며. 헤어질 때 누나 조금 이상했다고 그러더라."

"아……."

"무슨 일 있어? 어디 아프거나 그런 건 아니지? 그치?"

"아니야, 전혀. 그런 거 없어."

웃음을 띠며 대답하는 희재를 보고 해승은 깊은 숨을 내쉬었다. 누가 봐도 무슨 일이 있는 듯한 얼굴이었다. 방금까지 울었는지 토끼처럼 빨개진 눈이 그것을 증명하고 있었다. 하지만 해승은 모르는 척하며 어깨를 잡고 있던 손을 내려 시선을 돌렸다.

"더 이상 누나한테 앨범 작업 같이하자고 강요 안 할게. 누나는 모르겠지만 난 오래전부터 이 순간을 기다리고, 꿈꿔왔어. 그런데 누나가 나랑 인연을 끊고 싶을 정도로 이 일이 싫다면 누나의 의견을 존중할게."

해승의 목소리는 아주 담담했다.

"누가 보면 고백하는 줄 알겠네, 왜 이렇게 무게를 잡아."

"누나가 나 안 보겠다고 그러니까 이러는 거잖아. 앨범보다 누나를 선택했으니 나 좀 예뻐해 달라는 아부지, 뭐."

"참 나."

장난스런 해승의 말에 희재는 코웃음을 쳤지만 묘한 궁금증이 어렸다.

"그런데 7년 전이라는 말은 대체 무슨 뜻이야? 너랑 나, 알고 지낸 지 4년 정도밖에 되지 않았잖아."

그 물음에 점차 해승의 눈빛에 당황스러움이 묻어났다.

"어…… 내가 그런 말을 했었나?"

"응. 저번에 나한테 7년 전이라고 그랬어."

"글쎄, 나는 기억이……."

해승이 시선을 피하며 도통 모르겠다는 듯한 표정을 짓자 희재의 의심스러운 기색이 짙어졌다.

"뭐야. 뭔데 그래?"

뭔가 숨기는 게 있네, 있어. 당장 말해 보라는 듯 팔짱을 끼고 서 있는 그녀를 보며 해승은 머리를 긁적이곤 조심스럽게 입을 열었다.

"딱히 숨기려는 건 아니었어. 누나가 못 알아보는 것 같아서 그냥 가만히 있었던 거야."

"내가 못 알아본 거라고?"

아무리 생각해도 떠오르는 것이 없다는 듯 멍한 표정을 짓던 희재의 머릿속에 교복을 입은 남자아이가 스쳐 지나갔다.

"어? 너 설마……."

예전에 버스킹을 할 때마다 찾아오던 샛노란 머리를 한 남
학생. 하루도 빠짐없이 자신의 노래를 들으러 와 주었던 남
학생의 모습이 앞에 서 있는 해승과 겹쳐 보였다.

"드디어 기억해 주네. 그럼 그때 내가 했던 말도 기억해?"

처음 버스킹을 시작했던 날이었을 것이다. 노래를 마치고
짐을 꾸리는 희재의 곁에 서서 한참을 망설이던 남학생이 조
심스레 말을 건넸다.

"나중에 저랑 같이 노래해 주실 수 있으세요?"

이제야 희재는 설핏 웃음을 내지었다. 그래서였구나. 그렇
게 같이 일해 달라는 이유가. 지금까지 잊고 있었던 게 신기
할 정도로 확실히 떠오른 약속에 희재는 어쩐지 환하게 웃을
수가 없었다.

"뭐, 음악을 관둬 버린 누나 때문에 약속은 훨훨 날아가
버렸지만. 괜찮아."

어깨를 으쓱이며 배시시 웃은 해승은 시계를 보더니 꽤 늦
었다며 얼른 집에 들어가란 말을 남기고 유유히 자리를 떴
다. 홀로 남은 희재는 천천히 발걸음을 옮기다 7년 전 어린
해승의 모습과 지금을 비교하며 떠올라 피식 웃음을 터뜨렸

다. 자신을 향해 노래하자고 조르는 모습은 7년 전과 변함이
없었다.

❀   ❀   ❀

회의실에 마주 앉은 두 사람은 심각한 고민에 빠졌다. 희
재가 아닌 다른 대안을 생각하지 않았기에 새로 작사와 피처
링을 해 줄 사람을 찾아야만 했다. 하지만 해승은 그녀 외엔
딱히 마음에 드는 사람이 없었다.

한국에서 유명하다는 작사가 리스트를 훑어보던 은수는 고
개를 좌우로 흔들며 입을 열었다.

"정말 희재 씨는 이대로 포기하는 거야?"

"누나가 싫다는데 어쩔 수 없지. 어제 확실히 말하고 왔
어. 이제 안 조르겠다고."

은수는 아쉬움이 남은 표정으로 한숨을 푹 내쉬었다. 희재
에게 그때 했던 말은 모두 사실이었다. 그녀와 작업을 해 보
고 싶다는 생각에 오랜만에 한국 땅을 밟은 것이었는데, 이제
와서 작업을 안 하겠다니. 그렇다고 자신마저 해승과의 작업
을 물릴 수는 없었다. 의욕 상실로 인해 테이블 위에 리스트
를 던지듯 내려놓은 은수가 소파에 몸을 기대었다.

그때였다. 똑똑, 노크 소리와 함께 회의실 문이 열린 것은.

시큰둥한 표정으로 시선을 돌린 두 사람은 회의실에 들어선 누군가를 보고 눈이 휘둥그레졌다. 은수는 소파에 기대었던 몸을 슬며시 일으켰고, 해승은 보고 있던 작사가 리스트를 테이블 위로 떨어뜨렸다.

"나 대신 벌써 다른 작사가 구한 건 아니지?"

어색하게 웃으며 들어선 사람은 다름 아닌 두 사람이 간절히 기다리던 사람, 정희재였다.

04

출판사에 양해를 구한 희재가 본격적으로 합류하자 지체 없이 앨범 콘셉트에 대한 회의가 이어졌다. 앨범 디자이너들과 은수, 그리고 희재는 해승이 가져온 몇몇 후보들을 훑어보며 회의를 진행했다. 술술 풀릴 거라고 생각했는데 임직원들은 해승이 제안한 콘셉트가 마음에 들지 않는지 모두들 고개를 내저으며 반대의 의사를 드러냈다.

"아니, 이번 앨범은 내 마음대로 해도 된다고 대표님한테 허락받았는데 왜 다 안 된다고 하는 건지 도통 모르겠네."

회의를 마친 후 회의실에 세 사람만 남게 되자, 해승은 참고 있던 화를 표출하기 시작했다. 영재는 전적으로 해승에게 맡기겠다고 했지만 회사 입장에서는 이것저것 불안할 수밖에 없었다. 지금까지 실수 없이 매 앨범마다 좋은 성적을 거뒀던 그이기에 더더욱 그랬다.

그때, 누군가가 노크를 하며 안으로 들어왔다. 효주가 커피를 담은 캐리어를 흔들며 나타나자 해승은 벌떡 자리에서 일어섰다.

"효주 누나!"

그가 이산가족이라도 만난 듯 효주에게 다가가 안겼다. 반면, 그녀는 징그럽다며 그를 억지로 떼어 내려 했다. 그녀의 등장으로 무거웠던 회의실 분위기가 시끌벅적해졌다.

"이해승, 너 아무한테나 안기는 버릇 당장 고쳐라?"

"에이, 우리가 '아무나'로 통칭할 사이는 아니지. 누나."

"아무나가 아니면 뭔데? 네가 내 친동생이냐, 애인이냐? 한 번만 더 껴안아 봐라. 우리 오빠한테 바로 일러바칠 테니까."

희재는 만나기만 하면 으르렁거리는 두 사람을 보며 혀를 끌끌 찼다. 그러던 중 맞은편에 앉은 은수를 보곤 아차 했다. 효주가 보면 많이 놀랄 텐데, 어쩌지. 걱정에 입술을 꾹 깨물던 찰나, 해승이 커피를 마시던 효주를 불렀다.

"아, 맞다. 인사해. 여기는 희재 누나 친구, 장효주 누나. 여기는 이번 앨범 작업 같이하게 된 작곡가, 지은수 형."

커피를 내려놓고 은수를 바라보던 효주는 이내 표정을 굳혔다. 회의실 안에 순간 정적이 흘렀고, 은수는 고개를 갸웃거리며 효주를 쳐다보았다.

"서, 서인······."

손가락으로 은수를 가리키며 효주가 인하의 이름을 부르려고 하자 희재가 얼른 그녀의 입을 손으로 막았다. 갑작스런 행동에 놀란 해승과 은수가 의아한 시선으로 두 사람을 바라보았다. 희재는 어색하게 웃으며 조심스럽게 회의실 문쪽으로 뒷걸음질 쳤다.

"내, 내가 효주랑 아주 급하게 할 얘기가 있었는데 잠깐 잊었네. 잠깐만 둘이서 얘기 좀 하고 올게요."

희재는 효주를 데리고 얼른 회의실을 빠져나와 화장실로 향했다.

효주는 얼이 빠진 채 한동안 허공만 바라보았다. 희재가 인하와 닮은 사람을 봤다 했을 때 믿지 않았다. 순전히 그녀의 착각이라고만 생각했다. 그런데 그게 아니었다. 제삼자인 자신이 봐도 그는 인하와 너무나 닮아 있었다.

"네가 그때 말했던 사람이 저 사람이야?"

화장실에 누가 있는지 확인하기 위해 칸막이를 열어 보던 희재는 효주의 질문에 고개를 끄덕였다.

세상에나, 어떻게 이런 일이 있을 수가 있지? 동공을 이리저리 움직이며 말도 안 되는 이 상황을 이해해 보려 하던 효주가 조심스레 말문을 뗐다.

"혹시, 쌍둥이 아냐?"

화장실에 아무도 없다는 것을 확인한 희재는 세면대에 기대 서 있는 효주에게 다가섰다.

"나도 그게 제일 신빙성이 있다고 봐. 죽은 인하가 살아 돌아올 리는 없고, 도플갱어는 더더욱 말이 안 되고. 그런데 저 사람은 인하보다 두 살이나 더 많아. 그리고 잃어버린 가족 같은 것도 없대. 물론 부모님이 처음부터 말을 안 했을 수도 있긴 하지만……."

효주는 고개를 들고 희재를 바라보았다. 아마도 갑자기 마음을 바꾼 이유는 저 사람 때문이겠지. 자신에게는 해승과의 약속을 지키기 위해서라고 했지만.

"일단은 저 사람 앞에서 인하 이름 꺼내지 마. 더 알아보고 확실해지면 그때 얘기할 거야. 해승이도 인하에 대해선 전혀 모르는 상황이니까."

효주가 천천히 고개를 끄덕이자 희재는 그녀의 어깨를 조심스럽게 두드려 주고는 화장실을 나섰다.

다시 회의실에 들어오는 두 사람을 향해 은수와 해승이 시선을 옮겼다. 효주는 환하게 미소를 지으며 은수에게 성큼 다가갔다.

"아이고, 죄송합니다. 제가 인사를 하다 말고 이렇게 예의 없이……. 희재 친구 장효주라고 합니다."

"아니에요. 급하시면 그럴 수도 있죠. 반가워요. 전 지은수라고 합니다."

은수는 기분 좋게 미소를 지으며 효주에게 악수를 청했다. 효주는 얼른 그의 손을 맞잡으며 어색한 미소를 지었다. 목소리마저 똑같네. 은수가 어색하게 웃자 그녀는 그제야 잡고 있던 손을 놓고 뚫어져라 바라보던 시선을 뗐다.

"허허, 다들 배고프지 않아요? 내가 쏠 테니까 얼른 점심 먹으러 갑시다."

어색하기 짝이 없는 말투에 희재는 한숨을 푹 내쉬었지만 해승은 밥이라는 말에 그저 좋아하며 효주에게 안겨 들었다. 그 바람에 시작된 두 사람의 투닥거림으로 회의실 안에 또다시 시끄러운 소리가 울려 퍼졌다.

네 사람은 근처 한식당으로 향했다. 효주는 사람들이 알아볼 게 뻔한 해승을 배려해 룸으로 된 한식당을 예약해 두었다. 밥을 먹는 내내 효주의 시선은 은수에게 고정되어 있었다.

인하는 효주에게도 가까운 존재였다. 고등학교 3년을 내내 함께한 친구이자, 제일 친한 친구인 희재의 애인이었기에.

다시는 못 볼 것이라 생각했던 그의 얼굴을 이렇게 마주하니 기분이 참 묘했다. 정말 그가 살아 돌아온 것 같은 기분에 어쩐지 눈물이 날 지경이었다.

은수를 바라보며 물을 마시던 효주는 순간 그와 눈이 마주치자 당황해 사레에 걸려 버렸다. 켁켁 기침을 내뱉으며 괴로워하는 효주의 등을 희재가 토닥여 주었다.

"괜찮아요?"

"아, 네. 괜찮아요."

나직한 목소리로 물은 은수가 휴지를 뽑아 건네자 효주가 어색하게 웃으며 그것을 받아 들었다. 그 모습을 미간을 찌푸리고 바라보던 해승이 젓가락으로 상을 탁탁 치며 모두의 이목을 집중시켰다.

"잠깐만, 잠깐만. 두 사람 뭔가 되게 수상해."

"뭐, 뭐가?"

효주는 당황한 표정을 지으며 말까지 더듬었다. 해승이 그런 그녀를 보며 의미심장하게 말을 이어 갔다.

"지금 누나, 애인 내버려 두고 은수 형이랑 바람피우는 거야?"

효주가 헛웃음을 내뱉었지만 그는 의심의 끈을 놓지 않은 채 은수에게로 시선을 옮겼다.

"은수 형도 그래. 원래 여자들에게 잘해 주는 성격인 건 알지만, 저 누나 임자 있는 몸이란 말이야. 그렇게 잘해 주면

80

누나 오해한다고."

그리곤 엄청난 비밀 얘기라도 말하려는 듯 은수에게 다가
가 속삭였다.

"저 누나 애인, 격투기 선수야. 한 대 맞으면 골로 갈지도
모른다니까?"

그 말에 효주는 콧방귀를 뀌곤 들고 있던 휴지를 돌돌 말
아 던졌다.

"그렇게 내 애인 무서운 거 아는 애가 왜 자꾸 날 껴안는
건데?"

"내버려 둬. 네 애인한테 맞아 뒤지고 싶나 보지."

무덤덤하게 덧붙이는 희재의 말에 효주와 은수가 동시에
품 하고 웃음을 터트렸다. 곧이어 희재도 따라 웃기 시작하
자, 해승이 입을 삐죽 내밀었다. 한참을 웃던 은수가 해승의
등을 토닥이며 말했다.

"해승아, 너 제대로 헛다리 짚었다."

"에이 씨, 분명 둘 다 시선이 야리꾸리했는데."

"난 희재 씨한테 관심이 있거든."

너무나 자연스러운 말투에 모두들 3초간 은수의 말을 제
대로 인지하지 못했다. 제일 먼저 정신을 차린 건 해승이었
다. 단단히 굳은 얼굴로 애써 미소를 지으며 그가 물었다.

"뭐, 뭐라고?"

"난 임자 있는 효주 씨가 아니라, 희재 씨한테 관심이 있다고."

또박또박. 한 단어, 한 단어 힘을 주어 말한 은수가 시선을 옮겨 맞은편에 앉은 희재를 바라보았다. 그녀는 당혹감이 가득 찬 얼굴로 밥을 뜬 숟가락을 멍하니 들고 있었다. 그런 희재를 보며 은수는 계란말이를 집어 그녀의 숟가락 위에 올려 주었다.

"많이 먹어요. 희재 씨."

나긋나긋한 음성에 모두가 얼음이 된 것처럼 굳어 버렸다. 세상에, 이게 무슨 뜬금없는 소리인지. 희재는 어이없다는 듯 헛웃음을 내뱉으며 미간을 잔뜩 찌푸렸다. 시선을 마주한 두 사람 사이에 고요한 침묵이 일렁였다.

은수의 폭탄 발언에 모두들 밥이 코로 들어가는지, 입으로 들어가는지 모르고 점심식사를 끝냈다. 보통 때 같으면 해승이 분위기 메이커마냥 장난스럽게 정적을 깼을 텐데 갑작스런 은수의 발언이 꽤나 충격이었는지 식당을 나온 뒤에도 여전히 말이 없었다.

"하하, 그럼 오늘 일도 끝났으니 파하도록 하죠."

효주가 긴 정적을 물리며 먼저 말을 꺼내었다. 원래는 커피를 마시며 지은수란 사람에 대해 알아볼 겸 담소를 나눌 계획이었지만 지금 이 상황에서는 도저히 그럴 수가 없었다.

그때, 은수가 희재의 손목을 잡아챘다.

"그럼 효주 씨, 나중에 또 뵙도록 해요. 해승아, 전화할
게."

자신이 만들어 놓은 이 분위기를 눈치채지 못한 듯 은수는
생글생글 웃고 있었다. 그리곤 말이 끝나기 무섭게 뒤돌아
희재를 끌고 길을 나서기 시작했다.

멀어지는 두 사람을 바라보던 효주는 어이가 없다는 듯 헛
웃음을 내뱉었다. 대체 이 상황은 뭐란 말인가. 죽은 남자 친
구를 닮은 사람이 나타난 것도 모자라 그 사람이 관심을 표
한다. 이 아이러니하고도 어이없는 상황을 어떻게 해야 할지
몰라 눈앞이 캄캄했다.

"대체 이게 무슨 상황이냐."

혼잣말하듯 중얼거리며 고개를 내젓던 효주는 자신의 옆
에 서 있는 해승에게로 시선을 돌렸다. 그는 싸늘한 시선으
로 멀어지는 두 사람을 바라보고 있었다.

한편, 은수의 손에 끌려가던 희재는 해승과 효주가 완전히
보이지 않을 때쯤이 돼서야 거칠게 그의 손을 뿌리쳤다.

"이봐요. 지은수 씨."

화가 서린 말투에도 은수는 입가에 옅은 미소를 지으며 뒤
를 돌아봤다.

"아까는 당황했고, 해승이랑 효주가 있어서 말을 못 했는데 전 그쪽 안 좋아해요."

"알아요. 나 좋아하지 않는다는 거. 그런데 희재 씨, 나한테 관심은 있잖아요."

정곡을 찌르는 말에 말문이 막힌 희재는 입술을 깨물었다. 그동안 은수에게 보였던 행동은 관심이 맞았다. 하지만 온전히 인하와 닮아서 생긴 관심일 뿐, 그 이상도 그 이하도 아니었다.

"그래서 말해 주고 싶었어요. 나도 희재 씨와 같은 마음이라고."

충분히 오해할 수 있는 상황을 만든 것은 희재였고, 그에 대해 해명하려면 인하에 대해 말해야만 했다. 그녀는 긴 머리를 쓸어 넘기며 은수와 시선을 마주했다. 나긋하게 자신을 바라보는 시선에 또다시 머뭇거리던 그녀는 이내 담담하게 입술을 떼어 냈다.

"미안한데, 내 관심은 그쪽이 생각하는 그런 관심이 아니에요."

은수는 이해가 되지 않아 고개를 갸웃거렸다. 자신에 대해 궁금해했다. 그게 관심이 아니라면 대체 뭐란 말인가.

"미안해요. 오해하게 해서."

할 얘기가 끝났다는 듯 희재는 걸음을 옮기려 했지만 은수는 그녀를 순순히 보내 주지 않았다.

"그럼 당신이 보인 관심은 대체 뭡니까?"

은수는 희재의 말에 동의할 수 없다는 얼굴로 그녀의 앞을 막아섰다. 그에 그녀는 마른침을 힘겹게 삼키며 입을 열었다.

"닮아서요. 내가 아는 사람이 그쪽이랑 너무 닮아서, 아니, 똑같아서 그랬어요."

그 말에 은수의 눈썹이 묘하게 움찔거렸다.

"처음엔 그 사람인가 싶었어요. 그래서 계속 당신에게 이것저것 물었던 거고. 그런데 그 사람과 겹치는 게 하나도 없어요."

희재의 동공이 조금씩 흔들렸다.

"당신은 그 사람이 아니야. 그럴 리가 없어. 그 사람은 이미…… 죽었으니까."

담담하게 말을 이어 가던 희재의 두 눈에 점차 눈물이 차오르기 시작했다. 그녀에게 얼마나 소중했던 사람이었는지 눈빛만 봐도 알 것 같았다. 은수가 뭐라 질문을 꺼내려고 하자 희재는 얼른 뒤돌아 그에게서 멀어졌다.

자신을 보며 누군가와 닮았다고 말하는 여자에 대한 궁금증은 더욱 커져만 갔다. 그리고 자신을 닮았다는 '그 사람'에 대해서도.

눈을 뜨니 눈꺼풀 위에 묵직한 돌을 올려놓은 듯 무거움이 느껴졌다. 어제 한번 터진 눈물은 한동안 멈출 줄을 몰랐다.

"적당히 울고 그칠걸."

어젯밤 자신의 행동을 반성하며 침대에서 몸을 일으킨 희재는 화장대 거울을 보며 얼굴을 살폈다. 모기가 두 눈두덩을 문 것처럼 땡땡하게 부어 있었다.

허허, 어이가 없어 웃음을 터트린 그녀는 허기를 느끼고 천천히 방을 나섰다. 삼촌과 숙모가 없는 집 안은 조용했다. 항상 주말 아침이면 두 사람의 대화가 방 안까지 울리곤 했는데 거슬리던 그 소리가 사라지자 어쩐지 허전했다.

문득 영재가 보고 싶어진 희재는 휴대폰을 들어 그에게 전화를 했지만 역시나 전원이 꺼져 있다는 안내 멘트만 들릴 뿐이었다.

한숨과 함께 휴대폰을 내려놓은 그녀는 먹을 것을 찾기 위해 냉장고 문을 열었다. 하지만 유선이 없는 집에 먹을 것이 있을 리가 없었다.

"아, 진짜……."

머리를 긁적인 희재는 할 수 없이 겉옷을 입고 집을 나섰다. 워낙에 사람들의 시선을 신경 쓰지 않았고, 동네에 아는 사람도 없었기에 감지 않은 머리와 초췌한 민낯으로 5분 거리에 위치한 편의점으로 향했다.

"희재 씨?"

카운터에서 계산을 하고 있던 은수와 정면으로 딱 마주치고 말았다. 그는 평소의 깔끔하고 심플한 옷차림이 아닌 검은색 추리닝을 입고 있었다. 이 정도면 우연히 마주치는 게 아니라 그가 일부러 자신을 쫓아다니는 것 같기도 했다. 놀란 희재가 미간을 찌푸리며 당혹감을 드러내자 은수가 웃음을 터트렸다.

"눈이 왜 그래요?"

겉옷에 달려 있던 모자를 뒤집어쓴 그녀는 모르는 척 그를 지나쳐 진열대로 향했다. 그리고 얼른 인스턴트 음식을 몇 개 고른 뒤 카운터로 향했다.

"5,600원입니다."

편의점 아르바이트생의 말에 겉옷을 뒤적거리던 희재의 얼굴이 갑자기 굳어졌다. 젠장, 지갑을 가지고 오지 않았다. 한숨을 푹 내쉰 희재가 조심스럽게 입술을 떼었다.

"잠시만요. 돈 가지고 다시······."

"그냥 이걸로 계산해 주세요."

카드를 내밀며 은수가 말했다. 됐다고 말하려고 했지만 이미 아르바이트생에게 카드가 넘어가 결제를 해 버린 뒤였다.

왠지 찜찜한 기분으로 은수의 뒤를 따라 편의점을 나선 희재는 애써 그의 시선을 마주하지 않으며 말했다.

"돈은 내일 회사에서 드릴게요."

"딱히 큰돈 아니니까 안 그래도……."

"갚을게요."

하늘이 무너져도 꼭 갚을 것 같은 강경한 말투에 은수는 고개를 끄덕였다.

"그래요, 희재 씨가 그러고 싶다면 그렇게 해요. 그런데 그러면 영화표 값도 갚아야 하는 거 아니에요?"

장난스러운 그의 물음에 희재는 미간을 찌푸렸다. 그러고 보니 영화표 값은 생각지도 못하고 있었다. 그녀는 헛기침을 내뱉으며 대답했다.

"그것도 내일 갚을게요."

저벅저벅 발걸음을 옮기는 그녀의 모습을 뒤에서 바라보던 은수는 새어 나오는 웃음을 참기 위해 고개를 푹 숙였다. 그리고는 큰 보폭으로 희재를 따라잡은 뒤 태연히 물었다.

"여기 근처에 살아요?"

대답해 주기 싫었지만 거짓말을 하는 건 더 이상하기에 그녀는 고개를 끄덕였다. 그러자 그도 따라 고개를 끄덕이며 말을 이었다.

"나도 이 근처에 살아요. 여기 코너 돌아서 오른쪽 두 번째 집."

누가 물어봤나. 희재는 관심 없다는 듯 시선을 다른 곳으로 돌리곤 골목을 꺾어 성큼성큼 앞으로 걸어갔다. 그러자 은수도 코너를 지나 그녀의 뒤를 따라 걸어왔다. 그에 우뚝 멈춰 선 희재가 인상을 잔뜩 찌푸리며 고개를 돌려 그를 바라보았다.

"왜 따라와요?"

"할 말이 있어서요."

"그럼 지금 얘기하세요."

"희재 씨 집 앞까지 데려다주고 난 다음에……."

"지금, 하시죠."

희재가 단어에 힘을 주며 또박또박 말하자 은수는 난감하다는 듯이 목을 긁적였다. 사실 데려다준다는 명목으로 그녀의 집을 알아내려던 참이었다.

"그래요. 그럼 지금 얘기하죠."

집은 나중에 천천히 알아내야겠다고 생각하며 그는 그녀에게 한 발짝 다가섰다.

"어젠 미안했어요. 아무것도 모르면서 희재 씨 마음 판단해 버려서, 진심으로 사과할게요."

갑작스런 말에 희재는 당황했다. 자신도 사과를 해야 하나 싶어 우물쭈물 어쩔 줄 몰라 하던 그때, 은재가 한 발짝 더 다가와 그녀의 앞에 섰다. 놀란 희재는 반듯하게 자신을 내려 다보는 그의 시선과 마주했다.

너무 가까워진 것 같아 뒷걸음질 치며 조금 떨어지려던 찰나, 은수가 그녀의 팔을 잡아채 도망가지 못하게 했다.

가슴이 묘하게 뛰었다. 희재는 어디에 시선을 둬야 할지 몰라 그저 눈동자를 이리저리 굴리기만 했다.

"그런데 나는 진심이에요."

그 말에 방황하던 그녀의 시선이 우뚝 허공에 멈췄다. 천천히 고개를 들자 입가에 미미한 미소를 머금은 그가 보였다.

"난 여전히 당신을 알고 싶습니다, 정희재 씨."

05

"여기, 빌린 돈이랑 영화표 값이요."

은수가 회의실로 들어서자마자 희재는 기다렸다는 듯이 돈을 내밀었다. 그가 손바닥을 펼치자 희재는 그의 손에 정확히 15,600원을 놓아 주고는 자신의 자리로 돌아가 앉았다.

은수는 도저히 못 말리겠다는 듯이 고개를 좌우로 흔들며 돈을 주머니에 집어넣었다. 어제 희재에게 자신의 진심을 전달했지만 돌아온 건 단호한 거절이었다.

"난 당신이 이러는 거 싫어요. 그러니까 그 관심, 얼른 접어 주셨으면 해요."

그저 관심일 뿐인데 그것마저 접어 달라니. 정말이지 남의 가슴을 후벼 파는 말을 하는 것에 도가 튼 여자 같았다. 은수는 저벅저벅 걸어가 희재의 맞은편에 자리를 잡고 앉았다. 그녀를 힐끗 쳐다봤지만 회의 자료만 훑어볼 뿐 그에게는 작은 눈길조차 주지 않았다.

그때 마침 회의실 문을 열고 해승이 들어섰다. 희재는 간략하게 손 인사를 건네곤 다시 회의 자료를 훑어봤다. 그에 은수는 자신의 옆 의자를 빼며 해승을 맞이했다.

해승은 어젯밤 그에게서 걸려 온 전화를 떠올렸다.

—야, 나 제대로 고백도 하기 전에 차였다.

낮게 가라앉은 은수의 목소리에 해승은 이상하게도 안도감을 느꼈다. 희재라면 아무리 은수일지라도 절대 호락호락하게 넘어가지 않을 것이라 생각은 했지만 작은 불안감은 가지고 있었다. 그런데 희재가 아예 관심도 갖지 말아 달라고 했단다. '역시 정희재답다'라는 생각이 들었다.

회의는 일주일 동안 진행되었지만 여전히 답보 상태였다. 좀처럼 임원진과 해승 사이에 콘셉트에 대한 의견이 좁혀지지 않아 생각보다 시간이 많이 지체되고 있었다.

결국, 해승의 고집에 두 손 두 발을 든 직원들은 그의 의견을 대부분 수렴하겠다는 결과를 내렸다. 그 대신 정규 앨범이 아닌 미니 앨범으로 제작하겠다는 조건이 달렸다. 그가 그 제안을 받아들이면서 콘셉트에 대한 회의는 일단락되었다.

　하지만 본격적인 업무는 이제부터 시작이었다. 회사에서 작은 작업실을 하나 배정받은 희재는 매일같이 출근해 곡에 맞는 가사를 뽑아내려 애를 썼다. 예전 가사집도 들춰 보았지만 딱히 쓸 만한 게 없었다. 시집도 읽어 보고, 감명 깊게 봤던 영화나 드라마를 봤는데도 여전히 머릿속은 백지 상태였다.

　그렇게 또 일주일이 아무런 성과 없이 지나가자 일을 맡은 것에 대한 후회감이 물밀듯 밀려왔다. 작업실에 틀어박혀 있어서 그런지 요 며칠 동안 은수와도 딱히 마주치지 않았다.

　그도 회사로 출근을 하는 것 같았지만 관심을 꺼 달라는 말을 한 이후로 그녀에게 일말의 관심을 보이지 않고 있었다. 어쩌다 복도에서 마주쳐도 간단한 눈인사만 건넬 뿐 오고 가는 대화는 없었다.

　"관심 끄라니까 정말 칼같이 꺼 주시네."

　사실 마음이 혼돈스러워 그렇게 모질게 말했던 것이었다. 은수에게 호감을 가진다는 건 있을 수 없는 일이었다. 인하와 닮은 얼굴을 한 그의 호감을 받아들일 수 없었다.

머릿속이 복잡해지자 희재는 깊은 한숨을 내쉬며 책상에 바짝 엎드렸다. 모르겠다, 모르겠어. 어디서부터 뭐가 어떻게 된 건지 전혀 알 수가 없었다.

그렇게 괴로움에 몸부림 치고 있을 때였다. 누군가가 작업실 문을 똑똑 두드렸다.

고개를 빼꼼히 내민 회사 직원은 희재를 향해 웃으며 워크숍에 관련된 정보를 말해 주었다.

"워크숍이요?"

"네, 매년 이맘때쯤 하거든요. 희재 씨도 저희랑 작업하시는 분이고, 대표님 조카시기도 하니까 같이 가시면 어떨까 해서요."

워크숍이라면 출판사에서도 1년에 두 번씩 갔었다. 그때마다 흑역사를 생성했던 자신의 모습이 떠올라 그녀는 고개를 좌우로 내저었다. 거기다 여긴 모르는 사람도 많고 어색하기 짝이 없는 사람까지 있지 않는가.

"아니요. 저는 괜찮아요."

정중히 거절을 하자 직원은 아쉬움을 표하며 한 번 더 생각해 보라는 말과 함께 작업실을 나섰다. 그리고 정확히 한 시간 뒤, 누군가가 작업실 쪽으로 걸어오는 소리가 요란하게 들렸다. 가사를 끼적거리던 희재가 고개를 들자 해승이 벌컥 문을 열고 들어왔다.

"누나, 워크숍 안 간다고 했어? 왜?"

해승의 목소리가 쩌렁쩌렁하게 울려 퍼지자 희재는 귀를 틀어막으며 그를 아니꼽게 쳐다보았다.

"야, 목소리 볼륨 좀 줄여."

"왜! 왜 안 가는데!"

"아, 좀!"

그녀가 소리를 빽 지르며 자리에서 일어서자 그제야 그가 꿀 먹은 벙어리처럼 입을 다물었다. 그리고는 입을 삐죽 내밀며 최대한 불쌍한 표정을 지었다.

"안 가. 난 더 이상 흑역사를 생성하고 싶지 않거든."

고개를 절레절레 흔들며 완강히 거부하는 태도에 그가 그녀의 팔을 붙잡고 몸을 좌우로 흔들어 댔다. 하지만 그런 애교 따위로 생각을 번복할 희재가 아니었다. 그는 한숨을 푹 내쉬며 자리에서 천천히 일어섰다.

"알겠어. 누나가 정 그렇다면 할 수 없지."

축 처진 어깨를 하고 터덜터덜 작업실 문 쪽으로 걸어가던 그가 다시 고개를 돌려 애처로운 시선으로 희재를 바라보며 중얼거렸다.

"누나를 위해 워크숍 때 마시려고 시가 3백만 원짜리 와인을 준비했는데. 우리 회사 직원들이랑 맛있게 나눠 마시는 수밖에 없겠네……"

3백만 원짜리 와인? 두 눈을 크게 뜬 희재는 작업실을 나가려는 해승을 보며 자리에서 벌떡 일어섰다.

"이해승, 너 설마……."

희재는 말을 채 잇지 못하고 손으로 입을 틀어막았다. 그러자 해승이 뒤돌아 회심의 미소를 지어 보였다.

"1993년산, 샤또 페트뤼스……?"

떨리는 희재의 목소리에 그가 고개를 끄덕였다. 세상에, 그 귀한 것을! 그녀는 본능적으로 환한 미소를 지으며 해승이 원하는 말을 내뱉고야 말았다.

❖   ❖   ❖

희재는 버스 맨 뒷좌석 가장자리에 선글라스를 끼고 죽은 듯이 자리를 잡고 앉았다. 이번엔 절대 출판사 워크숍 때처럼 온몸에서 나오는 끼를 발산하지 않으리라 다짐하면서.

"홍이 나도 참는다, 시가 3백만 원짜리 와인만 조곤하게 마신다. 참는다. 마신다. 참는다……."

불경을 외우듯 같은 말을 반복하던 그때, 누군가가 성큼성큼 버스 뒤쪽으로 걸어와 희재의 옆에 앉았다. 그녀는 고개를 돌려 자신과 똑같은 브랜드의 선글라스를 착용한 은수를 바라봤다.

"오랜만이네요?"

태연하게 미소 짓는 은수를 보며 희재는 미간을 찌푸렸다. 빈자리도 많은데 자신의 옆에 앉는 그의 행동이 불만이었다. 그동안 아는 척을 하지 않기에 이제 완전히 마음을 접은 건가 했더니. 희재는 선글라스를 거칠게 벗으며 은수를 아니꼽게 보았다.

"지은수 씨."

"네?"

"다른 곳에 앉으시죠? 난 그쪽이 내 옆에 앉는 거 좀 불편한데."

까칠한 말투에 은수가 작게 미소를 지으며 한 칸 옆으로 옮겨 앉았다.

"저기요. 이런 말까지는 하고 싶지 않았는데. 지금 지은수 씨 행동, 나한테 엄청 미련 남아 보여요. 그러니까……."

"자, 직원분들 부서별로 모여 앉아 주세요! 앨범 작업 때문에 참여하신 분들은 그분들끼리 앉으시면 됩니다!"

인솔을 맡은 실장의 말에 희재는 돌상처럼 굳은 채 눈만 끔벅거렸다. 그러자 은수가 선글라스를 벗으며 입가에 미소를 지었다.

"저분이 팀끼리 앉으라고 신신당부를 하셔서."

"아……."

이제야 그의 행동이 이해됐는지 고개를 아래위로 끄덕인 희재는 민망한 듯 시선을 창문 쪽으로 돌렸다. 애써 태연한 척 선글라스를 쓰며 아무 일도 없다는 듯이 구는 그녀의 모습에 은수는 웃음을 애써 참았다.

곧이어 버스에 올라탄 해승은 버스 뒤쪽으로 뛰어오더니 떨어져 앉은 두 사람을 번갈아 쳐다보며 해맑게 가운데 빈자리를 가리켰다.

"이거 뭐야? 혹시 내 자리 비워 둔 거?"

고개를 끄덕이며 희재가 그렇다고 하자 은수는 헛웃음을 내뱉었다.

직원들이 모두 착석하자 버스는 기다렸다는 듯이 출발했다. 잠을 청하기 위해 창 쪽으로 고개를 돌리는 희재의 모습에 해승은 말없이 자신의 가방에서 담요를 꺼내 무릎을 덮어 주었다. 그러자 희재가 눈을 뜨고 그에게로 시선을 옮겼다.

"와인은 챙겨왔지?"

"가방에 잘 모셔 뒀으니까 걱정 마시죠. 누님?"

해승이 가방을 통통 치며 말하자 희재는 손을 내밀어 하이파이브를 청했다. 뭐가 좋은지 웃음이 끝이 않은 두 사람을 힐끗 보며 은수는 고개를 갸웃거렸다.

두 시간 정도 달린 버스는 워크숍 베이스캠프에 도착했다.

몸을 구긴 채 잠들었던 희재는 내리자마자 기지개를 쭉 폈다. 숙소에 짐을 풀고 운동장으로 내려오라는 실장의 지시에 사람들은 삼삼오오 모여 배정받은 숙소로 향했다.

희재는 객실 키를 들고 혼자 터덜터덜 걸어갔다. 대표의 조카라서 대우를 해 주는 건지, 아니면 회사 외부 사람이라 특권을 주는 건지 모르겠지만 1인실을 배정받은 상황이었다. 사실 잘 모르는 사람들과 한방을 쓰는 걸 그다지 좋아하지 않았기에 한편으로는 좋았지만 왠지 혼자만 대우를 받는 거 같아 마음이 불편하기도 했다.

방 안에 들어선 희재는 짐을 한쪽에 두곤 운동장으로 나섰다. 도살장에 끌려나오는 소처럼 그녀가 운동장에 모습을 보이자 해승이 손을 흔들며 반겼다. 은수도 해승의 옆에서 그녀를 보고 씩 웃었지만 희재는 못 본 척 시선을 돌렸다.

직원들이 운동장에 다 모인 것을 확인한 실장은 추첨이라도 하려는 듯 상자 두 개를 들고 앞에 섰다.

"지금 뭐하는 거야?"

워크숍 일정표를 보지 못한 희재가 고개를 갸웃거리며 묻자 해승이 신이 난 목소리로 대답했다.

"짝 피구!"

애들도 아니고 무슨 짝 피구를. 희재는 못마땅한 얼굴로 한숨을 내뱉었지만 반대로 해승은 한껏 신이 나 있었다.

청팀·백팀으로 나눠진 사람들은 줄을 서서 각각의 상자에서 제비뽑기를 진행했다. 같은 숫자가 나온 사람들끼리 짝이 되어 경기를 하기 위함이었다. 숫자 밑에 동그라미가 그려져 있는 사람이 수비를 하는 방식이었다. 청팀인 희재는 3번을 뽑았다. 다행인지 불행인지 수비 역할은 아니었다.

"누나 몇 번이야?"

"나 3번."

"아, 난 10번인데."

"희재 씨, 저랑 짝이네요?"

은수가 불쑥 끼어들며 자신이 뽑은 쪽지를 내밀었다. 동그라미 위에 큼지막하게 '3'이라는 숫자가 적혀 있었다. 그것을 본 희재는 단번에 표정을 굳혔다. 많고 많은 사람들 중에 하필이면 그와 짝이 되었다는 생각에 헛웃음을 내뱉었다. 피하고 싶은 사람과 엮이는 걸 보면 운이 없는 모양이었다.

"그럼 짝끼리 청팀은 오른쪽에, 백팀은 왼쪽에 서 주세요."

실장의 말에 모두들 경기장 안으로 들어섰다. 당장에라도 집에 가고 싶은 마음이 굴뚝같았지만 3백만 원짜리 와인을 생각하며 희재는 은수의 뒤를 따랐다.

"손, 잡을까요?"

"됐어요."

새초롬하게 대답한 그녀는 그의 옷깃을 손끝으로 조심스

럽게 잡았다.

"그럼 금방 맞을 텐데요."

그의 말을 무시하며 고개를 돌린 희재는 제 몸집보다 두 배나 큰 매니저를 뒤에 세운 채 어찌할 바를 모르는 해승을 바라봤다.

실장의 호루라기 소리와 함께 경기가 시작되었다. 은수는 공을 피해 옆으로 움직이며 자신의 옷깃을 잡은 희재의 손목을 자연스레 움켜쥐었다. 그에 그녀는 가늘게 눈을 뜬 채 그의 팔을 잡아뗐다.

"게임이니까 사적인 감정 빼고 그냥 잡는 게 낫지 않아요?"

"그쪽이야말로 사적인 감정 빼고 게임에만 집중하시죠?"

한마디도 지지 않는 희재의 모습에 은수는 웃음을 내뱉었다.

제일 먼저 탈락한 건 해승과 그의 매니저였다. 게임을 하기 전 꽤나 기대가 커 보였던 해승이었기에 경기장 밖을 나서는 뒷모습은 처량하기 짝이 없었다.

하나둘 사람들이 줄어들어 어느새 각 팀엔 두 커플밖에 남지 않게 되었다. 은수의 남다른 운동신경 때문인지 희재는 마지막 두 커플에 포함되어 있었다.

"남은 사람이 별로 없어서 보폭을 크게 움직이게 될 텐데, 이제라도 손잡죠?"

또다시 그가 손 잡기를 권유했지만 그녀는 묵묵부답으로 일관했다. 은수는 옅은 한숨을 내뱉으며 들고 있던 공을 힘껏 반대 방향으로 내던졌다. 빠르게 멀어진 공은 상대편 공격수의 발목을 정확히 맞췄다.

스코어는 2대 1. 청팀이 유리한 경기였다. 한 커플만 맞추면 이기는 상황이었지만 공은 백팀에게 가 있었다. 백팀의 공격자는 은수와 희재를 향해 힘껏 공을 던졌다.

희재는 은수의 어깨너머로 앞을 바라보았다.

그때, 그가 재빨리 옆으로 몸을 피하는 바람에 옷깃을 잡고 있던 손이 순식간에 떨어졌다. 그리고 그와 동시에 그녀의 얼굴 정면으로 공이 날아들었다.

그 광경을 지켜보고 있던 모든 사람들의 눈이 휘둥그레졌다. 상대편 공격자도 놀라 입을 다물지 못했고, 해승은 코트 안으로 뛰어 들어왔다.

"누나!"

"희재 씨, 괜찮아요?"

자신의 어깨에 손을 올리며 은수가 다급히 물었지만 희재는 통증 때문에 대답을 할 수 없었다. 분명 일부러 피했다. 오늘 경기로 미루어 짐작하건대 그 정도 공은 잡고도 남았을 것이었다.

주먹을 꽉 쥐고 고개를 든 희재는 은수를 바라보며 낮은 목소리로 중얼거렸다.

"지금…… 일부러 피했죠?"

레이저라도 나올 것 같은 매서운 시선에 은수는 무슨 소리냐는 듯이 어깨를 들썩이며 고개를 좌우로 내저었다. 하지만 입꼬리는 묘하게 하늘을 향하고 있었다.

개자식. 일부러 그런 거 맞네, 맞아. 은수에게 다가가 한마디 하려던 때였다. 해승이 다급하게 소리쳤다.

"누나, 코에서 피 나!"

그 말을 듣는 순간, 인중을 타고 뭔가가 흐르는 느낌이 들었다. 손에 묻어난 시뻘건 피를 보고 이를 바득바득 갈며 소리를 지르려던 찰나, 은수가 희재의 뒷목을 잡아 얼굴을 바닥으로 향하게 만들었다.

"뭐, 뭐하는 거예요?"

갑작스런 행동에 벗어나려 버둥거렸지만 은수는 희재의 뒷목을 꾹 누른 채 자세를 유지하게 만들었다.

"피가 기도로 넘어가면 안 되니까 이대로 있어요. 해승아, 얼른 휴지 좀 가져와."

"어? 어!"

"실장님, 게임 잠깐 멈춰도 되죠?"

그의 말에 잔뜩 놀라 굳어 있던 실장이 호루라기를 불고 게임을 중지시켰다.

"좋은 말로 할 때 이거 놓죠?"

"가만히 있어요."

차분하게 말을 이어 가는 은수였지만 그 목소리가 어쩐지 희재를 더욱 화나게 만들었다.

해승이 헐레벌떡 뛰어와 휴지를 내밀자 은수는 얼른 무릎을 구부려 자세를 낮추고는 희재의 얼굴을 조심스럽게 들어 그녀와 눈을 마주했다. 원망이 가득한 그녀의 시선에도 그는 덤덤하게 흐르는 코피를 닦아 냈다.

"그러게 왜 내 말을 안 들어요."

끝까지 자기 잘못은 없다는 듯한 뉘앙스에 희재는 헛웃음을 내뱉었다. 그러자 피를 닦아 낸 그가 얼굴을 들이밀곤 내밀한 시선으로 그녀의 얼굴을 훑다 조심스럽게 콧등을 만지작거렸다. 당황한 희재는 귀가 달아오르는 것을 느끼며 몸을 움찔거렸다.

"다행히 피는 멈춘 거 같고, 코뼈도 괜찮은 거 같네요."

상냥한 목소리로 중얼거린 그는 휴지를 돌돌 말아 조심스럽게 코에 끼워 주곤 희재의 손을 덥석 잡았다. 놀란 그녀의 눈썹이 무섭게 치켜 올라갔다.

"이봐요."

"쌍코피 안 나려면 이제라도 잡는 게 좋겠죠?"

젠장. 희재는 입술을 꾹 깨물며 은수를 노려봤다. 두 사람을 지켜보던 실장은 휘슬을 불며 다시 게임을 진행시켰다.

은수는 손을 꼭 맞잡은 채 자신의 뒤로 희재를 숨겼다. 그의 등 뒤로 바짝 붙은 그녀의 심장은 오작동이라도 한 듯 미친 듯이 두근거리고 있었다. 심장 소리가 너무 커서 은수에게 들리지 않을까 싶은 걱정에 희재는 짙은 한숨을 내쉬며 제 가슴을 손으로 툭툭 내리쳤다.

갑자기 가슴이 요동치는 건 단순히 피를 봤기 때문이라고, 희재는 그렇게 자신을 진정시켰다.

06

짝 피구는 청팀의 승리로 끝이 났다. 은수는 의기양양하게 '거봐요. 손잡으니까 이겼죠?' 라고 말했지만 희재는 콧방귀를 뀌며 그 말에 동의하지 않았다.

그 뒤로 남자들의 축구가 이어졌다. 여직원들은 한쪽에 앉아 자신의 팀을 응원했다. 10분도 되지 않아 자기들끼리의 대화에 몰두하기 시작했지만.

"지은수 작곡가님, 웬만한 연예인보다 훈훈한 거 같아요. 완전 딱 제 스타일!"

"맞아, 오늘 보니까 운동도 잘하고. 솔직히 우리 회사 연예인들은 다 애기지. 해승이가 연륜이 있는 편이지만 그래 봤자 개도 스물넷이잖아."

"지은수 씨는 적당한 나이에, 능력 있고, 훈훈하고, 매너 좋고, 집도 잘산다며. 아깝다. 아까 짝 피구 할 때 짝해서 확 꼬셔 버려야 했는데."

"너 백팀이야. 청팀인 나나 가능성 있는 얘기였거든?"

"아, 진짜 대리님들 너무하신다. 작곡가님 괜찮다는 말, 처음 한 건 저였는데 탐내시면 안 되죠!"

"넌 어리잖아. 급한 선배들이 먼저지."

은수에 대한 이야기를 늘어놓는 여직원들의 대화 소리에 희재는 혀를 끌끌 차며 고개를 좌우로 흔들었다.

"저런 바람둥이한테 걸리면 눈물 콧물 쏙 뺄 텐데, 대체 뭐가 좋다는 건지……."

중얼거리듯 내뱉은 희재의 말에 갑작스레 정적이 찾아왔다. 그에 고개를 돌린 희재는 여직원들을 보며 어색하게 웃었다.

"저분 바람둥이란 소문을 들어서 조심하시는 게 좋을 거 같다는, 뭐 개인적인 의견을……."

세 사람이 대꾸 없이 미간을 더욱 찌푸리자 희재는 고개를 돌려 애써 축구 경기에 집중하는 척을 했다.

자신의 입을 손으로 툭툭 치던 그녀의 시야에 능숙하게 공을 드리블하는 은수가 들어왔다. 상대방의 태클에도 공을 빼앗기지 않고 골대까지 달려간 그는 순식간에 골을 넣어 버렸다. 벌써 세 골째였다. 은수는 독보적으로 게임을 리드하고 있었다.

환하게 웃으며 해승과 기분 좋게 하이파이브를 하는 모습을 넋 놓고 바라보던 희재는 문득 인하가 살아 있었다면 그와 비슷한 모습이었을까, 라는 생각이 들었다. 하지만 어이없는 망상이라는 것을 깨닫곤 입가에 씁쓸한 미소를 지었다.

그때, 은수와 눈이 마주쳤다. 그가 환하게 웃음을 짓자 당황한 그녀는 주변을 두리번거렸다. 그러자 곁에 앉아 있던 여직원들이 만면에 환한 미소를 지었다.

"분명 저 보고 웃은 거 맞죠?"

"무슨 소리야. 나 보고 웃은 거잖아. 진짜 설레게 하네, 저 사람."

"다들 무슨 소리 하는 거야. 나랑 눈이 딱 마주쳤거든?"

세 사람이 또다시 투덕거리자 희재는 한숨을 내쉬며 다른 곳으로 자리를 옮겼다.

축구도 청팀이 압도적인 승리를 하며 끝이 났다. 한참을 뛰어 지칠 법도 한데 사람들은 즐겁게 바비큐 파티 준비를 하기 시작했다. 먹는 것이라면 사족을 못 쓰는 희재였기에 이 시간만큼은 세상에서 제일 행복한 표정으로 잘 익은 바비큐가 자신의 앞에 오기를 목 빠지게 기다렸다.

"자, 고기 대령이오!"

고기를 한가득 들고 와 희재 앞에 놓아 준 해승은 자연스레 맞은편에 자리를 잡고 앉았다. 젓가락을 들던 그녀는 잠시 머뭇거리며 주변을 훑었다. 잔은 준비되어 있는데 술이 없는 것을 확인하곤 고개를 저으며 눈짓했다.

"야야, 이해승. 술이 빠졌잖아. 술……."

"여기요."

갖가지 술을 손에 가득 들고 다가온 은수가 희재의 옆에 앉았다. 그녀는 대꾸 없이 현란한 손놀림으로 능숙하게 병을 열었다. 그리고는 잔 세 개를 일렬로 놓고 자로 잰 듯 일정하게 소주를 채웠다.

한국 술 문화를 처음 접해 보는 듯 은수는 매우 놀란 얼굴로 그녀를 바라보았고, 주변 사람들도 신기한 얼굴로 눈을 떼지 못했다.

"뭐해요? 안 마실 거예요?"

어느새 잔 하나를 내밀고 있는 희재를 보며 은수는 그것을 받아 들었다.

"아, 맞다. 은수 형 소주는 처음이지 않아?"

해승의 말에 은수는 고개를 끄덕이며 신기하다는 듯 소주를 물끄러미 바라보았다. 은수의 그런 행동이 못마땅하다는 듯 희재가 인상을 찌푸렸다.

"저기요. 소주 못 마시겠으면 그냥 맥주나……."

은수의 손에 들린 잔을 빼앗아 들려던 찰나, 그가 그녀의
손을 피하며 입안에 소주를 털어 넣었다. 그리곤 빈 잔을 내
려놓으며 흡족한 미소를 지었다.

"생각보다 맛은 괜찮은데요?"

그 반응에 희재는 의외라는 듯한 표정을 지으며 이내 다시
소주를 따라 주었다.

"술 좋아해요?"

"좋아하진 않지만 희재 씨보다는 제가 더 잘 마실걸요?"

도발이 명백한 그의 말에 희재는 헛웃음을 내뱉었다. 어
깨를 으쓱인 그는 그녀의 손에 들린 소주병을 빼앗아 들고는
빈 잔에 소주를 채워 주었다.

왠지 모를 묘한 기운이 두 사람 사이에 감돌자 그 모습을
지켜보던 해승은 아차 싶은 생각이 들었다. 술자리를 가지기
전에 은수에게 희재 앞에서는 웬만하면 술로 도발하지 말아
달라고 했어야 했는데 깜박했다. 말릴 새도 없이 두 사람은 두
잔째 소주를 들이켰다.

서너 시간이 흘렀을까. 바비큐 파티를 파한 사람들은 캠프
파이어를 하기 위해 자리를 옮겼지만 희재와 은수, 그리고 해
승은 자리에서 일어나지 않았다. 그들의 테이블에는 빈 소주

병이 여러 개 늘어져 있었고, 두 사람은 서로의 빈 잔을 채워주며 대결 아닌 대결을 펼치고 있었다.

"누나, 형. 이제 그만하고 우리도⋯⋯."

'캠프파이어 쪽으로 자리를 옮기자'라고 해승이 말하려는데, 두 사람의 살기 어린 시선이 그에게로 향했다. 어색한 미소를 지은 해승은 조용히 식은 고기를 입에 집어넣었다.

서로를 마주 보던 두 사람이 또다시 술을 들이켜자 해승은 한숨을 푹 쉬곤 이 상황이 지루하다는 듯 테이블에 턱을 괬다. 어쩌다 상황이 이렇게까지 흘러온 걸까. 희재야 술에 대한 애정과 열정이 남달라 그렇다 쳐도 자신이 알고 있는 은수는 이런 사람이 아니었다.

미국에서 몇 번 술자리를 같이할 때도 그렇게 술을 좋아하는 것 같지 않았다. 하긴, 그리고 보니 은수가 취한 것을 본 적이 없었다. 별로 술을 안 마셨다고만 생각했었는데, 소리 없이 강한 사람이었나.

그렇게 30분이 더 흘렀을까. 이미 가져온 소주는 동이 나버린 지 오래였고 두 사람은 맥주를 꺼내 마시기 시작했다.

"이제 그만하는 게 어때요? 아무리 봐도 내가 이긴 거 같은데."

차분한 목소리로 은수가 말하자 희재는 코웃음을 치며 맥주를 들이켰다. 이미 그녀의 눈꺼풀은 반쯤 내려앉은 상태였다. 어떻게든 버텨 보려고 눈에 힘을 주는 바람에 찌푸린 미간은 펴질 생각을 하지 못하고 있었다.

그는 생각보다 강적이었다. 얼굴색이 하나도 변하지 않은 그를 보며 희재는 졌다는 생각을 했지만 자존심에 쉽게 포기하진 않았다.

"누나, 괜찮아?"

걱정스런 말투로 해승이 물었지만 희재의 귀에는 들리지 않았다. 맥주병을 들어 자신의 빈 잔에 따르려고 했지만 휘청거리는 몸과 흐릿해지는 시야 때문에 쉽지 않았다. 은수는 맥주병을 빼앗아 들고는 그녀의 잔에 술을 따라 주었다.

희재가 아니꼬운 시선으로 은수를 바라보며 말했다.

"술로는 아무한테도 안 져. 특히 당신한텐 절대……."

하지만 그녀는 말을 다 잇지 못하고 테이블에 머리를 쿵 박아 버렸다. 해승은 승패와 상관없이 이제야 끝났다는 안도감에 한숨을 내쉬었고, 은수는 잠들어 버린 희재를 보며 웃음을 내지었다.

"진짜 이상한 여자야."

이렇게까지 술을 좋아하는 여자는 난생처음 봤다. 반응이 신기해서 받아 줬는데 이렇게까지 마실 줄은 꿈에도 생각하지 못했다.

해승은 미간을 찌푸리며 온화한 시선으로 희재를 내려다

보는 은수를 바라봤다. 은수는 자리에서 일어나 재킷을 벗어 희재의 어깨에 덮어 주고 있었다. 따뜻함에 그녀가 살짝 몸을 움찔거리자 그 모습에 또 묘하게 미소를 지었다.

은수가 그녀를 방에 데려다주기 위해 손을 뻗는 찰나, 해승이 희재의 어깨를 감싸 쥐며 입을 열었다.

"내가 방에 데려다주고 올게."

허공에 머물던 손을 조심스레 내린 은수는 고개를 끄덕였다.

희재를 방에 데려다주고 해승이 다시 밖으로 나왔을 때, 은수는 다른 직원들과 함께 모닥불 앞에 앉아 술잔을 기울이고 있었다. 여직원들 사이에 앉은 채 희희낙락거리는 그를 보며 해승은 인상을 찌푸렸다.

그가 많은 여자들에게 관심을 표하고 작업을 거는 것은 자신에게 아무런 해가 되지 않았다. 그저 그의 작곡 실력이 탐났을 뿐, 인성을 보고 데려온 것이 아니었기 때문이다. 하지만 은수가 희재에게 관심을 보이는 것은 참을 수가 없었다.

"형, 나랑 얘기 좀 해."

해승의 부름에 고개를 돌린 은수는 심각한 그의 얼굴에 의아한 시선을 보냈다. 단단히 화가 난 얼굴로 해승이 먼저 자리를 뜨자 직원들이 수군거리기 시작했다.

"해승이 저러는 거 처음 보네."

"그러게요. 은수 씨, 무슨 일 있었어요?"

자신도 저런 모습은 처음 본다는 듯 은수가 어깨를 으쓱이며 일어섰다. 해승의 뒤를 따라간 곳은 숙소 근처의 작은 호숫가였다. 벤치에 앉아 있는 해승을 발견한 은수는 그의 옆에 앉아 차가운 맥주를 내밀었다.

"뭐야, 뭔데 그렇게 무게 잡고 그래? 사람 긴장되게."

해승은 한숨과 함께 맥주를 받아 들고는 벌컥벌컥 캔을 비워 냈다. 은수 역시 그런 그를 보다 조용히 맥주 캔을 땄다. 그때, 해승이 말문을 열었다.

"희재 누나한테 그러지 마."

"뭐?"

"차였다며. 그러면 미련 갖지 말고 누나한테 관심 끄라고."

가시 돋친 말에 놀란 은수는 아무 말 없이 멍하니 그를 바라보다 피식 옅은 웃음을 내뱉었다.

"차이면 관심도 꺼야 하는 거야?"

"형."

"지금 네 말은, 너한테 소중한 사람이니 바람둥이는 꺼져라. 뭐 이런 건가?"

은수의 비아냥거림에 해승은 입술을 꾹 깨물다 진지하게

114

되받아쳤다.

"어차피 형한테는 그저 장난이잖아."

장난이라는 말에 은수는 헛웃음을 내뱉었다. 자신이 그렇게 비춰지고 있다는 사실이 조금 씁쓸하기까지 했다.

다가오는 여자에게 상처 주지 않는 것. 은수가 중요하게 생각하는 것 중 하나였다. 그러다 보니 어쩔 수 없이 오해가 쌓이는 상황이 많았던 것뿐, 지금까지 만난 여자들 중에 장난스럽게 만난 사람은 단 한 명도 없었다.

"장난이라고 누가 그래?"

무거워진 그의 분위기에 해승은 잠시 말을 잊지 못했다.

한숨을 푹 내쉰 은수가 차분한 목소리로 말을 이어 갔다.

"너 설마 희재 씨 좋아하냐?"

기습적인 물음에 잠깐 표정을 굳힌 해승이었지만 담담한 척 대답했다.

"누나랑 나는 그런 관계가 아니라……."

"그냥 아끼는 누나, 동생 사이다?"

해승은 고개를 끄덕이며 그의 말에 수긍했다. 그러자 고개를 갸웃거리던 은수가 맥주를 마셨다. 그 뒤로 두 사람 사이에 오고 간 말은 없었다. 싸늘한 바람이 주변을 감쌀 뿐이었다.

그렇게 한참을 앉아 있던 해승이 먼저 자리에서 일어서며 입술을 떼어 냈다.

"아무튼 난, 형이 누구에게 작업을 걸든 상관없어. 그런데 희재 누나는 예외야. 내가 제일 아끼고 동경하고, 또 존경하는 사람이야. 형 같은 바람둥이가 누나 건드리는 거 용납 못해. 그러니까 누나한테 이 이상 어떤 짓도 하지 마."

말이 끝나기 무섭게 해승은 뒤를 돌아 은수에게서 멀어졌다. 그에 이 상황이 너무도 황당하다는 듯 은수는 웃음을 내뱉었다.

"좋아하는 게 아니고 동경과 존경일 뿐이라……."

해승이 희재를 좋아하는 게 아니라면 더욱더 물러설 이유가 없었다. 재미있고, 신기하고, 자꾸만 시선이 갔다. 이 정도면 단순한 관심이 아니라 좋아한다고 해도 무방했다. 자신을 밀어내는 그녀의 모습에 한동안 거리를 두려고도 했다. 하지만 이미 움직이기 시작한 마음은 멈출 줄을 몰랐다. 짙어진 마음을 어떻게 접으라는 건지.

은수는 쓰디쓴 웃음을 내뱉으며 남은 맥주를 입에 털어 내곤 등을 완전히 벤치에 뉘였다. 까맣게 물든 하늘을 바라보며 그는 짙은 한숨을 쉬었다.

눈을 뜬 희재는 깨질 듯한 두통에 인상을 찌푸리며 두 손으로 머리를 움켜쥐었다. 아직 술에서 깨지 않은 듯 비틀비

틀 몸을 일으켜 냉장고 쪽으로 기어갔다. 벌컥 연 냉장고 안에는 아무것도 들어 있지 않았다.

"물……."

목이 타들어 가는 것 같은 갈증에 그녀는 자리에서 일어나 밖으로 나섰다. 그녀의 시선에 바닥은 놀이기구처럼 무섭게 움직이고 있었다. 그것을 이겨 내기 위해 한 발, 한 발 조심스럽게 떼어 내며 건물 밖으로 나온 그녀는 멀지 않은 곳에 있는 편의점을 발견했다.

"물, 물 좀 주세요."

간신히 편의점에 도착한 희재는 카운터에 있는 알바생에게 천 원을 내밀었다. 알바생은 그녀에게서 나는 지독한 술 냄새에 물을 가져와 내밀었다. 헤벌쭉 웃으며 그것을 받아 든 그녀는 꾸벅 인사를 하고 편의점 밖으로 걸음을 옮겼다.

물 한 통을 순식간에 비운 희재는 크게 숨을 내쉬며 앞을 바라보았다.

"호수네."

호수 한가운데 예쁘게 뜬 보름달에 희재는 환한 미소를 지었다.

"인하가 엄청 좋아하는 보름달이다."

문득 인하를 떠올린 그녀의 얼굴엔 쓸쓸함이 자리했다. 평생 지워지지 않을 그 이름에 가슴이 아려 와 제 뺨을 툭툭 내리쳤다.

 그리곤 어디 앉을 곳이 없나 주변을 둘러보다 사람의 실루엣을 발견하곤 그곳에 시선을 주었다. 무언가에 홀린 듯이 그녀의 발걸음이 움직이기 시작했다. 천천히 다가간 그곳에는 인하가 있었다. 가만히 호수를 바라보고 있는 인하의 모습에 그녀는 자리에 우뚝 멈춰 섰다.

 "인하야……."

 호수에 묶여 있던 그의 시선이 그녀에게로 옮겨졌다. 분명 서인하였다. 희재의 눈가에 눈물이 맺혔다.

 "왜 이제야……."

 분명 내일 온다고 했던 그는 7년이란 시간이 지난 뒤에야 자신의 앞에 서 있었다. 원망과 반가움이 뒤섞여 그녀의 머릿속은 엉망이 되어 갔다.

 "개자식, 이 나쁜 놈아. 내가 같이 가자고 했잖아. 그랬으면 그런 일은……."

 희재는 그의 가슴을 손으로 힘없이 내리쳤다. 가만히 맞아 주던 그가 어느 순간 그녀의 손목을 잡아챘다. 따뜻한 온기가 손목으로 느껴지자 그가 입을 열었다.

 "정희재 씨, 괜찮아요?"

 낮게 내리깔린 목소리는 인하와 같았지만 말투는 달랐다. 그를 바라보던 그녀의 시선이 흔들리기 시작했다. 뒷걸음질

을 치려 했지만 자신을 단단히 옭아맨 그의 손 때문에 그러지
못했다.

"인하……."

그녀의 입에서 또다시 '인하'라는 이름이 흘러나오자 그
의 두 눈이 가늘어졌다.

"인하라는 사람이 나랑 닮은 그 사람이에요?"

그제야 불안했던 희재의 시선이 멈췄다. 인하의 얼굴이 서
서히 지은수로 보였다. 놀란 희재가 주먹을 쥐며 손아귀에서
벗어나려 하자, 은수는 그녀를 자신 쪽으로 잡아당겨 뺨을
감쌌다.

따스한 온기를 느낀 희재는 눈앞에 서 있는 은수의 얼굴을
바라봤다.

"나 봐요. 자세히 봐요."

그의 속삭임에 희재는 천천히 은수의 얼굴을 훑어봤다. 닮
았다. 아니, 똑같다.

"인하……."

또다시 눈물을 흘리는 그녀의 두 뺨을 닦아 주며 은수가
말했다.

"아니야."

단호한 목소리가 귀를 찌르듯 박혀 왔다. 빨려 들어갈 것
같은 깊은 시선에 희재가 두 눈을 감고 피하려 하자, 은수가

다시 한 번 그녀의 얼굴을 붙잡으며 말했다.

"피하지 말고 똑바로 봐요. 지금 당신 앞에 있는 사람이 누군지 자세히."

"서인……."

"아니야. 그 사람은 죽었다며. 네 입으로 그랬잖아."

죽었다. 그래, 인하는 죽었다. 7년 전, 전화 한 통을 마지막으로 그는 싸늘한 시체가 되어 돌아왔다. 머릿속에 그날의 일들이 파노라마처럼 지나갔다. 그러자 또렷하게 은수의 목소리가 들리기 시작했다.

"네 기억 속에 있는 그 사람, 나 아니야."

그래. 아닌 거 알고 있다.

"지은수. 난, 지은수야."

그런데도. 자꾸만 당신이.

"지은수……."

서인하로 보여. 그래서 미치겠어.

07

"뒤의 세 사람, 이상하게 냉기가 흐르지 않아?"

뒤를 힐끗거리던 직원의 말에 모두들 고개를 돌려 맨 뒷자리에 앉은 희재와 해승, 그리고 은수를 바라보았다. 분명 같이 앉아 있기는 한데 뭔가 묘한 기운이 감돌았다. 싸우기라도 한 걸까. 어제 캠프파이어 때 해승이 은수를 불러냈던 것을 목격한 사람들은 그럴지도 모른다는 생각을 했다.

희재는 옅은 한숨을 내쉬며 창밖에서 눈을 떼지 못했다. 그러다 어젯밤 일이 문득 머릿속에 스치자 미간을 찌푸리며 입술을 잘끈 씹어 댔다.

"지은수. 난, 지은수야."

뺨을 잡고 얘기하던 그의 목소리가 아직도 귓가에 남아 있는 듯했다. 그가 제 이름을 불렀을 때, 몽롱하게 남아 있던 술기운과 잠시 나갔던 정신이 모두 돌아왔다.

자신이 무슨 짓을 저지른 건지 알았을 때는 이미 되돌리기엔 너무 늦어 버렸었다. 그렇게 희재는 어제 아무런 설명도 없이 은수에게서 도망쳤다.

"자, 다들 부서별로 앉으셨죠? 빠진 사람 있는지 다시 한번 확인할게요!"

쩌렁쩌렁한 실장의 목소리에 은수는 힐끗 고개를 돌려 희재와 해승을 바라보았다. 희재는 창밖만 바라보고 있었고, 해승은 눈을 꾹 감고 있었다.

"그럼 출발하겠습니다."

실장의 호령과 함께 버스가 출발했다. 짧았던 워크숍이 끝나고 다시 일상으로 돌아가는 길. 어쩐지 세 사람은 그것이 반갑지만은 않았다.

❖   ❖   ❖

머리를 비우고 나면 일이 잘 풀릴 거라 생각했다. 공기 좋은 곳에서 시가 3백만 원짜리 와인을 마시며 기분 전환을 하려 했는데 입에도 못 대 보고 애꿎은 머릿속만 엉망이 되어 버렸다.

"아, 왜 아무 말도 없어? 뭔가 물음이 있어야 할 거 아니야."

책상에 머리를 박으며 괴로워하는 희재는 점점 미쳐 가는 중이었다. 워크숍을 갔다 온 지 일주일이 지났는데도 은수에게서는 아무런 말이 없었다. 너무 조용해서 그게 그녀를 더욱 미치도록 만들었다. 분명 은수라면 인하에 대해 꼬치꼬치 캐물을 것이라 생각했다.

"안 되겠다."

벌떡 자리에서 일어선 희재는 이대로 있다가는 일은커녕 머리가 터져 정신병원에 들어갈지도 모른다는 생각을 하며 은수의 작업실로 향했다.

비장한 표정으로 문 앞에 선 그녀는 입술을 깨물며 똑똑 노크를 했다. 문 건너편에서 대답이 들려오길 기다렸지만 자리에 없는 건지 아무런 반응이 없었다.

"저기요."

다시 한 번 노크를 했지만 여전히 잠잠했다. 뭐야, 자리에 없나. 아직 5시밖에 되지 않았는데.

"분명 6시쯤 퇴근한다고 그랬는데……."

할 수 없다는 생각을 하며 뒤돌아설 때였다. 바로 눈앞에 보이는 은수의 얼굴에 놀라 희재는 뒷걸음질을 치고야 말았다.

"아, 깜짝이야."

"누가 그래요? 나 6시쯤 퇴근한다고?"

그는 커피를 사러 갔다 왔는지 아메리카노를 들고 싱글싱글 입가에 미소를 짓고 있었다. 그 일이 있고 일주일 만에 처음 보는 건데도 그는 아무렇지도 않은 것 같았다. 전전긍긍한 것은 자신 혼자뿐인 것 같아 왠지 괘씸하다는 생각이 들었다.

"나랑 얘기 좀 해요."

"어라, 이거 데이트 신청이죠?"

이 인간이 진짜.

두 사람은 회사 근처 고깃집으로 향했다. 조용한 카페에 가서 얘기만 하려고 했는데 은수가 배가 고프다며 이곳으로 끌고 온 것이었다.

"예전엔 맥주만 마셨는데 희재 씨 덕분에 워크숍 이후론 소주만 마시게 되네요."

희재의 잔에 소주를 따라 주며 은수가 장난스럽게 입을 열었다. 그런 그를 아니꼽게 바라본 그녀는 소주를 들이켰다.

"안 그래도 그때 일 때문에 얘기 좀 하자는 거였어요."

"아, 그러고 보니 내가 이겼는데 소원 들어주기, 뭐 그런 거 안 해요?"

"이봐요."

희재가 화가 난 어투로 말하는데도 은수는 함박웃음을 터트리며 잔을 비워 냈다. 그리고 또다시 희재와 자신의 잔에 소주를 따랐다.

"난, 희재 씨가 난감해할까 봐 모르는 척하고 있었는데, 굳이 그 일에 대해 말하고 싶으면 해 봐요."

다 이해한다는 듯 고개를 끄덕이는 은수를 보며 희재는 짐짓 헛기침을 내뱉었다.

"그날은 제가 많이 취해서 실수를 했어요."

"서인하라는 분과 나를 착각한 거다?"

"그, 그렇죠. 그러니까 이상한 오해 같은 건 하지 말아 주셨으면 해요."

"내가 그렇게 서인하라는 사람이랑 닮았어요?"

고개를 갸우뚱거리며 그가 장난스럽게 묻자 희재는 덤덤한 표정으로 고개를 끄덕이며 대답했다.

"네, 많이요."

낮게 가라앉은 그녀의 목소리는 그 말이 진심임을 나타내 주고 있었다. 닮았다. 아니, 똑같다. 취하지 않은 지금도 그가 인하일지 모른다는 착각이 들 정도로.

은수는 작게 고개를 끄덕이며 알맞게 익은 삼겹살을 희재의 앞에 놓아 줬다.

"설마, 애인?"

조심스럽게 물어 오는 그의 목소리는 차분하기만 했다. 희재는 숨을 고르게 내쉬며 술을 마셨다.

"네, 맞아요. 애인."

애써 태연한 척 미소를 지었지만 희재의 눈빛 속엔 옅은 슬픔이 자리했다. 죽은 애인과 닮은 사람이라. 어쩐지 서늘한 기운이 등줄기를 스치는 것 같았다.

"나는 그 사람이 아니에요."

다시 한 번 각인시켜 주고 싶었다. 자신과 그 사람은 완전히 다른 사람이라고. 단지 닮았다는 이유로 혼란스러워 자신을 계속 밀어내고 있는 거라면 그것만큼 기분 나쁜 일은 없을 것 같았다.

"알아요. 그쪽이 인하가 아니라는 거."

이미 알고 있다는 듯 희재가 피식 웃음을 내뱉었지만 얼굴 표정은 그다지 좋지 못했다. 마치 인하라는 남자가 아니라는 사실이 아픈 것처럼.

"그 사람은 어떤 사람이었어요?"

대체 어떤 사람이었기에 그녀를 이토록 가슴 아프게 만드는 걸까. 상처를 주고 떠난 나쁜 놈이라면 그런 놈은 깨끗이 잊어버리라고 말해 주려 했다.

"아주 밝은 사람이었어요. 그 사람 옆에 있으면 덩달아 기분이 좋아질 정도로. 그쪽 같은 유명한 작곡가가 되는 게 꿈이었고요."

그를 많이 사랑했었다는 것을 느낄 수 있을 정도로 그녀는 깊은 눈빛을 지어 보였다. 그 모습이 너무나 사랑스러워 은수는 시선을 떼지 못했다.

"그 곡의 주인이 그 사람이었군요. 계속해도 괜찮아요. 그 사람 얘기."

"아, 아니에요. 됐어요."

그의 뜨거운 시선에 그녀는 고개를 저으며 손부채질을 했다. 은수는 나른한 표정으로 턱을 괸 채 그녀를 바라보았다.

"신기하네요."

"네?"

"희재 씨, 그 사람 얘기할 때면 다른 사람 같아요. 어여쁜 소녀 같은 느낌이랄까. 그래서 좋아요."

그는 평소와 마찬가지로 아무런 거리낌 없이 직설적으로 자신의 마음을 보였다. 머리를 쓸어 올린 희재는 애써 헛웃음을 내뱉었지만 발그스름해진 얼굴은 더욱더 붉게 변해 가고 있었다.

"분명 그 마음 접어 달라고 말했을 텐데요?"

통명스런 희재의 말투에 은수는 어깨를 으쓱였다.

"사람 마음이란 게 접고 싶다고 바로 접어지는 게 아니잖 아요."

"여자 많이 만나 보셨다면서요. 그런 거 엄청 잘하실 거 같은데?"

비아냥거리는 말에 은수는 핏 웃음을 내뱉었다. 그러자 희재가 '거봐, 반박 못 하잖아요' 하면서 작게 중얼거리다 소주를 들이켰다.

진짜 콩깍지가 씌인 건가. 왜 이런 모습마저 사랑스러운 것일까. 자신이 희재에게 완벽하게 빠졌다는 것을 인지한 은수는 웃음을 터뜨리고 말았다.

희재는 왠지 자신을 비웃는 것같이 느껴져 한참 동안 웃음을 멈추지 못하는 그를 아니꼽게 바라보았다.

❖   ❖   ❖

"미안."

회의실에 들어선 희재가 제일 먼저 건넨 말이었다. 쓰러지듯 테이블에 얼굴을 묻으며 어쩔 줄 몰라 하는 그녀의 행동에 해승과 은수는 고개를 갸우뚱거렸다.

"왜? 뭐가 미안한데?"

충혈된 눈과 턱 끝까지 내려온 다크서클, 사람의 몰골이라

할 수 없을 정도로 그녀는 처참했다.

"못 쓰겠어. 계속 매달리고 매달렸는데, 백지야. 아무 생각도 안 나."

고개를 좌우로 흔든 희재가 자신의 긴 머리카락을 양손으로 움켜쥐었다. 워크숍 사건은 고깃집에서 일단락되었고, 벼르던 와인은 얼마 전 해승과 마셨다. 모든 일이 다 잘 풀렸음에도 불구하고 아무런 가사를 쓰지 못했다. 이번 회의 때까지는 어떻게든 써 보겠다며 다짐하고 며칠 밤을 작업실에서 보냈지만 결과는 백지였다.

그녀의 말에 해승이 곤란한 표정을 지었다. 이제 곧 녹음 작업을 시작해야만 했지만 희재에게 가사를 뱉어 내라고 강요할 수는 없었다. 하기 싫다는 사람을 억지로 잡은 건 그였고, 거기다 그녀는 7년 만에 이 일을 다시 시작한 것이었다. 아무런 준비도 없이 급작스럽게 시작한 것이었기에 시간이 걸리는 것은 어느 정도 감수를 해야 하는 부분이기도 했다.

"누나, 일단 마음을 편안히 가져 보는 건 어때? 부담을 너무 느끼는 거 같은데 그냥 예전처럼 한다고 생각해. 더 잘할 필요는 없어."

차분한 해승의 말에도 희재는 도통 모르겠다는 듯 고개를 흔들어 댔다. 해승은 깊은 한숨을 쉬며 이걸 어찌해야 되나 생각에 잠겼다.

"너 내일부터 파리 간다며."

"응. 일주일간 화보 촬영 가야 돼."

"일주일 동안 진짜 어떻게든 짜내 볼게. 딱 일주일만 시간을 더 줘."

"시간이야 줄 수 있는데······."

희재는 해승의 손을 꼭 잡으며 이번엔 꼭 해내 보이겠다는 의지 가득한 시선으로 그를 바라보았다. 그리고는 얼른 일을 시작해야겠다며 회의실을 나서 작업실로 들어섰다.

창가로 들어오는 따사로운 햇볕이 벌써 아침이 다가왔다는 것을 느끼게 해 주자 희재는 퀭한 얼굴을 좌우로 흔들며 작은 목소리로 중얼거렸다.

"모르겠다. 진짜, 모르겠어."

아무리 작사를 7년 전에 때려치웠다고 해도 출판사에서 일을 해 왔다. 그런데 전혀 알 수가 없었다. 무슨 단어로 시작해야 되는지 모르겠고, 자신이 무슨 말을 하고 있는지도 감이 잡히지 않았다. 그저 두둥실 구름이 뜬 것처럼 머릿속이 하얀 백지 상태였다. 이러다간 미쳐 버릴 거 같았다.

역시 다시 음악을 하는 건 무리였나 싶어 자괴감에 빠져들려던 찰나, 갑자기 초인종 소리가 울리기 시작했다. 희재는 침대에서 천천히 몸을 일으켜 거실로 나섰다. 주말 아침에 집까지 찾아올 사람은 아무리 생각해도 없었다. 고개를 갸우뚱거리며 인터폰을 바라본 희재는 익숙한 얼굴에 미간을 찌푸렸다.

"지은수……?"

이 사람이 왜? 우리 집은 어떻게 안 거지? 근처에 산다는 건 알아도 확실하게 집을 알려 준 적은 없었는데.

인터폰 화면을 향해 손을 이리저리 흔들던 그가 다시 한 번 초인종을 눌렀다.

"정희재 씨 집 아닌가요?"

띵동띵동. 쉬지 않고 초인종을 눌러 대는 통에 희재는 할 수 없이 대답을 했다.

"뭐하는 거예요. 남의 집 앞에서!"

―어? 희재 씨다! 이번에도 아니면 어쩌나 노심초사했는데.

"설마…… 이 근처 집을 하나하나 다 방문한 거예요?"

은수는 대답 없이 개구진 미소를 지었다. 미쳤네, 미쳤어. 고개를 흔들며 정말 이상한 사람이라고 생각하던 찰나, 그가 큰 소리로 말했다.

―얼른 나와요. 갈 데가 있어요.

"네? 어디요?"

―아직 가사 하나도 못 썼죠?

뜨끔. 희재는 말없이 입술을 꾹 다물었다. 벌써 내일이면 화보 촬영을 간 해승이 돌아오는데 정곡을 찔리고 말았다.

―내가 도와줄 테니까 나와요. 얼른.

어떻게 도와주겠다는 건지 도통 알 수 없었지만 '가사를 쓸 수 있게'라는 말에 그를 따라가지 않을 수 없었다. 지금은 수단과 방법을 가리지 않고 일을 끝내야만 했기 때문이다.

간단하게 외출 준비를 마치고 밖을 나선 희재는 코발트블루의 승용차에 기대어 있는 은수를 보았다. 매너 있게 조수석 문을 열어 주며 얼른 타라는 듯 그가 고개를 까닥이자 그녀가 차에 올라탔다.

가끔 은수의 근처에서 시원하고 서늘한 향수 냄새가 날 때가 있었다. 그래서 그런지 코발트블루인 차가 그와 잘 어울린다는 생각이 들었다.

"어디 가는데요?"

"희재 씨의 숨겨진 감성을 일깨워 줄 만한 곳?"

어느새 운전석에 올라탄 은수가 장난스러운 말투로 답했다. 그게 뭐야, 라며 그녀가 웃음을 내뱉자 그도 따라 웃으며 차의 시동을 걸었다.

"그냥 따라와 봐요. 가사 얼른 써야 하잖아요."

"혹시 나랑 같이 있고 싶어서 괜히 핑계 대는 거 아니죠? 진짜 그런 거면……."

"쓸데없는 걱정은. 오늘은 진심으로 당신 도와주러 온 거 니까."

민망해진 희재가 창가 쪽으로 고개를 돌리자 그런 모습이 귀여운지 그가 장난스럽게 덧붙였다.

"혹시, 내가 사적으로 불러냈으면 했어요?"

"아, 아니요!"

"에이, 반응 보니 맞네."

"아니거든요? 나 그쪽한테 전혀 관심 없어요."

희재가 과장되게 소리를 지르며 부정하자 은수는 옅은 미소를 지었다. 창밖으로 다시 고개를 돌린 그녀는 뻑뻑한 눈을 손등으로 비벼 댔다. 요즘 계속 잠을 자지 못해서 눈이 빨갛게 충혈되어 있었다.

힐끗 희재를 본 은수는 천천히 손을 내밀었다. 따스한 온기가 두 눈에 닿자 그녀가 몸을 움찔거리며 그의 손을 쳐 냈다.

"뭐하는 거예요?"

"잠깐이라도 눈 좀 붙이라고요. 완전 토끼 눈이야."

"요즘 잠을 못 자서 그래요."

"누가 내 눈 손으로 가려 주면, 난 잠 잘 오던데."

그 말에 희재가 비아냥거리는 말투로 물었다.

"맨날 그쪽 눈 가려 주고, 자장가 불러 주는 여자가 있었나 보죠?"

"네."

"어휴, 그럼 그렇지."

저 바람둥이, 여자랑 안 해 본 게 없네. 혀를 끌끌 차는 희재의 반응에 은수가 나지막이 대답했다.

"우리 어머니예요. 어렸을 때 불면증이 심해서 며칠씩 잠을 못 자고 그랬거든요."

아, 어머니였구나. 뒤따라온 말에 그녀는 머리를 긁적였다. 괜한 오해를 해서 미안하다고 말할까 생각하다 그저 입을 굳게 다물고 창밖만 바라봤다.

은수는 그런 희재를 보며 조심스레 조수석 창문을 열어 주었다. 갑작스레 열리는 창문에 희재가 그에게로 시선을 옮겼다.

"운전 중이라 눈은 못 가려 주겠어요. 날씨 좋으니까 바람 맞으면서 잠을 청해 봐요."

"칫, 그런다고 잠이 올 리가 있겠어요."

일 때문에 불면증에 시달린 요 며칠간 희재는 잠을 자기 위해 온갖 노력을 했다. 잠을 편안하게 자면 백지장 같은 머릿속에 무언가 떠오르지 않을까 해서 따뜻한 우유도 마셔 보고, 클래식 음악도 들어 보았다. 하지만 다 헛수고였다. 잠깐 졸다가도 이내 정신이 깨 버리기 일쑤였다.

희재는 하품을 길게 내뱉으며 창문 틈으로 불어오는 바람을 맞았다. 선선한 바람을 맞자 이제 완전히 봄이 찾아왔다는 것이 몸소 느껴졌다.

서울을 빠져나온 은수는 경기도 쪽으로 차를 몰았다. 게이트를 빠져나가며 슬쩍 옆을 바라보자 창문에 기대어 곤히 잠이 든 희재가 눈에 들어왔다.

"뭐야, 불면증이라면서."

그의 작은 목소리에 희재가 몸을 뒤척였다. 혹여 그녀가 깰까 봐 입을 굳게 다문 은수는 그녀의 달콤한 잠을 방해하지 않기 위해 속도를 줄이며 목적지로 차를 몰았다.

희재가 눈을 떴을 때 차는 멈춰져 있었다. 창문에 기대고 있던 머리를 들어 올려 운전석을 바라보자 어디로 갔는지 은수는 온데간데없이 사라진 후였다.

"어디 간 거야, 이 사람."

차에서 내린 희재가 주변을 훑어보았다. 주위는 온통 울창한 숲으로 덮여 있었고, 나무로 만들어진 집 하나만이 가운데에 자리를 잡고 있었다. 설마하는 마음에 문 앞에 선 그녀가 조심스럽게 노크를 하자, 익숙한 목소리가 들려왔다.

"들어와요!"

희재는 문을 열고 안으로 들어섰다. 들어서자마자 보이는 진흙을 반죽하고 있는 그의 모습에 그녀가 휘둥그레진 눈으로 물었다.

"지금 뭐하는 거예요?"

"도자기 만들 거예요."

신기하다는 듯 고개를 들이미는 희재의 모습에 은수는 진흙이 잔뜩 묻은 손으로 그녀의 두 손을 잡아챘다.

"으, 뭐하는 거예요!"

"만져 봐요. 촉감 되게 좋으니까."

진흙을 희재의 손 위에 덮어 주며 은수가 말했다. 팔을 빼내려던 그녀는 어색한 촉감에 느릿하게 손을 움직였다.

"어때요?"

"미술 시간에 찰흙 모형 만들던 게 생각나네요. 그거 싫어했었는데."

"왜요?"

"손에 뭘 묻히는 걸 싫어했어요. 모래 때문에 놀이터 가는 것도 별로 안 좋아했고."

"신발에 모래 들어가는 게 싫어서?"

"네. 친구들이 놀이터에서 놀 때, 난 벤치에 앉아서 책을 읽었어요."

"아, 그런 캐릭터였구나?"

"어릴 때 별종 소리 많이 들었죠. 그런데 나쁘진 않았어요. 왠지 특별하다는 소리 같았거든요."

미소를 짓던 은수는 물레 앞으로 자리를 옮겼다.

희재는 허리를 펴고 공방 안을 훑어보았다. 앤티크한 소품들로 꾸며진 이곳은 너무나도 따스한 느낌을 주었다.

"아득하다."

이곳에 있으면 아무 생각 없이 시간을 보낼 수 있을 것 같았다. 삭막한 현실에서 잠시 벗어난 공간. 넋을 놓고 감상하던 그때, 그가 다가와 말했다.

"어머니 작품이에요. 어머니가 건축 디자이너시거든요."

"아하……."

"도자기 공예를 좋아하셔서 한국에 오자마자 개인적인 공간을 만드셨죠."

"그런 곳에 이렇게 막 드나들어도 되는 거예요?"

"괜찮아요. 아들인 내가 드나드는 건 아무 말씀 안 하시니까."

"나는요?"

"음, 사랑하는 아들의 파트너니까 상관없겠죠?"

파트너. 희재는 그 말을 들으니 왠지 기분이 좋아졌다.

앨범 작업에 참여하는 사람이니 '파트너'라고 표현하는 게 맞는데 왜 이렇게 오묘하게 느껴지는지 모르겠다.

은수가 본격적으로 도자기를 빚기 위해 반죽을 들고 자리에 앉았다. 희재는 반쯤 입을 벌린 채 그의 능숙한 손놀림에 집중했다. 돌아가는 물레를 보며 그녀는 어릴 적 보았던 영화 '사랑과 영혼'을 떠올렸다.

"사랑과 영혼 봤어요?"

"당연하죠. 제일 좋아하는 명작인데."

"전 그거 초등학교 때 우연히 삼촌 방에서 비디오로 보게 됐거든요. 남녀가 같이 도자기 빚는 장면이 되게 충격적이었어요."

"왜요?"

"남자 주인공이 여자 주인공 팔에 진흙을 묻히잖아요. 남자 주인공 때문에 찌그러진 도자기를 보면서 화도 냈어요. 저 남자는 작업하는데 왜 방해질이야! 이러면서."

버럭 화를 내는 어린 희재의 모습이 눈에 선해 은수는 큭큭거렸다. 그러자 물레 위에서 돌아가는 반듯한 도자기가 살짝 찌그러지기 시작했다. 당황한 얼굴로 도자기를 가리키는 그녀의 모습에 그가 씩 웃으며 반죽을 짓이겼다.

"왜 아깝게 뭉개고 그래요?"

"뭉개야 다시 만들 수 있으니까요."

희재는 도통 이해할 수 없다는 표정으로 은수를 바라봤다.

"희재 씨 완벽주의자죠?"

"전 모르겠는데 다들 그래 보인다고 하더라고요."

"감성이 메말랐다는 소리도 자주 들을 거 같은데?"

"뭐, 그렇죠."

혼자 있는 것을 좋아하고, 다른 사람의 시선을 신경 쓰지 않는 탓에 삼촌은 항상 그녀를 자기중심적이라 타박했다.

"그럼 가사 쓰기 힘들겠네. 가사는 공감이 우선인데."

"처음에 공감하기 힘든 내용만 써서 삼촌이 작사하지 말라고 했었어요. 인하를 만나고 나서 조금씩……."

중얼거리던 희재가 순간 말을 멈췄다. 또다시 이 사람 앞에서 인하의 이야기를 꺼내 버렸다.

"저도 해 볼래요."

희재는 얼른 화제를 돌리며 반죽을 만지작거렸다.

"뭐 묻히는 거 싫어한다면서요."

"이미 그쪽이 묻혀 놨잖아요. 더러워진 김에 해 봐야지."

희재는 진흙이 엉겨 붙은 손을 흔들며 해맑게 웃어 보였다.

"그럼 해 봐요."

생각보다 반듯하게 만들어지는 도자기 형태에 은수가 미미한 미소를 지으며 희재를 물끄러미 쳐다보았다. 어린아이마냥 천진한 얼굴로 집중하는 그녀를 보니 순간 짓궂은 생각이 떠올랐다.

"희재 씨."

나지막이 그녀의 이름을 부른 은수가 진흙이 잔뜩 묻은 손으로 희재의 양 뺨을 문질렀다. 아니나 다를까, 그녀의 표정이 잔뜩 굳어졌다.

"지은수 씨."

함박웃음을 짓는 은수를 보며 희재는 두 눈을 매섭게 치켜떴다. 아, 이 인간을 진짜. 어느새 물레 위에 있던 도자기는 찌그러진 상태였다.

희재는 진흙을 손에 들고 자리에서 일어나 은수에게 다가갔다. 겁에 질린 은수의 표정에도 개의치 않아 하며 그녀는 그의 얼굴에 진흙을 꾸역꾸역 발랐다.

"아, 코에 들어갔어."

희재에게 얼굴을 맡겼던 그가 코를 킁킁거리며 허탈하게 웃었다. 그러자 그 모습에 그녀도 따라 웃음을 내지었다. 두 사람은 그 뒤로도 어린아이처럼 서로에게 진흙을 묻히며 장난을 쳤다.

대충 얼굴과 손에 묻은 진흙을 닦아 낸 두 사람은 공방 앞에 서서 멍하니 하늘을 올려다보았다. 금방이라도 비가 떨어질 것같이 우중충한 하늘을.

"비가 올 거 같아요."

말이 끝나기 무섭게 빗줄기가 하나둘 내리기 시작했다. 봄비를 바라보며 희재는 낮은 한숨을 내뱉었다. 내일이면 해승이 돌아올 텐데 이렇게 놀아도 되는 건가 문득 잊고 있던 불안감이 다시 스며들었다.

그 마음을 읽은 은수가 천천히 발걸음을 떼어 빗줄기 속으로 들어갔다. 놀란 희재가 소리쳤다.

"뭐하는 거예요?"

"닦아 내는 거예요. 옷에도 진흙이 묻었으니까."

그의 대답에 그녀가 얼른 고개를 저었다.

"봄이지만 아직 꽤 추워요. 감기 걸리지 말고 얼른 이리 와요."

분명 이리 오라고 한 건 희재였는데 은수가 그녀의 팔을 잡아 빗속으로 끌어당겼다. 온몸이 젖어 들어가는 기분에 그녀는 작은 신음을 내뱉었다.

"어때요?"

"차갑죠! 이러다 감기 걸린다니까."

비를 피하기 위해 뒤돌아 뛰어가려는 그녀의 양손을 그가 붙잡았다.

"지금 이 느낌, 어떤지 천천히 읊어 봐요."

"네?"

"아까 느낀 거, 그리고 지금 느끼는 거 하나하나 떠올려 봐요. 그러면 답이 나올 거니까."

멍하니 은수를 올려다보던 희재는 그의 말뜻을 알아차리곤 피식 웃어 버렸다. 그러다 밑져야 본전이라는 생각에 두 눈을 지그시 감고 온몸의 감각을 곤두세웠다.

천천히 옷을 적셔 오는 빗줄기, 비와 섞인 진흙 냄새, 으스스하게 찾아오는 추위, 그리고 양손을 붙잡은 그의 온기까지. 한참을 그렇게 서 있던 그녀가 입가에 옅은 미소를 띠며 입을 열었다.

"스미네요."

"뭐가요?"

"모든 게요."

스미다. 호숫가 위에 잔잔히 떠다니던 종이배가 천천히 물에 젖어 가는 것처럼 희재는 어느새 자연에 스몄다. 이렇게 여유롭게 자연을 느껴 본 적이 언제였는지 기억조차 나지 않았다. 일에 몰두하며 삭막한 삶을 살고 있었다.

자신에게 스미는 모든 것들이 두려웠다. 인하의 기억이 아직까지도 자신을 괴롭혔기에.

더 이상 떠올리지 못하겠다는 듯이 고개를 좌우로 흔든 그녀가 두 눈을 떠 그를 마주했다. 자신을 내려다보는 그의 시선이 너무나 강렬해 빨려 들 것 같았지만 피할 수 없었다.

　그 순간 은수의 입술이 다가왔다. 따스하게 감겨 오는 감촉에 그녀의 모든 감각이 멈춰 버렸다.

08

따스한 온기가 멀어지고 나서야 희재는 은수와 입을 맞췄다는 것을 알아챘다. 놀란 그녀가 그를 밀어내고 뒷걸음질 쳤다. 당황해 흔들리는 눈동자를 이리저리 움직이다 원망이 가득 찬 시선으로 그를 바라본 그녀는 매섭게 뺨을 내리쳤다. 강한 마찰음과 함께 그의 뺨이 붉게 물들어 갔다.

숨을 깊게 들이쉬며 공방으로 발걸음을 돌리려 하는 그녀의 팔을 그가 붙잡았다.

"이거 놔요."

"싫어요."

"한 대 더 맞고 싶어요?"

"때리고 싶으면 때려요."

덤덤한 표정으로 말하는 그가 얄미웠다. 어떻게 저렇게 태연해? 그의 말대로 한 번 더 때릴 기세로 번쩍 든 희재의 손은 그에게 잡혀 쉽게 내려오질 못했다.

"맞아 준다고는 안 했지, 내가."

은수가 장난스러운 미소를 짓자 희재는 이를 바드득 갈았다.

"분명히 말했잖아요. 나한테 관심 주지 말라고."

"왜 관심 가지면 안 되는데요?"

한숨을 푹 내쉰 희재가 차분하게 말을 이었다.

"나는 지은수 씨가 싫어요."

"거짓말."

확신에 찬 목소리로 말하며 그가 그녀의 손을 놓아주었다.

"당신도 나한테 관심 보였잖아요."

"그건 인하랑 닮아서 그랬던 거고요."

"이후는요?"

"……네?"

말을 이해하지 못한 것 같은 그녀의 태도에 그가 다시 한 번 힘주어 말했다.

"내가 그 사람과 완전히 다른 사람이라고 느낀 이후에 당신의 마음은 어떠냐고."

희재는 은수를 가만히 응시했다. 그와 인하가 다른 사람이라는 걸 머리로는 알고 있었지만 심장이 쿵쿵 뛰어 댔다.

"난 희재 씨와 함께 있는 게 너무 좋아요. 자꾸만 눈길이 가고 설레요."

그녀도 그와 함께하는 시간이 좋았다. 하지만 피할 수밖에 없었다. 자신의 삶을 뒤흔들었던 그 한 가지 이유 때문에.

"그래서 당신, 내 옆에 두고 싶어."

소나기였는지 햇살이 다시 드리워지기 시작했다. 따스하게 비춰 오는 햇살에 희재는 설렘을 느꼈다. 아니, 자신의 앞에 있는 이 사람의 고백 때문일지도. 하지만 설렘과 함께 찾아온 먹먹한 감정에 그녀는 결국 고개를 떨구고 말았다.

"안 돼요."

"왜 안 되는데요."

희재는 주먹을 꽉 쥐며 힘겹게 입술을 떼어 냈다.

"……닮았으니까."

낮게 울려 퍼지는 희재의 목소리는 살짝 떨리고 있었다. 은수는 촉촉이 젖은 두 눈으로 자신을 바라보는 그녀의 모습에 할 말을 잃었다.

"지은수 씨 보면 계속 인하가 떠올라요. 그래서 지금 내 마음이 흔들리는 게 당신 때문인지, 아니면 인하 때문인지 분간이 안 돼. 그런데 어떻게 당신과 함께할 수가 있겠어."

단지 인하와 닮았기에 그에게 설레는 거라면 고백을 받아 들일 수가 없었다.

집으로 돌아오는 내내 두 사람은 아무런 대화를 나누지 않았다. 집 앞에 차가 멈춰 서자 희재는 '가 볼게요' 라는 인사만 남긴 채 차에서 내렸다.

샤워를 하고 침대에 쓰러지듯 누운 희재는 긴 한숨을 내뱉었다. 오늘 겪은 많은 일들에 롤러코스터를 탄 듯한 기분이 들었다. 또다시 터져 나오는 한숨에 그녀는 베개에 얼굴을 묻었다.

"아까 느낀 거, 그리고 지금 느끼는 거 하나하나 떠올려 봐요. 그러면 답이 나올 거니까."

복잡한 감정에 힘들어 하던 희재는 은수가 했던 말을 떠올리곤 몸을 일으켰다. 노트를 편 그녀는 복잡한 감정을 하나하나 써 내려가기 시작했다.

❧   ❧   ❧

—어쩌지? 나 오늘 못 돌아갈 것 같아, 누나.

미안함이 담긴 해승의 목소리에 작업실에 앉아 있던 희재가 미간을 찌푸렸다. 어제 새벽에 간신히 완성한 가사를 보여 주고 싶었기 때문이다.

"그럼 언제 오는데?"

―한 2~3일 뒤에? 장소 섭외가 꼬여서 촬영이 엎어졌어.

희재는 머리를 긁적이며 알았다고 대답하고는 전화를 끊었다. 가사를 다시 한 번 살피던 그녀는 이걸 보여 줄 사람이 한 사람밖에 없다는 것을 깨닫곤 한숨을 푹 내쉬었다.

그때 누군가가 작업실 문을 두드렸다. 창문 틈으로 보이는 은수의 얼굴에 그녀는 놀라 몸을 움찔거렸다. 그러자 그가 문을 열고 작업실 안으로 들어섰다.

"뭐 보고 있었어요?"

희재는 자신도 모르게 가사가 프린트된 종이를 등 뒤로 숨겼다. 어차피 작곡가인 그에게 언젠가는 보여 줘야 하는데 왜 이렇게 겁이 나는지 모르겠다.

"아, 아무것도 아니에요."

"가사 나온 거예요?"

"아, 아니에요."

"아니긴 무슨."

등 뒤로 다가온 은수가 종이를 빼앗아 들었다. 한 글자, 한 글자 신중하게 읽던 그의 미간이 조금씩 좁혀졌다.

"별로예요?"

"네, 많이 별로네요."

한 치의 망설임도 없이 나온 대답에 가슴이 쿵 내려앉았다. 생각지도 못한 쓴소리에 희재는 벙찐 얼굴로 은수를 바라보았다. 종이를 돌려주며 한숨을 푹 내쉬는 그의 시선엔 실망감이 가득했다. 잘 안 풀리긴 했지만 그래도 이런 평을 들을 줄은 몰랐다.

"다시 써 볼게요."

은수는 그저 말없이 고개를 끄덕였다. 그때 또다시 작업실 문을 두드리는 소리에 두 사람의 시선이 동시에 움직였다.

"어라. 은수 씨도 있었네요?"

"아, 안녕하세요."

효주였다. 은수는 옅은 미소를 지으며 그녀를 맞이했다.

"회의 중이었어요?"

"아니요. 잠깐 희재 씨가 쓴 가사 좀 보고 있었어요."

"아, 희재랑 점심 먹으려고 왔는데."

"그래요? 그럼 전……."

"은수 씨도 같이 드시러 가실래요?"

효주의 물음에 희재는 표정을 굳혔다. 인하를 닮은 은수에 대해 그녀는 여전히 궁금해하고 있었다. 그동안 무슨 일이 있었는지 전혀 몰랐기에 어쩌면 당연한 행동이었다.

은수는 시선을 돌려 희재를 바라보았다. 그녀는 고개를 좌우로 흔들며 절대 효주의 말에 수긍하지 말라는 눈빛을 보냈지만 곧이곧대로 들을 은수가 아니었다.

"그러죠, 뭐."

젠장. 희재는 원망의 눈초리로 효주를 쳐다보았지만 그녀는 작업실을 나서는 은수를 바라보며 싱긋 웃기만 했다.

세 사람은 회사 근처 파스타집에 마주 앉아 점심을 함께했다. 효주가 은수를 힐끗댈 때마다 희재는 그러지 말라고 그녀의 옆구리를 팔꿈치로 쿡 찔렀다. 뭔가 이상함을 느낀 그가 의아하게 바라보자 효주가 어색한 미소를 지으며 입을 열었다.

"그나저나 가사 안 써진다고 찡찡대더니 언제 다 완성했대?"

"어제 간신히 완성했어."

"다행이네."

"다행은 무슨. 처음부터 다시 써야 하는데."

희재가 원망스런 시선으로 바라보았지만 은수는 아무것도 모른다는 듯 어깨를 으쓱였다.

"작곡가님께서 마음에 안 드신단다. 그래서 다시 써야 해."

거칠게 포크질을 하며 입을 삐죽대는 희재의 모습에 은수는 웃음을 지었다.

"7년 동안 쉬어서 그런지 감이 떨어졌나 봐요. 뭐, 곧 다시 돌아오겠죠."

"어? 아닌데. 얘 그동안 가사 계속 써 왔어요."

효주가 의아한 표정을 지으며 희재를 바라보았다.

"너 회사 컴퓨터에 가사집 있잖아. 그것들 다 네가 쓴 거 아니야?"

"그걸 어떻게 알았어?"

"10년 지기 친구야. 네가 무슨 생각을 하는지 뒷모습만 봐도 알 수 있거든?"

코웃음을 치는 효주의 모습에 희재는 어색한 미소를 지었다.

"그거 가져와요. 그중에 쓸 만한 게 있을 수도 있잖아요."

"그건…… 안 돼요."

당황한 얼굴로 희재가 고개를 내저었다.

"왜? 콘셉트가 안 맞아?"

효주의 물음에 희재는 얼른 고개를 끄덕였다.

"그건 내가 판단할 테니까 일단 가져와요."

"안 돼요, 절대."

희재는 단호한 대답을 남기곤 화장실을 다녀오겠다며 자리를 피했다. 은수는 의문이 가득한 시선으로 멀어지는 그녀

151

의 뒷모습을 바라볼 뿐이었다.

파스타집에서 나와 효주와 헤어지고 회사로 돌아가는 길, 은수와 희재는 말없이 걷기만 했다. 그러다 그가 정적을 깨며 물었다.

"왜 숨겼어요? 해승이랑 나한텐 7년 동안 완전히 손 뗐었다고 했잖아요."

"그냥, 말하고 싶지 않았어요."

"그 가사, 보여 주면 안 되는 거예요?"

희재는 걸음을 멈추곤 잠시 머뭇거렸다.

"그거, 인하에 대한 이야기예요."

그 말에 은수의 미간이 좁혀졌다. 이 여자는 서인하에게 얼마나 묶여 있는 걸까. 그 모습이 안쓰럽기도 하면서 한편으론 화가 났다. 그 사람이 자신과 그녀를 가로막고 서 있다고 여겨졌다.

"그 사람 이야기인 게 뭐 어때서요."

조금 화가 난 목소리에 그녀가 그와 시선을 마주했다.

"당신, 그 사람 이야기를 안 써야겠다고 억지로 생각하니까 글이 안 써지는 거였어. 마주 봐. 지나간 사람이잖아. 뭐가 그렇게 무서운 거야?"

그의 말이 가슴에 콕콕 박혔다. 마주 보라고? 지나간 사람이라고? 그녀에게 인하는 지나간 사람이 아니었다. 못 이룬 사랑이자 못 지켜 낸 사람이었다.

"그쪽이 뭘 안다고 그런 말을 해?"

"몰라. 난 사랑하는 사람을 떠나보낸 적이 없으니까. 그런데 그 마음가짐으론 절대 가사 못 써요. 이겨 내지 못하면 계속 제자리일 거야."

상처를 주는 말들을 뱉어 내면서도 그의 시선은 따스하기만 했다. 계속 마주 보고 싶을 만큼. 그래서 자꾸만 그에게 눈길이 갔다.

종잡을 수 없는 지은수가 좋아지고야 말았다.

희재는 작업실에 앉아 효주가 보내온 메일을 읽어 내려갔다. 인하가 생각날 때마다 써 왔던 가사들이 모니터 화면 안에 빽빽하게 늘어져 있었다. 가사 위에는 그날의 날짜가 적혀 있었다.

시작은 출판사에 첫 출근을 하던 날이었다. 첫날부터 야근을 하게 된 그녀는 홀로 회사에 남아 가사를 써 내려갔다.

보고 싶고, 만나고 싶고, 안고 싶고. 아직도 생생한 인하에 대한 기억이 담겨져 있는 가사들. 매일 일기처럼 가사를 썼는데 시간이 지날수록 소홀해졌다. 그것은 기억 속에서 인하가 서서히 흐릿해지고 있다는 것을 의미했다. 그래도 그날의 아품을 잊을 수는 없었다. 자신을 용서할 수 없었기에.

마지막인 것을 알았다면 더 다정하게 말해 줄걸. 그랬다면 떠나보내는 게 조금은 쉬웠을지도 모르는데.

그만둘까, 하는 생각이 머릿속에 스쳐 희재는 무거운 한숨을 내쉬었다.

"몰라. 난 사랑하는 사람을 떠나보낸 적이 없으니까. 그런데 그 마음가짐으론 절대 가사 못 써요. 이거 내지 못하면 계속 제자리일 거야."

그런데 도망치려 할 때마다 은수가 했던 말들이 떠올랐다. 그것뿐 아니라 밀어내도 다가와 웃어 주던 것, 안아 주던 것, 그와 입을 맞췄던 것들이 계속해서 머릿속을 어지럽혔다. 혼란스런 마음에 희재는 고개를 떨어트렸다.

"……그 사람 옆에 있고 싶어."

그저 인하와 닮았기에 마음이 움직이는 거라도, 지은수 옆에 있고 싶어졌다. 그가 받을 상처 따윈 생각하고 싶지 않을 정도로 말이다.

차오르는 눈물을 애써 참으며 희재는 가사를 바라봤다. 단단히 제 마음에 스며든 인하에게서 벗어나기 위해선 그것과 담담히 마주해야 했다.

자신의 말에 상처를 받은 희재의 표정이 잊히지 않아 은수는 멍하니 작업실 천장을 바라보았다.

"진짜 뭘 안다고 그런 말을…… 지은수 이 등신 새끼."

사랑하는 사람을 잃어 본 적도 없는 주제에 그런 모진 말을 던졌으니 희재의 마음을 갈기갈기 찢은 거나 마찬가지였다. 사과를 해야 하나 고민하던 은수는 마른세수를 하며 자리에서 벌떡 일어섰다.

창문 틈으로 어둑해진 하늘을 보던 그의 귓가에 빗줄기 떨어지는 소리가 들리기 시작했다.

"또 비 오네."

어제 희재와 입을 맞췄던 것이 떠올랐다. 입을 맞출 생각까진 없었다. 그저 도와주고 싶다는 마음에 그곳에 데려갔고, 그녀의 페이스에 맞춰 천천히 다가갈 생각이었다.

"스미네요."

"뭐가요?"

"모든 게요."

그 말을 들으며 은수는 자신이 그녀에게 스미는 것을 느꼈다. 그 속도가 너무 빨라 자신도 모르게 입을 맞춘 것이었고.

그녀를 떠올리던 은수는 자신도 모르게 입가에 웃음을 지었다.

똑똑 노크 소리에 창밖을 바라보던 그가 고개를 돌렸다.

"누구세요?"

쭈뼛거리며 들어서는 희재를 보고 은수는 숨이 턱 막혀 버렸다. 사과를 해야 한다는 생각이 그의 머릿속을 잠식해 갈 때, 그녀가 다가왔다.

"저…… 희재 씨."

"이거요."

뒷목을 긁적이며 미안함을 표하려던 찰나, 희재가 종이를 내밀었다.

"지금까지 써 왔던 가사들 몇 개 추려 봤어요."

생각지도 못한 그녀의 행동에 그는 벙찐 채 말을 잇지 못했다. 그가 종이를 받아 들자 한숨을 내쉰 희재가 말했다.

"지은수 씨 말이 맞아요. 이겨 내지 못하면 계속 제자리걸음만 할 거라는 말, 동의해요."

말의 내용과 달리 희재의 표정은 금방이라도 울 것처럼 슬퍼 보여 은수는 마음이 따끔거리기 시작했다.

"저도 다른 작사가들처럼 자기 얘기, 남들 얘기 다 써먹어 보려고요."

애써 장난스런 미소를 짓는 그녀의 모습이 너무나 예뻐 은수는 시선을 떼지 못했다.

"밖에 비 오는데, 요 앞 포장마차에 가서 한잔할래요?"

은수의 제안에 희재는 기분 좋게 고개를 끄덕였다.

비가 와서 그런지 포장마차엔 사람들이 바글바글했다. 분명 제안을 한 건 은수였는데 그는 이곳이 매우 낯설게 느껴지는 듯했다.

"포장마차 처음 와 봐요?"

"네, 처음이에요."

어설프게 의자에 앉은 은수는 주위를 두리번거렸다. 그 모습에 희재는 그와 떡볶이집에 갔던 게 생각났다.

"이번에도 인터넷에서 보고 찾은 거예요?"

"아니요. 여긴 어머니가 알려 주신 거예요. 비 오는 날에 포장마차에서 소주 한잔하면 기분이 좋아진다고 그러셨거든요."

"어머니 낭만 있으시네요."

"그렇죠? 우리 어머니같이 좋은 사람은 세상에 없을 거예요. 항상 저를 위해 희생하세요. 그래서 난, 어머니 말이라면 뭐든 다 들어요."

"지은수 씨 은근히 마마보이 기질이 있는 거 같네요. 누군지 몰라도 그쪽이랑 결혼할 여자는 참 피곤하겠다."

장난스러운 희재의 말에 은수가 웃음을 터뜨렸다. 때마침 소주와 부침개가 테이블 위에 놓여졌다.

희재의 잔에 술을 따라 주며 은재가 조심스레 입을 열었다.

"미안했어요. 내가 주제넘게 굴었죠?"

은수는 갑작스러운 사과에 놀란 표정을 짓는 희재를 바라보며 말을 이었다.

"말했지만 난 희재 씨처럼 누굴 떠나보낸 경험이 없어요. 그래서 그 마음을 이해하지 못해요."

"알아요."

"나는 당신이 더 이상 그 사람 때문에 아프지 않았으면 좋겠어."

덤덤한 그의 목소리에 희재는 마음이 덜컥거렸다. 혹시라도 그것을 그에게 들킬까 봐 그녀는 얼른 고개를 돌리곤 술을 들이켰다.

두 사람은 꽤 오랫동안 대화를 나누었다. 대화의 주제는 소소한 것들이었다. 희재가 출판사에 다니면서 겪었던 이야기, 은수가 미국에서 살면서 겪었던 이야기.

취기가 살짝 오른 듯 희재의 두 뺨이 발그스름해졌다.

"술 잘 마신다는 거 거짓말인 거 같네."

"네?"

"희재 씨 눈 풀렸어요. 얼굴도 붉어지고."

"그쪽이 이상할 정도로 잘 마시는 거예요."

벌써 테이블 위에 올려져 있는 빈 소주병은 여섯 개였다. 보통 사람들이라면 상상도 못 할 주량이었지만 은수는 멀쩡하기만 했다.

왠지 자신만 취한 것 같아 입술을 삐죽거리던 희재는 턱을 괸 채 가만히 그를 바라보았다. 그러자 그도 똑같이 턱을 괴고 그녀와 시선을 마주했다.

"왜 그렇게 쳐다봐요?"

"왜 그렇게 쳐다보는데?"

또다시 인하의 목소리가 들려왔다. 인하를 떠오르게 하는 목소리에 희재의 안색이 어둡게 변했다.

"그, 그만 일어나요. 우리."

도망치듯 포장마차를 빠져나온 희재는 숨을 길게 내쉬며 이마를 손으로 짚었다. 불현듯 떠오르는 인하 생각에 가슴이 조여 오고, 숨이 턱 막혔다.

"……안 되는 걸까?"

인하와 닮은 사람을 마음에 두는 건 역시 무리였나 보다. 희재는 두 눈을 지그시 감았다. 그때, 그녀의 귓가에 익숙한 목소리가 들려왔다.

"뭐가 안 되는데요?"

놀란 희재가 뒷걸음질 치며 어색한 미소를 지었다.

"아, 아니에요. 어서 가요. 늦었어요."

은수는 급히 발걸음을 옮기려는 희재의 팔을 붙잡아 옴짝달싹 못하게 했다. 그리곤 가늘게 뜬 눈으로 낮은 목소리를 뱉어 냈다.

"그거 안 좋은 버릇이에요. 물어도 대답 안 하는 거, 자기 마음 숨기는 거, 그리고 혼자 괴로워하는 거."

입을 맞췄던 그날, 희재가 했던 말을 가슴 깊이 기억하는 그였기에 지금 그녀가 어떠한 고민을 하고 있는지 잘 알고 있었다.

"희재 씨 마음, 많이 생각해 봤어요."

그럴 수도 있겠다 싶었다. 자신이 서인하라는 사람과 닮았기 때문에 그녀가 웃어 주는 것일지도 모른다고.

"그런데 아무리 생각해도 답이 안 나와요. 당신이 흔들리는 이유가 나 때문인지, 아니면 서인하라는 사람 때문인지. 그래서 딱 한 가지만 물어보려고요."

말없이 응시하는 그녀의 시선에 은수는 덤덤히 말을 이어 갔다.

"나랑 입 맞출 때, 그 사람 생각났어요?"

그 물음에 희재는 그날을 떠올렸다. 비가 추적추적 내리던 날, 따스한 그의 온기를 느꼈던 날을. 혼란스러운 감정을 담은 그녀의 눈빛이 흔들리기 시작했다. 그러자 그가 한 발짝 다가와 발그스름해진 그녀의 뺨을 두 손으로 감쌌다.

"그럼, 지금 당신 앞에 서 있는 사람은 누구로 보여요?"

"……지은수."

그의 입가에 짙은 미소가 자리했다.

"그럼 됐어. 그거면 충분해."

정말 그것으로도 충분하냐고 되묻고 싶었다. 하지만 이어진 그의 입맞춤에 그녀의 물음은 흩어져 버렸다.

확실하지 않은 감정으로 그와의 관계를 시작해도 되는 건지 여전히 혼란스러웠다. 하지만 입술에 닿은 그의 온기에, 허리를 감싸는 부드러운 손길에 희재는 용기를 내어 한 발짝 다가가기로 마음먹었다.

09

"난 이거 세 개가 제일 마음에 드는데. 네 생각은 어때?"

화보 촬영을 마치고 돌아온 해승에게 희재는 그동안 써 왔던 가사들 중 세 개를 엄선해 내밀었다.

"좋아. 나도 그게 제일 마음에 들더라고."

"그럼 이 가사로 세 곡 진행할게. 희재 씨는……."

"저도 계속 작업 진행할게요."

희재가 생긋 웃으며 대답하자, 은수도 따라 씩 웃어 보였다. 주고받는 묘한 시선에 해승은 미간을 찌푸리며 두 사람을 번갈아 쳐다보았다. 분명 화보 촬영을 가기 전엔 사이가 안 좋았었는데 갑자기 뭔가 미묘한 분위기가 감돌았다.

그런 해승을 의식하며 은수가 자신의 옆에 앉은 희재의 어깨를 팔로 감싸 끌어당겼다. 갑작스런 행동에 놀란 그녀가 눈을 동그랗게 떴다.

　"왜, 왜 이래요?"

　"해승아, 우리 사귄다."

　"……뭐?"

　"사귄다고. 3일 정도 됐어."

　믿을 수 없다는 표정으로 해승이 바라보자 희재가 원망스러운 시선을 은수에게 던졌다.

　"누나, 진짜야?"

　부정의 대답을 간절히 바랐지만 민망한 웃음을 지은 희재의 입에선 그 기대를 무참히 짓밟는 답이 나왔다.

　"어쩌다 보니 그렇게 됐네."

　은수의 팔을 억지로 떼어 놓고 머쓱하게 웃어 보이는 희재를 보며 해승은 아무런 말도 잇지 못했다.

　곡 작업을 마친 희재는 은수의 차를 타고 집으로 향했다. 사귀기로 한 이후부터 하루도 빠지지 않고 출퇴근을 함께하는 두 사람이었다. 은수는 퇴근길엔 늘 자신의 집 앞에 차를 세워 두고 산책하듯 걸어 그녀를 바래다주었다.

　'내가 이 사람을 사랑해도 될까' 라는 의문은 아직도 가슴

한구석에 남아 있었지만 그의 큰 손을 잡을 때면 모든 것을 잊게 됐다. 희재는 점점 그에게 빠지는 자신을 느꼈다.

"왜 은수 씨가 먼저 말해요?"

희재가 퉁명스럽게 묻자 은수는 무슨 말인지 모르겠다는 듯 고개를 갸우뚱거렸다.

"우리 사귀는 거요. 해승이한테는 내가 말하게 해 줬어야 죠."

"왜요?"

"일적으로 만난 은수 씨보단 훨씬 전부터 알고 지내던 내가 말하는 게 맞죠."

당연한 것을 왜 물어보냐는 투로 희재가 말하자 은수가 핏 웃음을 지으며 투덜거렸다.

"솔직하게 대답해요. 해승이가 좋아요, 내가 좋아요?"

"뭐예요, 갑자기 질투하는 거예요?"

"3초 안에 대답해요. 나 삐치기 전에."

"아니, 무슨······."

빠르게 숫자를 센 그가 콧방귀를 뀌며 삐친 척 고개를 돌려 버렸다. 그에 그녀는 장난스럽게 그의 옆구리를 콕 찔렀다.

"은수 씨 가끔 보면 너무 애 같아요."

"남자는 원래 자기 여자 앞에선 애 같아져요. 그만큼 내가 희재 씨를 좋아한다는 증거예요."

"으휴, 말이나 못 하면."

은수는 희재와 달리 제 마음을 표현하는 것에 스스럼이 없었다. 그런 그에게 영향을 받아 희재도 약하게나마 자신의 마음을 조금씩 표현하려 노력하는 중이었다.

"가요."

"잘 자고, 내일 봐요."

손을 흔들며 멀어지는 은수를 향해 희재도 인사를 건넸다. 그녀에게서 시선을 떼지 않고 걷던 은수는 코너로 들어와서야 몸을 바로 했다.

당장이라도 그녀를 다시 보고 싶었지만 내일 아침이면 볼 수 있다고 스스로를 위로하며 기분 좋은 미소를 지었다.

집 앞에 다다랐을 때, 은수는 제 쪽으로 성큼성큼 다가오는 사람의 실루엣을 발견했다. 그러다 다가온 실루엣에 갑자기 멱살이 잡힌 채 벽에 밀쳐진 그는 인상을 쓰며 자신의 앞에 선 사람을 똑바로 바라보았다.

"내가 분명 건드리지도, 장난치지도 말랬잖아. 그런데 왜 그래! 왜 누나를……."

해승이었다. 울분에 찬 목소리로 말을 잇지 못한 그는 입술만 잘근잘근 씹어 댔다.

"또다시 사랑하는 사람에게 상처 받으면 누나는 완전히

무너지고 말 거야. 형은 잠깐 재미 봤다가 헤어지면 그만이 겠지만 누나는 아니라고!"

혹시라도 희재가 다칠까 항상 조심스럽던 해승이었다. 그 렇게 4년을 유리그릇 다루듯 소중히 대했다. 그녀가 사랑하 는 사람에게 상처를 받았다는 것은 효주를 통해 우연히 알게 되었다.

그녀에게 상처를 준 사람이 누구인지는 모르지만 해승은 그에 대한 원망의 마음을 늘 갖고 있었다. 그 사람 때문에 그 녀가 음악을 그만두고 꿈을 포기했다는 것을 알아 버렸으니 까.

그런데 겨우 다시 그 꿈을 향해 한 발 내딛으려 하는 희재 를 은수가 흔들어 놓는 것을 보고만 있을 수는 없었다.

거칠게 해승의 손을 쳐 낸 은수는 구겨진 셔츠 깃을 바로 하고 짜증스런 시선으로 그를 내려다봤다.

"너, 갈수록 선을 넘는다?"

"형이 먼저 내 경고 무시했잖아."

은수는 기가 차다는 듯 한숨을 쉬었다.

"나도 분명히 말했어. 장난이 아니라 진심이라고. 그리고 아무리 친하다고 해도 이렇게까지 하는 건 지나친 참견이라 고 생각되는데."

"누나랑 나는……."

"알아. 각별한 사이라는 거. 희재 씨도 그렇다고 했었고. 다시 한 번 말하는데 나는 희재 씨에게 진심이야. 설령 헤어진다고 해도 우리가 선택한 것이니 우리가 감당해야 할 몫이야. 그리고 난 무책임하게 자기 여자 두고 떠나는 병신 같은 짓은 안 해, 절대로."

그 말을 남긴 채 은수는 집으로 들어섰다.

고개를 떨군 채 주먹을 꽉 쥔 해승은 그대로 주저앉아 버렸다. 자신의 행동이 단순히 친한 누나를 걱정하는 수준의 것이 아님을 알고 있었다.

분명 처음엔 동경하는 마음으로 그녀를 바라보았다. 하지만 그 마음은 어느새 사랑으로 변해 있었다.

화가 났다. 4년이란 시간 동안 제가 못 가진 희재의 마음을 지은수가 빼앗았다는 것이. 그녀가 쳐 놓은 벽은 너무나 견고해 보였는데, 어째서 은수는 그렇게 간단히 무너뜨릴 수 있었던 걸까. 자신의 무능함을 탓하며 해승은 한동안 자리에서 꼼짝하지 못했다.

❖   ❖   ❖

봄이 한 걸음 가까이 다가왔다. 싱그럽고 따스한 햇살에 마음이 들떠 희재는 봄나들이를 가고 싶다는 생각을 했다. 하지만 그럴 수 없었다. 화창한 하늘이 아닌 백열등이 내리쬐는 회의실에 앉아 묘한 분위기 속에 긴장을 하고 있었기 때문이다.

"마음에 안 들어."

은수가 작곡한 노래를 듣던 해승이 오디오를 꺼 버렸다.

"뭐가 마음에 안 드는데?"

"전부 다. 인트로도 별로고, 섹션 타이밍도 별로고, 멜로디도 흔해 빠졌어."

감정이 섞인 듯한 혹평에 은수는 치밀어 오르는 화를 억누르며 입술을 꾹 깨물었다. 그런 은수를 힐끔거린 희재가 작게 한숨을 내쉬었다. 벌써 다섯 번째였다. 그녀가 듣기엔 가사와도 어울리고 콘셉트와도 잘 맞아떨어졌는데, 해승이 번번이 퇴짜를 놓는 중이었다.

"나는 괜찮은 거 같은데……."

작은 목소리로 중얼거리는 희재의 말에 해승이 날카로운 시선으로 그녀를 바라봤다.

"일단 스케줄 있으니까 나중에 얘기하자."

자리에서 일어난 해승은 뒤도 돌아보지 않고 회의실을 빠져나갔다. 그의 뒷모습을 보며 희재는 애꿎은 뺨을 긁적거렸다.

"요즘 계속 저기압이네."

"내버려 둬요. 사춘기인가 보지."

비아냥거리는 말에 희재는 고개를 돌려 은수와 시선을 마주했다.

"해승이랑 싸웠어요?"

"어라, 벌써 점심시간이네. 뭐 먹을래요?"

대답도 하지 않고 화제를 돌리는 그의 모습에 희재는 자신의 생각이 맞음을 확신했다.

"왜 애랑 싸우고 그래요? 형이면 형답게, 너그럽게 보듬어 줄 것이지."

"스물넷이 어떻게 애예요?"

"그래도 은수 씨가 다섯 살이나 많잖아요."

회의실을 나서는 희재의 뒤를 쪼르르 쫓으며 은수가 억울하다는 듯 말했다.

"다짜고짜 멱살부터 잡는 애를 아이고, 예쁘다, 해 줘야 해요?"

멱살을 잡았다고? 걸음을 멈춘 희재가 설마하는 표정으로 은수를 바라봤다.

"에이, 설마."

"진짜예요. 갑자기 멱살을 확 잡아챘다니까?"

"그럼, 은수 씨가 뭘 잘못했나 보죠."

억울해 미쳐 버릴 것 같았지만 해승과 사이가 틀어지게 된 이유를 자세히 말할 순 없었기에 그는 한숨만 쉴 뿐이었다.

점심을 먹는 내내 뾰로통한 표정을 짓고 있던 은수는 회사로 돌아가는 길에도 희재와 멀찍이 떨어서 혼자 앞서 걸어갔다.

"아우, 속이 왜 이렇게 좁아."

투덜거리던 희재가 그를 따라잡기 위해 보폭을 크게 하자 은수도 걸음을 빨리했다. 어허, 이 남자가? 약이 올라 그녀 역시 이를 앙다물고 뛰었지만 역부족이었다.

"지은수 씨!"

빽 소리를 질렀는데도 그는 뒤를 돌아보지 않았다.

"야, 지은수!"

다시 한 번 소리를 지르자 그제야 그가 우뚝 멈춰 섰다. 고개를 돌려 그녀를 바라보는 그의 시선엔 잔뜩 짜증이 어려 있었다.

"이젠 막 반말하네?"

"꼬우면 그쪽도 반말해요."

"그쪽이라니요. 애인한테 말버릇이 너무 안 좋네. 내가 희재 씨보다 두 살이나 많으니까 앞으로는 오빠라고 불러요."

희재는 토하는 시늉을 하며 인상을 구겼다. 오빠라니, 그런 낯간지러운 말을 입에 담아 본 적은 살면서 한 번도 없었다. 살갑지 않은 성격 때문에 알고 지내는 사람도 손에 꼽을 정도로 인맥이 얕은 그녀였다.

"못 해요."

고개를 저으며 완곡히 거절하는 희재의 반응에 은수가 뭔가 재밌는 걸 발견했다는 듯 눈을 빛내더니 장난스런 미소를 지었다.

"은수 오빠, 하고 불러 봐요. 진짜 듣고 싶은데."

희재는 콧소리까지 내며 몸을 배배 꼬는 은수를 경멸의 눈초리로 바라봤다.

"그쪽이라고만 안 부르면 되죠? 그럼 지은수 씨라고 부를게요."

단호히 말하곤 걸음을 옮기는 희재의 뒤를 졸졸 따라가며 은수는 '오빠'라는 말을 반복해서 속삭였다.

"아, 진짜 그만해요!"

화를 버럭 내곤 회사 건물로 들어서려는 희재의 팔을 붙잡은 은수가 주차장 쪽으로 향했다.

"뭐예요. 회사 안 들어가요?"

"오늘 하루만 농땡이 칩시다. 희재 씨도 봄나들이 가고 싶잖아요."

"그걸 어떻게 알았어요?"

"얼굴에 쓰여 있어요. 나 완전 봄나들이 가고 싶음."

생글 웃음을 지은 은수는 자신의 차로 달려가 친절히 조수석 문을 열어 주었다. 그리곤 이래도 되나 머뭇거리는 희재의 등을 밀어 조수석에 앉혔다.

운전석에 앉은 은수가 시동을 걸고 주차장을 빠져나오자 맑은 하늘이 눈앞에 펼쳐졌다. 그에 희재는 자신도 모르게 밝은 미소를 지었다.

"봄나들이 가니까, 오빠라고 불러야 돼요."

어휴, 그놈의 오빠 소리. 콧방귀를 뀌며 창밖으로 시선을 돌린 희재는 새어 들어오는 바람에 싱긋 웃음을 머금었다.

평일이라 그런지 한강 둔치엔 사람이 그리 많지 않았다. 따스한 햇볕을 쬐며 걷던 희재는 아까부터 들리는 카메라 셔터 소리에 고개를 돌렸다.

"그만하죠?"

"이렇게 화창한 날씨에 예쁜 애인이랑 걷는데 그냥 보고만 있는 건 실례죠."

찰칵. 또다시 셔터를 누르며 그가 싱긋 웃었다.

"아, 예쁘다."

서슴없이 낯간지러운 말을 내뱉는 은수 때문에 희재는 당혹스러움을 감추지 못했다. 어색하다는 듯 헛기침을 내뱉는 그녀의 모습에 그가 카메라를 내리곤 차분히 말했다.

"어렸을 때, 어머니가 바빠서서 집에 매일 늦게 들어오셨어요. 어머니를 기다린다는 핑계로 집 앞에 나와서 사진을 찍게 됐죠."

"은수 씨, 사진광이구나."

"그 정도까지는 아니고. 예쁜 걸 보면 찍고 싶은 욕구가 생긴다고나 할까."

그 말이 끝나기 무섭게 그는 카메라를 들어 그녀의 모습을 렌즈에 담았다. 자신을 올려다보는 그녀의 모습이 너무나 예뻐 가만히 있을 수 없었기 때문이다.

"진짜 잘 나왔다, 봐요."

사진을 보여 주기 위해 은수가 가까이 다가오자 시원한 향수 냄새가 코끝에 풍겨 왔다. 입을 삐죽거리던 그녀가 저도 모르게 슬며시 미소를 머금었다.

"내가 희재 씨 인생 사진 찍어 줬으니까, 희재 씨도 내 소원 들어줘야 돼요."

"소원이요?"

"오빠라고 불러 주는 거."

말이 끝나자마자 아니꼬운 표정을 짓는 그녀를 마주 보며 그가 재미있다는 듯 웃었다.

어린애처럼 장난도 많고, 자신의 감정을 스스럼없이 표현하는 그가 희재는 점점 좋아졌다. 이제 그가 인하든 아니든 상관없었다. 그저 자신의 앞에 서 있는 그와 함께하는 시간이 행복하고 좋을 뿐이었다.

"오빠라고 한 번을 안 불러 주네."

집 앞에 도착해 차의 시동을 끈 은수가 아쉽다는 듯이 중얼거리자, 죽었다 깨어나도 오빠라는 소리는 못 하겠다는 듯 희재가 고개를 저었다.

"포기해요. 태어나서 지금까지 그런 말 해 본 적 한 번도 없어요."

그가 또 조르기 전에 희재는 서둘러 차에서 내렸다. 은수는 한숨을 쉬며 그녀를 배웅해 주기 위해 몸을 일으켰다. 그때, 그의 눈에 조수석에 떨어져 있는 검은색 카드 지갑이 들어왔다. 칠칠맞지 못하긴. 지갑을 손에 든 그의 눈에 안에 들어 있는 카드들이 보였다.

"멤버십 카드가 왜 이렇게 많아."

다양한 종류의 카드를 잔뜩 넣어 가지고 다니는 그녀가 귀엽게 느껴졌다. 그러다 지갑 맨 뒤에 꽂혀 있는 폴라로이드 사진을 보곤 은수는 자신도 모르게 핏 웃음을 터트렸다.

차에서 내린 그가 집으로 들어가려는 희재를 불러 세웠다.

"희재 씨."

고개를 돌리는 희재를 보며 은수가 지갑을 흔들었다. 그의 손엔 폴라로이드 사진이 들려 있었다.

"이런 건 언제 찍었대? 나 작업할 때 몰래 찍은 거예요?"

순간, 희재의 두 눈에 당혹감이 가득 묻어났다. 몰래 찍은 것이 들킨 게 창피해서 그런가 싶던 그때, 다가온 그녀가 거칠게 사진을 빼앗아 들었다.

"이리 줘요!"

갑작스런 행동에 놀란 은수는 흔들리는 희재의 눈빛을 멍하니 바라봤다. 그제야 자신이 실수를 했다는 것을 깨달은 그의 눈에 사진 뒤에 적힌 문구가 들어왔다.

2008년, 4월. 작업에 열중하는 인하.

"이거, 설마 그 사람이에요?"

낮게 깔린 그의 말에 희재는 아무런 대답도 하지 못했다. 은수 역시 한동안 침묵을 유지했다.

그녀에게 화가 난 것이 아니었다. 자신도 착각할 만큼 똑닮은 인하의 모습에 충격을 받았을 뿐이었다. 그동안 그녀가 자신을 인하와 착각해도 얼핏 닮았을 것이라고만 생각했었다. 그런데 막상 사진을 보니 구분을 못 할 정도의 수준이었다.

"미, 미안해요. 정리했어야 했는데……."

당황한 건 희재도 마찬가지였다. 지갑에 넣어 둔 인하의 사진을 깜빡 잊고 있었다. 전 남자 친구 사진을 아직도 지니고 있는 자신에게 은수가 실망할까 불안감이 몰려왔다.

"아니에요. 그 정도로 닮았으리라곤 생각도 못 해서 조금 놀랐을 뿐이에요."

"……은수 씨."

"하마터면 나도 속을 뻔했네."

은수는 태연한 척 웃으며 희재의 어깨를 감싸 안고 걸음을 옮겼다. 제 눈치를 보는 희재에게 입을 맞춘 그는 그녀를 탓하지도, 나무라지도 않았다.

❧   ❧   ❧

똑똑. 대표실 문을 두드리자 '들어오세요' 라는 대답이 안에서 들려왔다. 조심스레 문을 연 은수는 일에 열중인 어머니를 바라봤다. 문 앞에 서 있는 그를 발견한 서희가 자리에서 일어섰다.

"어머. 아들, 이 늦은 시간에 회사엔 무슨 일이야?"

놀란 표정으로 다가오는 서희를 품에 꼭 안아 준 은수가 씩 웃어 보였다.

"어머니가 너무 보고 싶어서 왔지, 왜 왔겠어요."

한 손으로 커피 캐리어를 흔드는 은수의 모습을 흐뭇하게 바라보던 서희가 소파로 손짓을 했다.

"진짜 무슨 일로 왔어?"

"정말 어머니 보고 싶어서 온 거라니까요?"

"어휴, 내가 네 속을 모르니? 보고 싶으면 집에 왔겠지, 회사까지 찾아왔겠니."

은수에게서 받아 든 따뜻한 커피를 한 모금 마신 서희는 그동안 쌓여 있던 피로가 한 번에 누그러지는 것을 느꼈다. 기분 좋게 웃는 서희를 보며 은수도 옅은 미소를 짓다 덤덤히 입을 열었다.

"어머니."

"응, 아들."

"어머니한테 아들은 저 하나죠?"

"뭐야, 갑자기? 무슨 그런 당연한 소리를 하고 그래?"

질문의 의도를 모르겠다는 듯 서희는 어깨를 으쓱였다.

"만약 어머니한테 저 말고 다른 자식이 있었다면 어땠을까, 그때도 이런 무한한 사랑을 받을 수 있었을까, 하는 생각이 들어서요. 아끼는 동생이 하나 생겼는데 그 애를 볼 때마다 형제가 있다면 이런 기분일까 싶거든요."

무표정한 얼굴을 풀고 미소를 짓는 은수를 보며 서희는 애써 굳은 표정을 감추기 위해 입술을 늘였다.

"우리 아들이 외동으로 커서 형제가 갖고 싶은가 보네."

"뭐, 조금? 지금이라도 동생 하나 어떻게 안 될까요?"

"어머, 얘. 무슨 그런 소리를 하고 그래."

호호, 넉살 좋게 웃어넘기는 서희였지만 커피를 든 손에 작게 힘이 들어갔다.

"일은 언제 끝나세요?"

"이제 곧. 마무리만 하면 돼."

"로비에서 기다릴게요. 같이 저녁 먹어요."

"그래, 알겠다. 빨리 끝내고 갈게."

"천천히 하셔도 돼요."

달칵, 문이 닫히는 소리에 서희의 시선이 불안하게 흔들렸다.

"서인하라······."

대표실을 빠져나온 은수는 '다른 아들'이라는 말에 미약하지만 동요하던 조금 전 서희의 모습을 떠올렸다. 뭉게뭉게 떠도는 지갑 속 그 사람의 사진이 잊히지 않아 그의 머릿속은 복잡하기만 했다.

10

"일어나거라, 조카여……."

귓가에 울리는 낯익은 목소리에 희재는 인상을 찌푸리며 눈을 떴다. 눈을 뜨자마자 보이는 코앞에 다가와 있는 영재의 얼굴에 그녀는 괴성을 지르며 몸부림치다 침대에서 떨어져 엉덩방아를 찧고 말았다.

"이 인간아, 왜 못생긴 얼굴을 들이밀고 그래! 심장 떨어지는 줄 알았잖아!"

"그러게 누가 삼촌이 오는지도 모르고 자래?"

"오늘 온다고 얘기한 적 있어? 왜 갑자기 와서 잠자는 사람 놀라게 해!"

"그게 삼촌 인생의 낙인 걸 어떡하니, 조카야."

헤벌쭉, 뭐가 좋은지 영재의 입가엔 미소가 떠나질 않았다. 사실 희재도 갑작스런 삼촌의 등장에 당황스럽긴 했지만 반가운 기색을 숨기지 못하고 있었다.

"숙모가 너 아침 차려 준다고 오자마자 부엌에서 떠나질 못하고 있다. 얼른 나와서 밥 먹어."

영재는 희재의 어깨를 톡톡 두드려 주곤 방을 나섰다. 저벅저벅, 멀어지는 삼촌의 뒷모습을 보며 그녀는 옅은 미소를 지었다.

맛있는 음식 냄새에 기지개를 쭉 펴고 부엌으로 간 그녀는 식탁에 찌개를 내려놓다 자신을 발견하고 반가운 표정을 짓는 숙모 유선을 바라봤다.

"희재야."

한달음에 달려온 유선은 희재를 품에 꼭 안아 주었다. 오랜만에 느끼는 숙모의 포근한 향에 절로 미소가 나왔지만 희재는 일부러 퉁명스런 목소리로 말했다.

"나빴어, 진짜. 나한테 한마디 상의도 없이 여행 가 버리면 어쩌자는 거야?"

"미안해. 삼촌이 너한테 말하지 말고 가야 된다고 얼마나 심술을 부리던지. 나도 피해자야."

영재는 저를 쳐다보는 아내의 새침한 시선을 모른 척하며 밥을 먹기 위해 자리에 앉았다.

"아참. 너, 해승이 일 도와주게 됐다며?"

"뭐야, 어떻게 알았어."

"통화했어. 해승이가 오늘 셋이서 점심 먹자고 하던데."

찌개를 한 숟갈 떠먹으며 유선에게 엄지를 척 치켜들던 영재가 말했다. 오늘은 은수와 같이 밥을 못 먹겠다는 생각에 희재는 저도 모르게 아쉬운 표정을 지었다.

"삼촌이랑 점심 먹기 싫냐?"

"아니야, 그런 거."

"그럼 뭐지, 그 애매한 표정은?"

자신을 물끄러미 쳐다보는 영재의 시선에 희재는 아무 말도 하지 못했다. 애인이 생겼는데, 그 사람이 인하와 판박이처럼 닮았다는 말을 어찌 할 수가 있겠는가.

그녀는 그저 머뭇거리다 묵묵히 밥을 먹기 시작했다. 그러다 이따 점심을 먹을 때 삼촌에게 사실대로 이야기해야겠다는 생각이 들었다. 숨겨 봤자 언젠가는 알게 될 일이니 빨리 얘기하는 편이 나았다.

그때, 초인종이 울렸다. 세 사람의 시선이 일제히 인터폰 쪽으로 향했다.

아뿔싸. 은수가 도착할 시간이라는 걸 깨닫고 당황한 희재는 숟가락을 내려놓으며 자리에서 벌떡 일어섰다.

"효, 효주일 거야. 오늘 출근하기 전에 잠깐 보기로 했거든."

"그래? 들어와서 밥 먹고 가라 그래."

자연스레 자리에서 일어난 유선이 문을 열어 주기 위해 인터폰 쪽으로 걸어갔다. 당황한 희재가 막으려 했지만 이미 인터폰 화면을 확인한 뒤였다.

"희재야, 웬 남자분이 서 계시는데……."

"남자? 설마 해승이야?"

'남자'라는 말에 밥을 먹던 영재가 고개를 휙 돌렸다.

"해승이 아니야. 되게 익숙한 얼굴인데."

의뭉스런 시선으로 화면 속 남자를 쳐다보며 유선이 턱을 매만졌다. 궁금한지 영재도 숟가락을 놓고 자리에서 일어섰다. 그리곤 당황한 표정으로 제 앞을 막는 희재를 밀어내고 인터폰 앞으로 다가갔다. 화면을 바라본 그의 표정이 단단히 굳어지기 시작했다.

"뭐야…… 서인하?"

영재의 중얼거림에 유선이 입을 틀어막았다. 두 사람의 흔들리는 눈빛을 마주한 희재는 조심스레 입을 열었다.

"인하 아니야. 지은수라고, 사귀는 사람이야."

세상에. 인하와 닮은 사람이 나타난 것도 모자라, 사귀는 사이라니. 영재는 굳어진 얼굴로 다시 인터폰 화면을 바라봤다.

"나 출근할게. 자세한 얘기는 점심 먹을 때 하자."

영재에게서 말이 흘러나오기 전에 가방과 겉옷을 챙긴 희재가 부랴부랴 집을 나섰다.

초인종을 눌러도 아무 대답이 없어 전화를 걸려던 은수는 마당으로 나온 희재를 발견하곤 옅은 미소를 지었다.

"뭐예요. 자는 줄 알았잖아요."

"그게…… 일이 좀 있었어요. 일단 출발해요."

은수를 뒤로하고 희재는 얼른 조수석에 올라탔다. 오늘따라 조급해 보이는 그녀의 모습에 은수는 고개를 갸우뚱거리며 차의 시동을 걸었다.

창밖으로 두 사람의 모습을 지켜보던 영재와 유선은 믿을 수 없다는 듯 한동안 얼이 빠진 채 그 자리에 서 있었다.

"아, 삼촌이라면 대표님이요?"

"네. 오늘 아침에 돌아오셨더라고요."

"빨리 말해 주지. 알았으면 들어가서 인사라도 드리는 건데."

"어차피 회사에서 만날 거예요. 그리고 은수 씨 보고 많이 놀란 눈치라 지금보다 조금 시간을 가진 뒤에 만나는 편이 좋을 것 같아요."

"왜요?"

무심결에 되물었지만 은수는 곧 그 말의 뜻이 무엇인지 알아차렸다. 분명 희재의 삼촌과 숙모도 서인하라는 사람을 알고 있는 모양이었다.

"희재 씨 주변엔 그 사람을 모르는 사람이 없나 봐요."

낮은 목소리로 말하는 은수를 보며 희재는 작게 고개를 끄덕였다. 잠시 차 안에 정적이 흐르자 희재는 그를 안심시키려는 듯 조심스레 입을 열었다.

"아, 어제 인하 사진 정리했어요."

미미한 미소를 지으며 제 머리를 쓰다듬는 그의 따뜻한 손길에 희재의 마음도 따스해져 왔다.

"희재 씨에게 그 사람이 얼마나 큰 존재인지 알고 시작한 거니까 천천히 해도 돼요. 난 괜찮으니까."

그의 나직한 목소리에 갑작스러운 일로 세차게 뛰던 마음이 거짓말처럼 평온해졌다.

점심시간은 생각보다 빨리 찾아왔다. 회사 근처 한식당에 마주 앉은 영재와 희재의 사이엔 긴 정적이 자리했다.

"아침에 본 그 사람이 해승이 이번 앨범 프로듀서 겸 작곡가라고?"

말없이 고개를 끄덕이는 희재를 보며 영재는 곤란하다는 듯 이마를 매만졌다. 만약 해승이 데려오겠다던 사람이 인하와 닮은 사람임을 알았다면 결사반대를 했을 것이다. 인하 때문에 고통스러워하던 제 조카를 봐 왔기에. 인하를 닮은 그를 보고 힘들어했을 희재의 모습이 눈에 선했다.

"그 사람 보는 거 안 힘들어?"

"처음엔 당황했지. 정말 인하인 것 같아서 혼란스러웠는데, 더 이상 고민하지 않으려고."

"그래도 그만큼 닮기 쉽지 않아. 정말 인하와 관련 있는 사람이면 어쩌려고 그래?"

"상관없어."

"정희재."

"삼촌, 나 진심으로 그 사람이 좋아. 인하를 닮아서가 아니라 지은수, 그 사람 자체가 좋아."

확고한 의지가 느껴지는 희재의 목소리에 영재는 더 이상 말을 이을 수 없었다. 희재에게 인하는 지나간 사람이 되어버린 것 같았다. 그 때문에 포기했던 음악을 다시 시작하게 됐으니까. 어쩌면 지은수라는 사람이 나타났기에 희재가 인하를 놓을 수 있는 건지도 모른다는 생각이 들었다.

"아이고, 늦어서 죄송합니다."

또다시 시작된 두 사람의 침묵을 가르며 똑똑, 노크 소리와 함께 넉살 좋은 웃음을 지은 해승이 들어왔다.

"야, 이 녀석아. 일개 가수 놈이 기획사 대표를 기다리게 해?"

"에이, 또 왜 이러실까? 무사히 여행 다녀오신 대표님을 위해 선물도 준비했는데."

새침하게 해승을 흘기던 영재는 선물을 받아 들자 한결 표정을 누그러뜨렸다.

식사를 하는 내내 영재는 자신의 여행 이야기를 늘어놓았다. 하나뿐인 조카를 두고 놀다 온 것이 매우 즐거웠는지 그의 입가엔 웃음이 끊이질 않았다.

여행에 관심이라곤 손톱만큼도 없는 희재에게 영재의 말은 지루할 뿐이었다. 시큰둥하게 이야기를 듣다 하품을 하는 희재를 보며 영재는 혀를 끌끌 찼다.

"재미없냐?"

"당연하지."

즉각 돌아오는 대답에 영재가 삐뚜름한 시선을 보냈다.

"그럼 네가 재미있어 할 만한 얘기하지, 뭐."

"무슨 말?"

"지은수, 너랑 사귄다는 그 친구 얘기."

당혹감이 스치는 희재의 눈빛에 영재가 재미있다는 듯 푸하하, 웃음을 내뱉었다.

"얼마 만에 생긴 조카의 애인인데, 이 삼촌이 호구조사 좀 해야지. 나이는?"

탐탁지 않은 기색을 지우지 못한 채 희재가 작게 대답했다.

"스물아홉."

"연상? 직업은. 아, 작곡가랬지. 그럼 취미랑 특기는?"

"아, 몰라! 그만 물어!"

더 이상 대답하기 싫다는 듯 희재는 손으로 엑스 자를 그렸다. 그러자 타깃을 변경하듯 영재가 눈을 돌렸다.

"맞다. 네가 데려온 작곡가니까 네가 더 잘 알겠네. 그 사람 어때?"

"글쎄요. 그다지 안 친해서 잘 모르겠는데요."

싸늘한 목소리로 답하곤 물을 들이켜는 해승의 반응에 영재는 당황한 표정을 지었다. 웬만해선 타인에 대해 좋게 말해 주는 그의 성격을 잘 알고 있었기 때문이다.

해승이 왜 저런 반응을 보인 건지 짐작한 영재는 뻘쭘한 듯 뺨을 긁적였다.

희재에게 관심을 보이는 해승을 보며 그도 처음엔 둘이 잘되었으면 좋겠다고 생각했던 적이 있었다. 물론 마음을 열지 않는 희재 때문에 불가능하다는 것을 진즉 깨달아 버렸지만.

그런 희재에게 애인이 생겨 버렸으니, 심기가 불편할 수밖에 없을 것이다. 4년을 곁에 있어 준 해승이 아닌, 한 달 만에 그녀의 마음을 열은 사람이 나타났으니까.

"그럼 내가 직접 만나서 알아보지, 뭐."

갑자기 자리에서 벌떡 일어난 영재를 보며 희재가 고개를 갸웃거렸다.

"밥은? 아직 반밖에 안 먹었잖아."

"됐다. 니들끼리 맛있게 먹고 와라."

영재가 밖으로 나가자 방 안에는 무거운 정적이 흘렀다. 여전히 무표정한 얼굴로 밥만 먹는 해승을 보며 희재는 그의 빈 잔에 물을 따라 주었다.

"너 아직 은수 씨랑 화해 안 했어?"

고개를 들어 저를 바라보는 해승의 낯선 시선에 희재는 어색한 미소를 지었다.

"그 사람이 그러더라고. 네가 갑자기 멱살을 잡았다나 뭐라나. 아, 물론 네가 이유 없이 그럴 애가 아니라는 거 잘 알지. 그래도 다섯 살 위인데 멱살을 잡았다는 건 좀……."

여전히 무덤덤한 시선을 던지는 해승을 보며 희재는 뒷말을 흐렸다. 단단히 삐뚤어진 건가. 두 사람이 계속 냉랭한 관계를 유지하면 그 사이에 낀 희재도 보통 불편해지는 게 아니었다. 어떻게 풀어 줘야 되나 고민하던 찰나, 굳게 닫혔던 해승의 입이 열렸다.

"누나, 은수 형이 좋아?"

뜬금없는 물음에 희재는 당황스럽다는 듯 고개를 끄덕였다.

"좋아하니까…… 사귀겠지?"

"누나에게 상처를 줄지 모르는 사람인데도?"

흔들림 없는 목소리에 희재는 그제야 두 사람이 싸운 이유를 눈치챘다.

　"너 걱정돼서 그런 거야? 내가 혹시라도 바람둥이한테 델까 봐?"

　"그 형은 바람둥이 중의 바람둥이라고! 누나 진짜 눈물 콧물 뺄지도 모른다니까!"

　"야, 넌 나를 뭘로 보고! 상처를 줬으면 줬지, 받을 생각은 추호도 없거든?"

　"어떻게 될지 모르는 거잖아! 난, 누나가 상처 받는 게 제일 싫다고!"

　흥분한 해승을 보며 희재는 그의 이마를 검지로 툭 밀었다. 뾰로통한 표정으로 이마를 매만지는 그의 모습에 그녀는 조금 편안한 얼굴을 했다. 그제야 제가 아는 이해승 같았기 때문이다.

　"걱정 마. 내 성격 잘 알잖아. 절대 호락호락하게 당할 사람 아니라는 거."

　졌다, 졌어. 더 이상 말려 봤자 자신의 힘만 빠질 것이라 생각한 해승은 고개를 푹 숙이고 말았다. 한번 마음먹은 일은 끝까지 밀어붙이는 희재의 성격상 제 말이 들릴 리 없었다.

　"그래, 알겠어."

　해승은 애써 고개를 끄덕여 보였다.

"누나만 좋다면 더 이상 안 말릴게."

말리고 싶었다. 걱정이 되고, 그녀를 빼앗기는 게 싫었다. 하지만 그렇게 대답해야 했다. 그래야 그녀의 곁에 있을 수 있기에.

"고맙다. 그리고 얼른 화해해."

대답 없이 고개를 끄덕이는 해승을 보며 희재는 홀가분한 마음으로 숟가락을 들었다.

"사실, 저번에 들려줬던 노래들 다 좋았어. 미안해. 그때 멱살 잡은 것도 사과할게, 형."

우물쭈물 작업실로 들어선 해승은 입을 오리처럼 삐죽였다. '뭐지?' 하는 표정으로 그를 바라보던 은수는 뒤에 서 있는 희재에게로 시선을 옮겼다.

그녀는 어깨를 으쓱이며 이 상황에 대해 전혀 모른다는 듯한 표정을 지었지만, 해승의 표정에는 '억지로 사과하고 있다'라는 것이 확연히 드러나고 있었다.

뭐라 답하기도 전에 해승은 스케줄이 있다는 핑계를 대곤 줄행랑치듯 작업실을 나가 버렸다. 그 모습에 은수는 헛웃음을 내뱉으며 희재를 바라봤다.

"희재 씨가 설득했어요?"

"원래 내 말 잘 들어요. 누구와는 완전 다르게."

"그 '누구' 가 설마 나는 아니죠?"

"그 설마가 맞을걸요?"

새침하게 웃는 희재를 바라보며 은수가 말을 이었다.

"나, 내 애인 말 무지 잘 듣는 사람인데. 이상하네."

"그러지 말라는데도 관심 주고 입까지 맞춘 사람이 누구였더라."

그 말에 벌떡 일어난 은수가 희재에게 입을 맞췄다. 놀란 그녀는 작업실 창밖을 살피며 작게 소리쳤다.

"미쳤어요? 여기 회사예요!"

무슨 상관이냐는 듯 어깨를 으쓱인 은수가 다시 한 번 입을 맞추려 하자 희재는 억지로 밀어냈다. 그리곤 그의 맞은편에 앉아 걱정스런 표정을 지었다.

"내가 바람둥이 은수 씨한테 당할까 봐, 해승이가 걱정한 거 같아요. 뭐, 나도 조금 고민하긴 했으니까 이해는 되지만."

살짝 미간을 찌푸린 은수가 희재를 쳐다보았다. 한국에 온 이후로 그놈의 바람둥이라는 말이 그를 지독히 괴롭히고 있었다.

"바람둥이라는 말, 가볍게 받아들였는데 점점 기분 나빠지기 시작하네."

희재는 진지한 은수의 말투에 눈을 끔뻑였다.

"오늘부터 나한테 바람둥이라는 말 금지예요."

"기분 나빠요?"

"당연하지. 자기 여자가 바람둥이라는데, 어떤 남자가 기분 좋겠어요?"

팔짱을 끼고 못마땅한 시선으로 희재를 바라보던 은수가 검지를 치켜들었다.

"첫째. 나는 여러 여자를 동시에 만난 적 없다."

"에? 진짜?"

"한 번도 그런 적 없어요. 둘째. 희재 씨가 생각하는 것만큼 많은 여자를 만나지 않았다."

"그럼, 왜 해승이가 은수 씨를 바람둥이라고 하는 거예요?"

"……그건."

은수는 해승을 처음 만났던 때를 떠올렸다. 클럽에서 해승을 봤을 때, 그는 몰려든 서너 명의 여자들 사이에 서 있었다. 그걸 보고 오해를 하는 게 분명했다.

클럽에 가면 여자들이 귀찮게 달라붙어 자주 찾는 편은 아니었다. 그날은 마침 한국의 유명한 가수가 저를 만나고 싶어 한다는 말에 약속 장소로 정한 클럽에 가게 된 것이었다. 일일이 설명하자니 왠지 구차해지는 것 같아 그는 입을 다물었다.

"뭐예요. 왜 말을 하다 말아요?"

궁금해 죽겠다는 표정으로 희재가 얼굴을 들이밀었다.

"아무튼. 난, 지금 내 앞에 있는 사람에게만 충실할 거예요. 희재 씨가 생각하는 것보다 훨씬 더 희재 씨를 좋아하고 있거든요."

그의 말에 희재의 얼굴이 노을빛처럼 붉게 물들어 갔다. 당황한 그녀는 일부러 퉁명스레 입을 열었다.

"그런 식으로 말하니까 바람둥이란 소리를 듣는 거예요."

"감정을 솔직하게 말하는 게 왜 바람둥이에요?"

"보통 그런 말 낯간지러워서 안 한다고요."

"사람은 표현의 동물이에요. 꽁꽁 숨기면 뭐해, 표현을 해야 알지."

인정하기 싫지만 모두 맞는 말이었다. 얄미운 그의 콧대를 납작하게 해 주고 싶은데 반박할 말이 떠오르지 않았다.

새침한 표정을 지으며 종이를 내미는 그녀의 손을 붙잡은 은수가 나직한 목소리로 소곤거렸다.

"주말에 여행 갈래요?"

"갑자기 웬 여행이요? 일은 어쩌고."

"일이야 평일에 하면 되는 거고."

"음, 어디로 갈 건데요?"

"발이 닿는 대로 가죠."

멋쩍게 고개를 끄덕이려는 희재의 시야에 작업실 벽에 걸려 있는 달력이 들어왔다. 4월 4일. 작은 신음을 내뱉은 그녀가 난처한 얼굴로 은수를 응시했다.

"그날…… 안 될 거 같은데."

"왜요. 중요한 일 있어요?"

이걸 말해야 하나, 말아야 하나. 희재는 혼돈스런 표정으로 입술을 꾹 깨물었다. 순진무구한 얼굴로 저를 바라보는 은수를 보니 차마 입이 떨어지지 않았다. 혹시 그에게 상처가 될까 싶었지만 숨기는 게 더 나쁜 짓 같았다.

"……그날, 인하 기일이에요."

죄지은 사람처럼 희재는 고개를 푹 숙이고 말았다. 7년을 빠짐없이 4월 4일에 인하를 만나러 갔었다. 1년 중 유일하게 맘껏 인하를 생각할 수 있는 날이었다.

은수는 한동안 아무 말도 하지 않았다. 상처를 받아서가 아니라 희재의 표정이 너무 아파 보였기 때문이다. 얼마나 아팠을까, 하는 생각에 가슴이 조여 왔다.

아프지 않았으면 좋겠다. 이젠 제 품에서 그녀가 웃었으면 하는 게 그의 작은 소원이었다.

"그럼, 같이 가요."

생각지도 못한 말에 희재는 고개를 들어 그를 바라보았다. 싱긋 웃는 은수를 보자 왈칵 눈물이 쏟아질 것만 같았다.

"……괜찮겠어요?"

"그 사람 만나서 얘기해 주고 싶어요. 이제 정희재는 내 사람이니까 자꾸 울리지 말아라, 하고."

은수는 옅은 미소를 지은 채 희재를 품에 안고 조용히 머리를 쓰다듬어 주었다. 그만의 향기가 코끝을 스치자 희재는 점점 안정을 되찾았다. 숨을 깊게 들이쉬며 그의 품 안으로 더욱 깊이 파고들었다. 그리곤 허리를 꼭 껴안으며 작게 중얼거렸다.

"고마워요."

목소리에 작은 떨림이 일렁였다.

11

잔잔한 바람이 희재의 부드러운 머리칼을 흩날렸다. 벌써 7년째지만 올 때마다 느껴지는 스산함은 여전했다. 납골당 문 틈 사이로 흘러나오는 냉랭한 기운이 자꾸만 인하가 죽었다는 사실을 인지시켜 줬기 때문이다.

은수는 한참을 문 앞에만 서 있는 희재의 손을 조심스레 잡았다. 싸늘하게 얼어붙은 손에 온기가 느껴지자 그녀는 그의 손을 마주 잡았다.

그래, 이 사람이 있으니까. 지은수가 있으니까. 다시 한 번 그의 손을 꼭 잡고는 안으로 들어섰다.

익숙하게 계단을 내려가 오른쪽 코너로 돌아서자 인하의

사진이 제일 먼저 눈에 들어왔다. 활짝 웃고 있는 그의 사진을 마주한 희재는 이내 옅은 미소를 머금었다.

"인하야, 나 왔어."

이름을 내뱉자 서걱거리는 마음에 희재는 은수의 손을 더욱 더 꽉 붙잡았다.

"나, 좋아하는 사람이 생겼어."

인하에게는 절대 하지 못할 말이라고 생각했다. 영원히 그의 옆에 있을 거라고 다짐하고 또 다짐했다. 그런데 인하와 같은 얼굴을 한 은수가 나타났다. 그는 닫힌 그녀의 마음을 흔들어 놓았다.

처음엔 그저 인하와 닮았기 때문에 끌리는 거라고 생각했다. 하지만 깨닫고 말았다. 그저 지은수이기에 제 마음이 열렸다는 것을.

납골당을 빠져나온 두 사람은 구름 한 점 없이 맑은 하늘을 올려다보았다. 떨리고 무거웠던 마음은 바람과 함께 사라져 버린 지 오래였다. 희재는 이제야 무거운 짐을 내려놓은 기분이 들었다.

"괜찮아요?"

걱정스런 시선으로 묻는 은수를 보며 희재가 입매를 부드럽게 풀었다.

"네, 괜찮아요."

"시원한 음료 사 올게요. 차에 가 있어요."

손을 놓고 멀어지는 은수의 뒷모습을 바라보던 희재는 성큼 그에게 다가가 가느다란 팔로 허리를 감싸 안았다. 갑작스런 행동에 놀란 은수는 벙찐 얼굴로 자리에 멈춰 섰다.

"오늘, 고마워요."

울려 퍼지는 나긋한 목소리에 그는 핏 웃음을 지으며 뒤돌아 그녀와 시선을 마주했다.

"내가 더 고마워요. 서인하 씨 앞에서 날 좋아하는 사람이라고 소개시켜 줘서."

낮고 부드러운 목소리로 말한 그는 그녀의 머리를 다정한 손길로 쓰다듬어 주었다.

"희재 씨가 나 좋아한다고 말 안 해 줘서, 내가 불쌍해서 사귀는 건가 싶었거든요."

"거참, 그걸 꼭 말로 해야 알아요?"

"난 말로 해야 안다니까."

입술을 삐죽인 은수는 음료수를 뽑아 오겠다며 그녀에게서 멀어졌다. 얼마 떨어지지 않은 곳에 놓인 자판기 앞에 선 그는 탄산음료와 이온 음료를 하나씩 뽑아 손에 들었다.

"묘하네."

낮게 가라앉은 목소리로 중얼거리던 그는 긴 한숨을 내쉬었다.

사실은 그녀와 함께 전 남자 친구를 보러 간다는 것이 불안했다. 이미 이 세상에 없더라도 희재의 마음속에 오랫동안 머문 사람이었기에 신경이 쓰일 수밖에 없었다. 사진으로 마주했을 때도 등골이 서늘할 정도로 당황했었다.

하지만 희재의 말 한마디에 번잡한 생각들은 온데간데없이 사라져 버리고 말았다.

"나, 좋아하는 사람이 생겼어."

희재가 직접적으로 자신을 좋아한다고 말한 것은 처음이었다. 은수의 입가엔 어느덧 미소가 자리했다.

"큰일이네. 그새 보고 싶다."

이만하면 중증이었다. 처음 해 보는 사랑도 아닌데 희재에 대한 감정이 주체할 수 없을 만큼 넘쳐흘렀다. 한정된 제 마음을 흔드는 그녀 때문에 가끔 슬퍼지기까지 했다. 제대로 그녀에게 미쳐 버린 것이 분명했다.

은수는 뒤돌아 조수석에 앉아 있는 희재를 바라보았다. 그러자 속절없이 가슴이 두근거렸다. 그녀와 눈을 마주한 그가 손에 든 음료수 두 개를 흔들어 보였다. 어떤 게 더 좋냐는 물음을 알아들었는지 그녀는 오른쪽 손에 든 이온 음료를 가리켰다.

"자요."

운전석에 탄 은수가 이온 음료를 내밀었다.

"음료수 샀으면 바로 오지, 왜 거기서 쳐다보고 있었어요?"

"당신, 멀리서 봐도 예쁜지 궁금해서."

은수의 말에 희재는 멋쩍게 뺨을 붉혔다. 가끔 그가 '당
신'이라고 지칭할 때마다 애써 의연한 척했지만 마음이 간질
거렸다.

"이상한 사람이야."

"내가요?"

"그럼 누구한테 한 말이겠어요?"

"설마, 잘생긴 사람이란 말을 잘못 말한 거 아니에요?"

"그만하죠? 엄청 재수 없어 보이거든요?"

은수는 더 이상 못 들어 주겠다는 듯이 손사래를 치곤 음료
수를 벌컥벌컥 마시는 희재를 보며 웃다 차의 시동을 걸었다.

"희재 씨한테 보여 주고 싶은 게 있어요."

"뭔데요?"

은수는 대답 대신 입가에 미소를 그렸다. 의아하게 저를
바라보는 그녀의 시선에도 그는 딱히 말해 줄 생각이 없어 보
였다. 두 사람은 살랑거리는 바람을 맞으며 어디론가로 향했
다.

한 시간쯤 지났을까, 익숙한 풍경이 보이기 시작했다. 희재는 그가 차를 멈추자 비로소 목적지가 어딘지 알아차렸다.

"어머니 공방이네요?"

"내가 보여 줄 건 거기 없어요. 이쪽으로 따라와요."

은수를 따라 차에서 내린 희재는 풀 내음을 느끼곤 숨을 깊게 들이쉬었다. 좋다. 약간 습하면서도 청량한 공기가 가슴속에 스며들었다.

공방 옆에는 샛길이 하나 있었다. 그 길로 들어선 은수의 뒤를 따르며 희재는 궁금한 마음에 걸음을 빨리했다. 산책하기 좋은 평지로 이루어진 길은 영화에서나 나올 법한 멋진 전경을 갖고 있었다.

"다 왔다."

나직한 목소리에 고개를 든 희재의 눈에 울창한 숲 한가운데 있는 커다란 연못이 들어왔다. 정교하게 꾸며진 연못을 보며 그녀는 신기한 듯 감탄사를 내뱉었다.

"공방이 있던 자리에 집이 한 채 있었어요. 거기서 수십 년을 사신 노부부가 만들어 놓고 간 연못이래요. 물론, 내가 손좀 봤지만."

"와, 진짜 예뻐요. 이렇게 아기자기하게 꾸며 놓은 연못은 처음 봐요."

희재는 연못 한쪽에 놓인 흔들의자에 앉아 아이처럼 좋아했다. 그 모습을 흐뭇하게 바라보던 은수는 그녀의 옆으로 가 앉았다.

"그렇게 좋아요?"

"동화 속 주인공이 된 거 같아요."

"미국 집에 이런 연못이 하나 있어요. 어릴 때부터 유일한 내 놀이터. 구조가 비슷해서 일부러 거기랑 똑같이 꾸며 봤어요."

기분 좋게 살랑대는 봄바람이 은수의 나긋나긋한 목소리와 잘 어울렸다.

"계속해 줘요. 은수 씨 얘기."

졸린 건지 웅얼거리는 말투에 은수는 미미한 미소를 머금었다.

"네 살 때 이후론 한국에 온 적이 없으니까 낯설 거 같았어요. 그런데 생각보다 낯설지 않더라고요. 당신이 있어서 빨리 적응한 거 같기도 하고. 아무튼 당신에게 내 기억이 깃든 장소와 비슷한 곳을 보여 주고 싶었어요."

말을 마친 은수는 고개를 돌려 어느새 잠이 든 희재를 바라보았다. 그녀의 머리를 잡아 제 어깨에 기대게 한 그는 일정하게 새근거리는 숨소리에 귀를 기울였다. 그 느낌이 좋아 그의 심장이 박자를 빨리했다.

은수는 손을 올려 희재의 머리카락을 귀 뒤로 넘겨 주곤 이마를 매만졌다. 그다음으로 눈두덩이, 코, 입술을 만지다 가볍게 입맞춤을 했다. 그에 살짝 몸을 뒤척인 희재는 곧 다시 잠에 빠져들었다.

희재는 코끝에 느껴지는 은은한 흙냄새에 잠에서 깼다. 뿌연 시야에 두 눈을 끔뻑거리자 앞이 또렷하게 보이기 시작했다. 갈색 선반 위에 올려져 있는 꽃병, 나무로 만든 새 한 쌍, 그리고 작은 액자 속엔 은수가 모친으로 보이는 여자와 함께 찍은 사진이 들어 있었다.

"잘 잤어요?"

잔잔한 목소리에 희재는 두 눈을 크게 떴다. 여기가 어디지? 그제야 눈동자를 굴린 그녀는 자신이 공방 안에 놓인 침대에 누워 있다는 것을 깨달았다. 등 뒤로 고개를 돌리자 나란히 누운 은수의 얼굴이 보였다. 눈이 마주치자 그는 옅은 미소를 띠었고, 놀란 희재는 당혹감이 가득 찬 얼굴로 몸을 일으켰다.

"지은수 씨. 어, 여기는⋯⋯."

침대에서 내려서려는 희재의 팔을 꼭 붙잡은 은수는 제 품에 그녀를 안고 귓가에 속삭였다.

"무슨 잠을 그렇게 푹 자요? 불면증이라더니 순 거짓말이네."

"지, 지은수 씨 일단 이거 좀 놓고……."

"잠결에 희재 씨 덮칠까 봐 밤새 한숨도 못 잤어요. 그러니까 눈 좀 붙이게 잠시만 이러고 있어요, 우리."

희재는 긴장한 얼굴로 숨도 들이쉬지 못하고 꼿꼿하게 누웠다. 대체 이게 어떻게 된 일인지 모르겠다. 분명 흔들의자에 앉아 있었는데 눈을 뜨니 침대 위다. 어찌할 바를 몰라 입술만 달싹였다,

"저, 저기 은수 씨? 우리 연못가에 있지 않았어요?"

"깨웠는데도 안 일어나서 안고 공방으로 왔어요."

"……아무 일도 없었어요?"

의미심장한 물음에 은수는 아무 말도 하지 않았다. 그의 숨소리가 일정하게 들려오자 잠이 든 건가 싶어 희재가 고개를 돌리려 했다. 그때, 그가 휙 몸을 일으켜 그녀의 위로 올라탔다.

희재를 내려다보는 은수의 시선은 공허했다. 마른침을 꿀꺽 삼키며 그녀가 어쩔 줄 몰라 하자 그는 핏 웃으며 뺨에 입을 맞췄다.

"무슨 일 있었으면 해요?"

장난기 어린 질문에 희재는 웅얼거리듯 대답했다.

"아, 아니 뭐 그건 아닌데……."

"덮칠까 말까, 수만 번은 고민했을걸요? 나중엔 내 인내심

을 시험하려고 자는 척하는 게 아닐까 싶었는데, 코까지 고는 거 보고 진짜 피곤했나 보구나 싶었어요."

"코를 골았다고요? 정말로?"

희재가 믿기지 않는다는 표정으로 묻자, 은수는 고개를 끄덕였다.

"완전 아저씨처럼 골던데."

"나, 코 안 골거든요?"

"그럼 뭐, 그렇다고 칩시다."

희재는 씩 웃으며 부엌으로 향하는 은수의 뒷모습을 보다 화끈거리는 뺨에 두 손을 얹었다. 제 위로 올라탄 그의 눈빛이 너무나 강경해서 순간 숨을 쉴 수 없었다.

"아침으로 토스트 괜찮아요?"

"아, 네."

어색하게 웃으며 고개를 끄덕이는 희재의 모습에 은수는 콧노래를 불렀다.

"나보다 토스트 만드는 게 더 좋다는 건가."

생각할수록 기분이 언짢았다. 혹여 자신이 매력이 없는 건 아닐까, 라는 생각도 들었다. 은수라면 빨리 진도를 뺄 줄 알았는데 같은 침대에 누워 있었음에도 아무런 일이 일어나지 않았다는 게 왠지 자존심이 상했다.

"다 됐어요. 얼른 와서 먹어요."

은수는 우두커니 침대에 앉아 있는 희재를 향해 손짓을 했다. 하지만 그녀는 뚱한 표정을 지은 채 가만히 있을 뿐이었다.

"밥 먹기 싫어요? 아니면 안아서 데리고 가 달라는 건가?"

능청스럽게 웃으며 은수가 희재의 옆에 다가와 나란히 앉았다. 그러다 슬며시 미간을 좁힌 그녀의 마음을 도통 모르겠다는 듯 고개를 갸웃거렸다.

희재는 한참 동안 입술을 달싹이다 은수의 어깨를 뒤로 밀어 위에 올라탔다. 그녀의 긴 머리카락이 얼굴에 맞닿아 간질거렸다. 갑작스런 행동에 놀란 은수의 얼굴에 당혹감이 스쳤다.

은수의 옷깃을 움켜쥔 희재는 그의 입술에 입을 맞췄다. 뭐라 말릴 새도 없이 시작된 키스. 희재의 페이스에 속수무책으로 말려들려던 찰나, 은수는 정신을 차리고 그녀의 어깨를 잡아 옆으로 돌렸다. 그리고 자신이 입맞춤을 이끌어 가기 시작했다. 격렬한 혀 놀림에 정신이 아득해질 때쯤 은수는 입술을 떼어 냈다.

"하아. 나 이러면 진짜 못 참는데……."

"난 참으라고 한 적 없는데요."

예상치 못한 대답에 은수는 얼이 빠진 채 희재를 내려다보았다. 진심이 담겨 있는 그녀의 눈빛에 빨려 들어갈 것만 같아

마른침을 꿀꺽 삼켰다. 그는 헝클어진 그녀의 머리카락을 쓸어 넘겨 주었다.

이 여자를 가지고 싶다. 완전하게 자신의 것으로 만들고 싶다. 그는 숨을 깊게 들이쉬며 그녀의 입술을 손끝으로 매만졌다.

그때, 문밖에서 낯익은 목소리가 들려왔다. 은수는 미간을 좁히며 몸을 일으켰다.

"어, 어머님 아니에요?"

당혹감이 어린 시선으로 희재가 말했다.

"맞는 거…… 같은데요."

말이 떨어지기 무섭게 자리에서 벌떡 일어난 희재는 어디로 가야 될지 몰라 난감해했다. 그러자 그가 그녀의 손을 잡고 부엌으로 가 의자에 앉혔다. 그리곤 토스트를 테이블 위에 올렸다.

"자연스럽게 해요. 자연스럽게."

"어, 어떻게 자연스럽게 해요!"

버럭 소리치는 희재의 행동에 은수는 입술에 검지를 가져다 댔다.

"은수야, 안에 있니?"

때마침 공방 문이 열렸다. 그에 희재는 가슴이 내려앉을 뻔했다.

"역시 있었구나. 아들?"

은수를 보며 환하게 웃던 서희는 맞은편에 앉은 희재를 보곤 당황한 표정을 지었다. 벌떡 일어난 희재는 어색하게 웃으며 고개를 숙였다.

"아, 안녕하세요."

생각지도 못한 서희의 등장에 격렬하게 타들어 가던 공기는 순식간에 서늘하게 변해 버렸다.

12

서희는 은수가 가져다준 페퍼민트 차를 한 모금 마셨다. 알싸한 향이 반대편에 앉은 희재의 코끝까지 전해져 왔다. 무거운 침묵에 희재는 손을 옴짝대며 긴장한 얼굴로 서희를 바라보았다. 곱다. 그녀는 그 단어가 딱 들어맞는 사람이었다.

"이름이 희재라고 했나요?"

"네, 정희재라고 합니다."

"아들이 어떤 사람과 연애하는지 궁금했는데 이렇게 만나게 될 줄은 몰랐네요."

싱긋 웃는 서희의 표정에 악의는 없었지만 남자 친구의 어머니라 그런지 희재는 그 말이 묵직하게 느껴졌다. 인하와 사귈 때는 느껴 본 적 없던 감정이었다. 가족도, 친척도 없었던 그였기에.

"그런데 무슨 일로 여기에……?"

서희는 의문스러운 시선으로 은수와 희재를 번갈아 보았다. 당황한 두 사람은 서로를 힐끗 보다 어색한 미소를 지었다.

"산책할 겸 놀러 왔어요. 연못 구경도 시켜 주고."

"이 새벽에?"

은수의 말에 서희는 시계를 보며 고개를 갸웃거렸다. 새벽 6시에 연못 구경을?

"잠이 안 와서 희재 씨 불러냈어요."

"얘, 그래도 이런 시각에 여자를 불러내면 어떡하니. 너야 잠이 없으니까 상관없지만 희재 씨는 그렇지 않을 거 아냐."

난감한 표정으로 콧잔등을 툭툭 치는 은수의 모습에 희재가 변명의 말을 덧붙였다.

"저도 잠이 별로 없어서 괜찮아요."

"그래요? 다행이네요. 은수가 워낙 제멋대로라 희재 씨가 이해해 줘야 할 부분이 많을 거예요."

조곤조곤 말을 이어 가는 서희를 보며 은수는 입을 삐죽거렸다.

"제가 무슨 제멋대로예요."

"네 아버지 성질이랑 똑 닮았어. 한번 마음먹으면 앞뒤 생각 안 하고 달려들잖니. 갑자기 한국 들어온 것도, 웬 노래를 듣더니 그 여자를 만나 봐야 된다나 뭐라나……. 희재 씨, 간수 잘해야 할 거예요. 그 여자한테 홀랑 **뺏길지도** 모르니까."

희재는 두 눈을 끔뻑거리다 은수에게로 시선을 돌렸다. 그는 민망한 듯 헛기침을 내뱉고 있었다. 그녀는 서희가 말하는 여자가 자신이라는 것을 짐작했다. 그가 그녀의 노래를 듣고 해승의 앨범 작업을 하기로 결심했다는 말을 들은 적이 있었기에.

"어머님, 그거 저예요."

"어머, 정말요?"

서희는 놀란 얼굴로 수줍게 말을 꺼내는 희재를 바라봤다.

"그럼 저번에 궁금하다고 했던 사람도 혹시……."

"어머니."

은수는 미간을 좁히며 그만하라는 듯이 고개를 저었다. 문득 그가 자신을 알고 싶다고 말했던 것이 떠올라 희재는 살짝 웃음을 터트리며 이마를 긁적였다.

서희는 그 뒤로도 희재에게 다양한 이야기를 해 주었다. 주로 은수의 어린 시절에 관련된 것이었다. 그리고 혹시 그가 못된 짓을 하면 자신에게 일러바치라는 말과 함께 희재의 전화번호까지 물어봤다.

살갑게 대해 주는 서희의 행동에 희재의 입가엔 웃음이 끊이질 않았다.

대화에 푹 빠져든 두 여자를 바라보던 은수는 잊고 있던 급한 일이 떠올랐다는 말을 하며 희재를 데리고 공방을 빠져나왔다.

"급한 일이 뭔데요?"

차에 올라탄 희재가 순진무구한 얼굴로 묻자, 은수는 입을 삐죽거렸다.

"없어요. 어머니랑 희재 씨 떼어 놓으려고 핑계 댄 거예요."

"뭐야. 내려 줘요, 그럼. 어머님이랑 얘기 더 하고 갈래요."

"어머니랑 내 얘기 하는 게 그렇게 재밌어요?"

"당연하죠. 은수 씨에 대해서 알아 가는 건데."

"난 싫어요. 내 얘긴 내 입으로만 하고 싶어요."

어린아이마냥 토라진 얼굴로 운전에 몰두하는 은수를 보며 희재는 작게 웃음을 내지었다.

"부모님이랑 사이가 좋은가 봐요."

"어머니만요."

"아버지랑은 사이 안 좋아요?"

"대화를 별로 나눠 본 적이 없어요. 해외에 나가 계셔서."

"그래도 나름 화목한 가정이네요."

"희재 씨는요?"

잠시 머뭇거리던 희재는 이내 의연한 얼굴로 말을 이어 갔다.

"어릴 때 돌아가셨어요."

"아…… 미안해요. 괜한 얘기를 꺼냈네요."

"아니요. 괜찮아요. 언젠간 은수 씨한테 말할 거였으니까."

부모님이 돌아가시고, 사랑하는 남자까지 잃은 희재의 마음고생을 생각하니 은수는 가슴이 먹먹해졌다.

"그래도 삼촌이랑 숙모가 부모님 역할을 해 주셔서 빈자리는 느껴 본 적이 없어요. 호칭만 삼촌, 숙모지 부모님이나 다름없어요."

밝게 웃으며 대답하는 희재의 모습에 은수는 그제야 편안한 미소를 지었다.

"그런데 어머님, 눈치가 빠르시나요?"

"그건 왜요?"

"아니, 은수 씨가 변명했지만 조금 걱정돼서요."

누가 봐도 스킨십을 하다 들킨 상황이었는데 서희는 아무렇지 않게 은수의 변명을 믿어 줬다.

그는 핏 웃음을 내지었다.

"알면서도 모른 척 넘어가 주신 거 같은데요?"

"어, 어떡해요!"

"괜찮아요. 우리 어머니, 그렇게 꽉 막힌 사람 아니니까. 이해해 주실 거예요."

"그래도 그렇죠. 처음 뵙는 거였는데. 나 완전 이상한 여자
로 보셨을 거 아니에요."

"내가 보기엔 이상한 여자가 아니라, 엄청 도발적인 여자던
데."

"……네?"

"아까 뭐랬더라? 난 참으로라고 한 적 없는데요, 라고 했었나?"

"지은수 씨!"

빽 소리를 지르는 희재의 모습에도 은수는 아랑곳하지 않
은 채 호탕한 웃음을 지었다.

❖   ❖   ❖

며칠 동안 잠도 제대로 자지 못한 채 은수는 작업실에 틀
어박혀 있었다. 회사가 앨범 녹음 일정을 앞당기는 바람에 더
욱 바빠졌기 때문이다.

다행히 대부분의 작업은 끝나 미디 작업이 두 곡 정도 남
아 있었다. 희재를 보고 싶다는 마음도 꾹 누른 채 작업에 열
중하던 그때, 누군가가 문을 두드렸다.

"네, 들어오세요."

끼익, 소음과 함께 문이 열렸다. 고개를 돌린 은수는 희재

214

의 삼촌이자 회사 대표인 영재를 보고 자리에서 벌떡 일어났
다.

"아, 안녕하세요. 대표님."

"저번 회의 때 잠깐 보고, 처음 보는 거죠?"

"네. 먼저 찾아가 인사를 드렸어야 했는데 죄송합니다."

"아이고, 아니에요. 그나저나 오늘 점심 식사 같이할 수 있
을까요?"

"네, 그럼요."

흔쾌히 고개를 끄덕인 은수는 영재와 회사 근처 순댓국집
으로 향했다.

나란히 자리를 잡고 앉았지만 무슨 말을 먼저 꺼내야 할지
몰라 영재는 짐짓 헛기침을 내뱉었고, 그에 비해 은수는 딱히
어려운 기색 없이 숟가락과 젓가락을 꺼내 앞에 놓아 주었다.

"고마워요."

"말씀 편하게 하세요."

"그래도 되나?"

"그래도 되죠. 희재 씨 삼촌분이신데요."

영재는 허허 웃으며 고개를 끄덕였다. 어느새 뜨끈한 순댓
국이 두 사람 앞에 놓여졌다. 숟가락으로 뚝배기를 휘적거리
며 영재가 말을 이어 갔다.

"회사 생활은 어때?"

"재밌어요. 직원분들도 좋으시고."

"그중에 희재가 제일 좋고?"

"네, 당연하죠."

하릴없이 웃으며 국물을 한 숟갈 맛본 영재는 슬쩍 고개를 들어 은수를 바라봤다. 보고 또 봐도 신기할 정도로 그는 인하와 닮아 있었다.

"신기하네. 볼 때마다."

"예?"

"이렇게 닮은 사람이 있을 수도 있구나 싶어서."

"아, 서인하 씨 말씀이시군요."

"정말…… 쌍둥이 형제나 뭐 그런 건 없는 거죠?"

조심스러운 영재의 질문에 은수는 의연하게 대답했다.

"없습니다."

영재는 긴 한숨을 내쉬곤 눈가를 매만졌다.

"사실 난, 희재가 은수 씨랑 사귀는 거 조금 그래. 희재한 테는 인하가 큰 상처고 아픔인데, 은수 씨 보면서 인하를 떠올릴까 봐. 그리고 연애라는 게 그렇잖아? 사귀다 보면 헤어질 수도 있고, 그러다 보면 상처 받을 수도 있고……."

은수는 영재가 걱정하는 것이 무엇인지 잘 알고 있었다. 헤어지게 된다면 자신보다 희재가 더 큰 상처를 받게 될 것이 분명했다. 인하와 닮았기에 그녀의 마음을 빨리 얻을 수 있었지만 그 반대로 상처를 줄 수도 있었다.

"젊으니까 가볍게 만나고 헤어질 수 있지. 그런데 희재는 그게 좀 어려워."

이런 꼰대 같은 말을 하고 싶지는 않았지만 조카에 대한 걱정에 어쩔 수가 없었다. 가만히 그의 말을 듣던 은수가 작게 고개를 끄덕였다.

"대표님께서 뭘 걱정하시는지 잘 알고 있습니다. 그런데 저, 희재 씨 가볍게 만날 생각 없습니다. 혼자만의 생각일지 모르지만 희재 씨와 결혼도 생각하고 있습니다. 어머니도 희재 씨를 마음에 들어 하시고요."

"뭐? 은수 씨 어머님이?"

"네. 얼마 전에 저희 어머니를 만났거든요."

기분 좋은 미소를 띠는 은수를 바라보며 영재는 뭐라 반박하지 못하고 붕어처럼 입만 뻐끔거렸다.

"너, 왜 은수 씨 어머님 만난 거 얘기 안 했어?"

저녁을 먹다 뜬금없이 던져진 영재의 질문에 희재는 입에 문 밥을 뿜고 말았다. 한참을 콜록거리다 어떻게 알았냐는 시선으로 바라보자 그가 미간을 잔뜩 좁혔다.

"무서워서 어른 상대하기 싫다고 노래를 부르던 애가 어떻게 은수 씨 어머님 마음을 잘도 홀렸대?"

"뭐야. 은수 씨 만났어?"

"그래. 어떤 사람인가 보려고 오늘 점심 같이 먹었다. 그런데 뜻밖에 소리를 들어서 밥이 코로 넘어가는지 입으로 넘어가는지 모르겠더라. 천하의 정희재가 여우 짓이라도 한 거냐?"

"여우 짓은 무슨. 엄청 자상하신 분이더라고. 내가 만난 어른 중에 제일 아름다우시고, 인자하셨어."

의기양양한 희재의 모습에 영재는 헛웃음을 내뱉다 의아함에 고개를 갸우뚱거렸다.

그녀는 어렸을 때부터 어른을 매우 무서워했다. 일곱 살 무렵에 돌아가신 그녀의 부모님은 무척이나 엄한 사람들이었다. 말을 듣지 않으면 손찌검은 물론, 추운 겨울에 발가벗긴 채 밖을 내보내는 등 가혹한 폭행을 저지르기도 했었다. 다행인지 불행인지 두 사람은 사고로 세상을 떠났고, 그 뒤로 그녀는 영재에게 맡겨졌다.

희재가 처음 영재의 집에 왔을 때, 그녀는 그와 유선을 피해 숨기만 했다. 그에 영재는 일부러 철없는 행동을 하며 어른은 무서운 존재가 아니라는 것을 인식시키기 위해 노력했다.

그런 그의 고생 덕분에 1년 만에 희재는 영재와 유선에게 마음을 열었다.

하지만 어렸을 때의 트라우마가 남아 있는지 그녀는 어른들을 상대할 때 일부러 툴툴거리거나, 예의 없이 행동하곤 했다. 그건 자신을 방어하기 위한 그녀만의 방식이었다.

"아무튼 잘됐네. 이제 결혼만 하면 되겠네."

"뭐, 결혼? 그건 또 무슨 소리야?"

두 사람의 이야기를 가만히 듣고 있던 유선이 결혼이란 말에 당혹스런 표정을 지었다.

"은수 씨가 그러더라고. 희재랑 진지하게 결혼도 생각하고 있다고."

영재는 게슴츠레한 시선으로 희재를 바라보았다. 그녀는 애써 태연한 척하며 밥을 먹는 중이었지만 결혼이란 생소한 단어에 뺨이 붉게 물들어 가고 있었다.

❀   ❀   ❀

"이제 감 제대로 찾았나 봐요."

희재의 가사를 본 은수가 만족스런 미소를 지었다. 그의 칭찬에 자신도 모르게 미소가 지어졌지만 그녀는 애써 덤덤하게 굴었다.

"그래요?"

"네, 특히 이 부분이 제일 마음에 들어요."

은수는 '나의 봄'이라는 제목의 가사지를 내밀었다.

"이거, 날 생각하면서 쓴 가사 같아서 좋아요."

당황한 희재가 손사래를 쳤다.

"아, 아니거든요!"

"당황하는 거 보니 맞네, 뭐."

"착각은 자유라지만 도가 너무 지나치시네요."

희재의 뾰로통한 대답에 은수는 '그냥 그렇다고 해 주지'
하며 투덜댔다. 그 모습에 소리 없이 웃던 희재는 삼촌의 말
을 떠올리곤 궁금하다는 듯 물었다.

"아 참, 삼촌한테 결혼한다고 그랬어요?"

"대표님이 그래요?"

"네. 이제 결혼만 하면 되겠네, 이러시던데?"

"다행이다. 나 마음에 안 들어 하시면 어쩌나 걱정했는데."

"그것보다 뭐 벌써 결혼 얘기를 하고 그래요? 만난 지 얼
마나 됐다고. 거기다 내 나이가 몇인데."

"스물일곱이면 딱 좋을 때죠."

"요즘 누가 이 나이에 결혼해요. 서른에 할 거예요."

"내 나이도 생각해 줘야죠. 내년에 서른인데."

그때, 순간적으로 찾아온 두통에 은수는 신음 소리와 함께
고개를 숙였다. 결혼 생각에 한참 빠져 있던 희재가 퍼뜩 정
신을 차리곤 걱정스레 그를 바라봤다.

"괜찮아요?"

"네. 요즘 잠을 못 잤더니 두통이 왔나 봐요."

"나가서 약 사 올까요?"

"아니에요. 가방에 약 있어요. 그것 좀 가져다줄래요?"

관자놀이를 두 손으로 누르며 은수가 괴로운 얼굴로 말했
다. 희재는 얼른 그의 가방에서 흰색 약통 하나를 꺼내 들었
다. 그는 눈도 제대로 뜨지 못하고 그녀가 내미는 약과 물을
허겁지겁 들이켰다.

5분 뒤, 숨을 길게 들이쉰 은수가 말했다.

"아, 이제 좀 괜찮아졌다."

"두통 심한 거 같은데 병원 가 봐야 되는 거 아니에요?"

"이미 갔다 왔어요. 그래서 약도 처방받은 거고. 잠 못 자
고 작업하다 보면 자주 이래요. 이상이 있는 건 아니래요."

걱정하지 말라는 듯 싱긋 웃어 보이는 은수였지만 여전히
희재의 얼굴은 어두웠다.

그때, 작업실 문을 열고 해승이 들어섰다.

"나 왔어."

녹초가 된 얼굴로 인사를 건넨 그는 소파에 쓰러지듯 몸을
뉘였다. 요즘 드라마 촬영에 들어간 그는 24시간이 모자랄
정도로 바쁜 날들을 보내고 있었다.

"야, 너 모레 녹음 가능하겠어?"

걱정스레 묻는 은수를 향해 해승이 다 죽어 가는 목소리로 대답했다.

"해야지. 할 거야."

"미루는 편이 나을 거 같은데."

몸을 벌떡 일으킨 해승이 강경한 시선으로 은수를 바라보며 말했다.

"아니, 절대 안 미뤄."

이날을 기다리고, 또 기다렸다. 7년 전 희재를 처음 본 날, 꼭 그녀와 노래를 부를 것이라 다짐했다. 길고 긴 꿈이 드디어 실현되려는 순간이었다. 해승은 고개를 돌려 희재를 바라봤다.

"누나는 괜찮겠어? 7년 만에 녹음하는 건데."

"나?"

"응, 누나. 피처링 녹음해야지."

희재는 작은 탄식을 내뱉었다. 작사에만 정신이 팔려 잠시 잊고 있었다. 자신도 녹음을 해야 한다는 것을. 그녀의 얼굴에 서서히 긴장감이 어리기 시작했다.

"가볍게 생각해요. 어려운 노래 아니니까."

그녀의 불안함을 읽은 은수가 나긋한 목소리로 말하며 희재의 어깨를 토닥였다.

회의를 마친 두 사람은 차를 타고 집으로 향했다. 희재는 녹음을 해야 된다는 사실을 인지한 이후로 낯빛이 부쩍 흐려진 상태였다. 엄청난 부담감으로 다가온 모양이었다.

집 앞에 도착했지만 그녀는 그것도 모른 채 생각에 빠져 있었다. 은수는 핸들에 머리를 기대곤 그런 그녀를 유심히 바라보았다.

"희재 씨."

허공에 머물던 그녀의 시선이 그에게로 옮겨졌다.

창밖을 보곤 그제야 집 앞에 도착했다는 것을 알아차린 희재가 어색하게 웃으며 안전벨트를 풀었다. 차에서 내리려는데 그에게 손이 붙잡히고 말았다. 무슨 할 말이 있나 싶어 그를 물끄러미 바라보았다.

"우리 집에서 차 한잔하고 갈래요?"

"……네?"

"차요. 어머님이 꽃차를 주셨는데, 희재 씨한테도 나눠 주라고 하시더라고요. 맛보고, 한 세트 가져가요."

조금 당황스런 표정을 짓던 희재는 이내 입매를 부드럽게 풀었다.

"아, 난 또 뭐라고. 알겠어요."

"어? 내 말 다른 뜻으로 받아들였구나?"

"내, 내가요?"

223

"희재 씨, 은근 밝히는 구석이 있어요. 저번에도 그렇고."

"그런 적 없거든요!"

그녀는 버럭 소리치며 도망치듯 차에서 내렸다. 늘 그의 집 앞에 차를 세워 두고 집까지 걸어갔었는데 집 안에 들어서려니 긴장됐다.

"들어와요."

초록 잔디가 깔린 작은 마당을 지나 현관문을 열고 안으로 들어서자 그의 향기가 느껴졌다.

"파란색 좋아하나 봐요."

집 안 소품 대부분이 파란색 계열이었다. 흰색 벽과 어울려 시원한 느낌을 주었다.

"어머니가 좋아하세요. 인테리어를 어머니가 하셔서요."

"아, 맞다. 디자이너시죠?"

"네. 어릴 때부터 파란색이 나한테 잘 어울린다고 하셨어요."

은수는 어깨를 으쓱이며 슬리퍼를 신고 안으로 들어섰다. 희재도 작게 '실례하겠습니다'라고 읊조리며 그의 뒤를 따랐다. 거실에 놓인 작은 장식품들을 신기하다는 듯 바라보던 그녀의 눈에 소파 옆에 놓인 기타가 들어왔다.

"기타 칠 줄 알아요?"

은수가 거실 테이블에 찻잔을 내려놓으며 말했다.

"네. 뭐…… 안 친 지 오래됐지만요."

희재는 어색한 미소를 지으며 기타에서 눈을 떼고 소파에 앉아 찻잔을 들었다.

"아, 향 좋다."

훈기를 타고 번지는 꽃 향이 그윽했다. 기분 좋게 웃으며 차를 한 모금 마시려던 찰나, 은수가 기타를 들었다. 띠리링, 울리는 선율에 희재는 찻잔을 조심스레 내려놓았다. 그가 코드를 잡고 연주를 시작했다.

"어, 이건……."

해승의 앨범에 들어갈, 희재도 함께 불러야 할 곡이었다. 거실에 낮게 울려 퍼지는 그의 노랫소리는 잔잔하고 달콤했다. 몸을 좌우로 흔들며 감상하는 희재의 모습에 그가 노래를 멈추었다.

"뭐해요."

"네?"

"이거 듀엣곡이잖아요. 희재 씨 부분은 희재 씨가 불러야지."

작은 탄성을 내뱉는 희재를 보고 그는 기타 연주를 이어 갔다. 그러나 그녀는 입술만 달싹일 뿐 노래 부르길 머뭇거렸다.

두려웠다. 7년간 노래 부르는 것을 멀리했기에 제대로 부를 수 있을지 의문이었다. 혹시라도 그에게 실망을 주면 어떡하지?

기타 반주와 함께 은수의 흥얼거림은 계속되고 있었다. 손을 옴짝대며 어쩔 줄 몰라 하는 희재를 보던 그가 노래를 멈추곤 은은한 미소를 지었다.

"흥얼거린다고 생각해요. 편안하게."

다정한 그의 목소리가 그녀의 긴장감을 잠재워 주었다. 희재는 고개를 끄덕이며 크게 숨을 들이쉬었다. 또다시 은수의 목소리가 거실 안을 가득히 메웠다.

용기를 낸 희재는 담담하게 노래를 부르기 시작했다. 말하듯이 울려 퍼지는 목소리에 은수는 입가에 옅은 미소를 띠었다.

그래, 이 목소리다. 미국에서 그녀의 목소리를 처음 들었을 때 느꼈던 뭉클한 감정이 고스란히 떠올랐다. 가슴속으로 파고드는 그녀의 목소리가 너무 좋아 입가에 잔잔한 웃음을 띠던 그때, 그가 미간을 찌푸리며 기타 연주를 멈추었다.

"또 두통이에요?"

그녀는 고개를 숙인 채 머리를 움켜쥔 그를 걱정스레 바라봤다.

"네, 그런가 봐요."

"대체 잠을 얼마나 못 잔 거예요?"

"3일 정도?"

대수롭지 않은 듯한 대답에 희재는 냉랭한 시선으로 그를 노려봤다. 그렇게 오랫동안 잠을 못 잤으니 두통이 오는 게 당연했다. 자리에서 벌떡 일어선 그녀를 향해 그는 의뭉스런 시선을 던졌다.

"어디 가요?"

"은수 씨 방에 가죠. 얼른 일어나요."

희재는 은수가 들고 있던 기타를 내려놓곤 그의 손을 잡아 방으로 향했다.

"자, 누워요."

희재는 고개를 까닥이며 침대를 손가락으로 가리켰다. 뭐지, 이 여자. 평소엔 전혀 안 그러다 한 번씩 왜 이렇게 적극적인 거야. 어떻게 행동해야 할지 몰라 그는 그녀를 물끄러미 바라봤다. 그러자 그녀가 그를 밀어 침대에 억지로 눕혀 버렸다.

"저, 저기 희재 씨……."

"가만히 있어요."

"그래도 너무 갑자기……."

"내가 못 살아. 3일이나 안 잤으니 두통이 오지. 지금부터 아무 생각 하지 말고 당장 자요. 알았죠?"

은수에게 이불을 곱게 덮어 주며 희재가 훈계하듯 말했다.

핏 웃음을 터트리는 그를 보며 뭐가 웃기냐는 듯 눈썹을 치켜 들자 그가 턱을 괴곤 장난스런 시선으로 그녀를 올려다봤다.

"에이, 뭐야. 같이 자자는 줄 알고 깜짝 놀랐네."

희재는 당혹감이 어린 시선으로 은수를 바라보았다.

"뭐, 뭐라는 거예요. 얼른 자요. 난 갈 테니까."

은수는 도망치듯 방을 빠져나가려는 그녀의 손을 잡아당겼다. 풀썩 침대에 걸터앉아 버린 희재는 잔뜩 긴장한 얼굴로 그를 바라보았다. 그러자 그가 싱긋 웃으며 나지막하게 중얼거렸다.

"나 잠들 때까지 옆에 있어요."

바른 자세로 누운 은재는 희재의 손을 제 두 눈 위에 올려놓았다.

"이러면 잠 잘 잔다고 했잖아요. 이러고 있어 줘요."

희재는 씩 웃으며 고개를 끄덕였다.

"알았어요. 옆에 있어 줄 테니까, 자요."

그는 그녀의 따스한 체온에 잔뜩 곤두서 있던 신경이 스르르 내려앉는 기분을 느꼈다. 곧이어, 은수는 일정한 숨소리를 내며 곤히 잠에 빠져들었다.

13

캄캄한 어둠 속은 스산하기만 했다. 눈을 끔뻑거렸지만 아무것도 보이지 않아 눈앞의 어둠이 저를 삼켜 버리는 것만 같았다.

대체 여기가 어딜까. 은수는 손으로 주변을 더듬으며 앞으로 걸어갔다. 잡히는 건 없었다. 어둠만이 그의 손가락 사이를 빠져나갈 뿐이었다. 한 발짝, 두 발짝 조심스럽던 걸음은 어느새 일정한 속도로 앞으로 향하고 있었다. 꽤 오랫동안 걸었음에도 눈앞은 여전히 캄캄한 어둠이었다.

걷는 것을 포기한 그가 자리에 멈춰 섰다. 그때, 어두웠던 시야에 무언가가 보이기 시작했다. 집이었다. 꽤나 으리으리한 주택. 자신의 집은 아니지만 익숙하게 느껴졌다.

'어디서 본 집이지?'

기억을 더듬자 불길이 순식간에 그 집을 삼켜 버렸다. 1층에서 시작된 불은 어느새 2층까지 점령해 버렸고 집 전체에 옮겨 붙었다. 사람들이 비명 소리가 들려왔다.

떨리는 손으로 휴대폰을 꺼내 드는 은수의 바짓가랑이를 누군가가 붙잡았다.

"우리 아들 좀 살려 주세요. 제발 살려 주세요."

30대 중후반으로 보이는 여자였다. 산발과 잠옷 차림으로 보아 아무래도 불길에 휩싸인 집에 사는 사람인 것 같았다. 여자의 손을 잡은 은수는 고개를 끄덕였다. 그리곤 대문 안으로 들어섰다. 하지만 화염이 그를 가로막았다. 여자의 아들을 구하기 위해 겉옷을 벗어 불길을 뚫고 들어가려던 찰나였다.

"안 됩니다. 위험해요. 밖으로 나오세요."

소방관이 은수의 양팔을 잡고 뒤로 끌어냈다. 그는 발버둥을 치며 '아들이 있어요. 이 집 아들이 아직 나오지 않았다고요!' 라고 소리쳤다. 하지만 그들에게는 들리지 않는 듯했다.

은수는 다시 한 번 목 놓아 소리쳤다.

"안에 사람이……!"

침대에서 몸을 벌떡 일으켰다. 거친 숨이 새어 나왔다. 이마에는 송골송골 식은땀이 맺히고 옷은 비를 맞은 듯 축축하게 젖어 있었다. 그는 마른침을 꿀꺽 삼키며 뻑뻑한 두 눈가를 지그시 누르곤 한참을 그렇게 앉아 움직이지 못했다.

마음이 조금 진정된 후, 고개를 들어 주변을 살폈다. 날이 밝았는지 창문 너머로 햇살이 들어오고 있었다. 긴 한숨을 토해 내며 그는 이마에 맺혀 있는 땀을 손등으로 훔쳐 냈다. 무슨 꿈이 이렇게 생생한 것일까. 현실처럼 선명한 꿈에 그는 헛웃음을 작게 내뱉었다.

"대체 뭐야……."

은수는 일단 땀에 흠뻑 젖은 몸을 씻어야겠다는 생각에 침대에서 몸을 일으켰다. 그때, 침대 옆에 놓인 휴대폰이 울렸다. 어머니였다.

"네, 어머니."

─일어나 있었네?

"방금 일어났어요."

─아버지, 오늘 새벽에 한국 오셨단다.

"아버지가요?"

—당분간 여기 있을 생각이라니까 한번 찾아뵙도록 해.

"네, 연락드려 볼게요."

—어디 아프니? 목소리에 힘이 없네.

"아니에요. 자다 일어나서 목이 좀 잠겼어요."

—그래? 아, 조만간 희재 씨랑 같이 밥 한번 먹자.

"네, 알겠어요. 얘기해 둘게요."

희재의 이름에 옅은 미소를 지은 은수는 통화를 끊고 전화
번호부에서 아버지의 번호를 찾았다. 시간이 멈춘 듯 가만히
번호를 내려다보던 그는 호흡을 길게 내뱉으며 통화 버튼을
눌렀다.

뚜르르르르. 긴 통화음에 이어 무겁고 차가운 목소리가 들
려왔다.

—무슨 일이냐.

은수의 아버지, 지윤호였다.

해외에 장기간 머무는 아버지와 대화를 나눠 본 적도, 밥
을 함께 먹은 적도 별로 없었다. 어머니는 아버지가 워낙 말
주변도 없고 무뚝뚝한 성격이라 그런 것이라 했지만 은수가
보기에 그것과 별개로 그는 가족과 함께 있는 것을 기피하고
있었다.

그 이유는 알 수 없었다. 아버지는 항상 그랬으니까.

"아버지."

호텔 로비에 앉아 있던 은수는 윤호를 발견하고 자리에서 일어섰다. 윤호는 아무런 대답 없이 은수의 맞은편에 착석했다. 마주 앉은 두 사람 사이에 오고 가는 말은 없었다. 무거운 침묵을 끊기 위해 은수가 조심스레 입을 열었다.

"무슨 일로 한국에 들어오신 거예요?"

"회사 계약 때문에 잠시 들렀다."

"어머니가 그러시던데, 꽤 오래 머무실 예정이라고."

"까다로운 계약이라 일주일 정도 있을 생각이다."

"그럼 본가로 들어오시지 그러셨어요. 어머니 혼자 계신데."

"아니, 일이 많아서 호텔이 더 편해."

앞에 놓인 물을 한 모금 마신 윤호는 흔들림 없는 목소리로 말을 이어 갔다.

"일은 할 만하니?"

"네, 회사 사람들이 좋아서요."

"그래. 주변 사람들이 좋으면 일도 잘 풀리는 법이지."

"점심은 드셨어요?"

"응, 간단히 먹었어."

몇 마디나 나누었을까, 윤호는 손목시계를 보더니 이내 자리에서 일어섰다.

"곧 미팅이 있어서 이만 가 봐야겠다. 들어가라."

은수는 도망치듯 사라지는 윤호의 뒷모습을 물끄러미 바라보았다. 그는 아버지의 행동이 이해되지 않았다. 어머니와 사이가 나쁜 것도 아닌데 매번 가족에게 차갑게 구는 그가.

"아버지."

은수의 부름에 멀어지던 윤호가 자리에 멈춰 서더니 고개를 돌렸다. 그에 은수가 낮은 목소리로 물었다.

"혹시…… 서인하라는 이름, 들어 보신 적 있으세요?"

왜 갑자기 그가 생각났는지는 자신도 모를 일이었다. 그냥 불현듯 물음이 튀어나왔다. 쓸데없는 것을 물었다고 생각하며 아무것도 아니라고 입을 떼려는데 침묵하는 그의 얼굴이 보였다.

윤호는 가늘게 뜬 눈으로 은수를 응시하고 있었다. 그의 시선에서 오묘한 불안감이 느껴졌다.

"글쎄. 처음 듣는데."

바쁘다는 듯 걸음을 재촉하는 윤호를 바라보며 은수는 씁쓸한 미소를 지었다. 그는 거짓말을 하고 있었다.

"대체 뭘까?"

왜 이런 기분이 드는 걸까. 서인하, 그 사람은 대체 누구일까. 나와 우리 가족과 어떤 관계가 있을까.

이런저런 생각이 몰려오자 머릿속이 복잡해져 두통을 느

끼기 시작했다.

"잠을 자도 이러네."

악몽 때문에 선잠을 자서 그런가. 은수는 두 눈을 끔뻑거리다 가방에 있는 두통약을 꺼내 들었다. 그리고 테이블에 놓인 물과 함께 입에 털어 넣었다.

❦   ❦   ❦

얼마 전 은수는 효주의 전화를 받고 곧 다가오는 희재의 생일을 알게 되었다. 안 그래도 희재를 위해 준비한 선물이 있었는데, 타이밍이 딱 들어맞았다.

은재는 완성된 선물을 유심히 살펴보았다.

"애매하네. 닮은 것 같기도 하고, 안 닮은 것 같기도 하고……."

선물은 그가 직접 접시를 빚어, 그 위에 희재의 초상화를 그린 것이었다. 며칠 전 공방에서 곤히 잠든 희재의 얼굴을 보며 밤새 그림을 그렸다. 구운 접시에 그린 그 그림은 맘에 쏙 드는 정도는 아니었지만 열심히 만든 것이었다.

은수는 가져온 상자 안에 에어 캡으로 싼 접시를 조심스레 올려 놓고 편지지에 짧게 한마디를 적었다. 그리곤 리본으로 장식까지 마친 후 만족스러움에 미소를 내지었다.

때마침, 주머니에 있던 휴대폰이 울렸다.

〈어디예요? 난 녹음실 벌써 도착했는데.〉

희재의 문자를 보며 옅은 미소를 짓던 그가 바로 답장을 보냈다.

〈곧 가요, 공주님.〉

한편, 희재는 은수의 답문을 보고 제 눈을 의심했다.

"고, 공주님?"

헛웃음을 내뱉으며 온몸을 부르르 떨었지만 그 말이 싫지는 않았다. 휴대폰을 주머니에 집어넣은 그녀는 녹음실을 훑어보았다.

이제 저 부스에 들어가 노래를 불러야만 했다. 어제까지만 해도 은수에게 징징거렸는데, 막상 녹음실에 도착하니 설레었다.

"누나, 일찍 왔네?"

녹음실 안으로 들어선 해승의 얼굴엔 기분 좋은 미소가 걸려 있었다.

"좋냐?"

"당연하지. 내가 이 순간을 얼마나 기다렸는데."

해승은 희재의 어깨에 팔을 두르고 녹음실 부스를 바라보았다. 평생 이곳에 들어서지 않을 거라 생각했던 희재도, 그녀와 함께 노래를 부르는 게 꿈이었던 해승도 점차 빠르게 뛰는 심장을 느꼈다.

은수가 도착하자 해승의 솔로 부분부터 녹음이 시작되었다. 장난스런 모습을 싹 감춘 채 두 사람은 몇 번이고 같은 구간을 반복하며 디테일하게 작업을 했다. 냉랭한 관계 때문에 혹시 중간에 트러블이라도 일으킬까 걱정했는데 그들은 프로였다.

두어 시간 만에 해승의 녹음이 끝나고, 드디어 희재의 차례가 다가왔다. 긴장한 얼굴로 부스에 들어선 그녀는 헤드셋을 끼고 마이크 앞에 섰다.

두근두근, 심장이 미친 듯이 뛰기 시작했다. 그 소리가 마이크를 통해 밖에 있는 은수와 해승에게까지 들릴 것 같았다.

목을 가다듬던 희재는 물을 한 모금 마시고, 가사지를 들었다.

"자, 들어갈게요."

담담한 은수의 목소리에 희재는 고개를 끄덕였다. 흘러나오는 반주에 맞춰 노래를 부르기 시작했다. 힘 있는 미성이 부스 안을 울렸다.

해승은 오랜만에 들어 보는 그녀의 노랫소리에 자신도 모르게 입가에 미소를 지었다. 좋다. 이 목소리를 듣기 위해 피나는 노력을 했던 지난날들이 머릿속을 스쳤다.

노래에 관심조차 없었던 그가 갑작스레 가수가 되겠다고 선언했을 때, 모두 미쳤다고 했다. 그녀와 함께 제 목소리를 내고 싶었다. 그래서 노력했고, 오늘 드디어 그 꿈을 이루었다.

한 번에 희재의 파트가 끝이 났다. 흘러나오는 반주만이 부스 안을 울렸다. 희재는 멍하니 서 있는 두 사람을 바라보았다. 노래가 끝났는데 왜 아무런 사인도 없는 건지 의아해하고 있을 때, 녹음실 불이 꺼졌다.

갑자기 어두워진 시야에 안절부절못하는 사이 부스 밖에서 밝게 빛나는 것이 눈에 들어왔다.

"생일 축하해, 정희재!"

촛불을 꽂은 케이크를 들고 녹음실로 들어온 효주가 환하게 웃어 보였다. 그에 은수와 해승도 기분 좋게 박수를 치기 시작했다. 이어진 세 사람의 오합지졸 생일 축하 노래에 희재는 결국 웃음을 터트리고 말았다.

"아, 효주 누나 진짜 노래 못 불러!"

해승이 귀를 틀어막으며 소리쳤다. 음치로 소문난 효주의

음색은 아무리 해승이라 해도 커버할 수가 없었다.

"야, 같이 노래 부르자고 한 건 너였거든?"

으르렁대며 소리치는 효주에게 해승은 바로 설설 기며 꼬리를 내렸다. 부스 밖으로 나온 희재는 세 사람과 옹기종기 소파에 둘러앉았다.

"야, 선물."

새침한 목소리로 효주가 쇼핑백을 내밀었다. 오래된 사이인지라 딱히 생일 선물을 주고받지 않았는데 갑작스런 선물은 어색하기만 했다. 희재가 의문스러운 시선으로 쳐다보자, 효주는 얼른 풀어 보라며 재촉을 했다. 쇼핑백에서 상자를 꺼낸 희재의 시야에 치렁치렁한 레이스가 달린 야시시한 속옷이 들어왔다.

"아니, 이제 애인도 생겼고. 하나쯤은 필요하잖아."

희재의 어깨를 툭 치며 효주가 말하자, 반대편에 앉아 있던 은수가 헛기침을 내뱉었다. 그에 희재는 얼른 상자를 닫아 버리곤 효주를 아니꼬운 시선으로 바라봤다.

"야, 넣어 버리면 어떡해. 사이즈 맞나 확인해 봐."

"죽을래?"

미간을 찌푸리며 속삭이는 희재의 모습에 효주가 재미있다는 듯이 킥킥거렸다. 효주에게 첫 남자 친구가 생겼을 때, 희재가 이런 장난을 친 적이 있었다. 그녀는 그날의 복수를 위해 선물을 준비한 듯싶었다.

희재가 고개를 돌려 은수와 해승을 바라보았다. 딱히 선물을 준비하지는 않았는지 두 사람의 손에는 아무것도 들려 있지 않았다.

"뭐야, 선물 없어요?"

효주의 말에 해승이 의미심장한 미소를 지었다.

"에이, 내가 언제 누나 생일 선물 준비 안 한 적 있었어?"

해승은 희재의 생일을 빠짐없이 챙겨 왔다. 작년엔 지금 희재가 차고 있는 시계를 선물했고, 재작년에는 가격이 꽤나 나가는 고급 와인을 주었었다.

"컴백 무대에 누나랑 듀엣한 곡, 타이틀곡이랑 같이 무대 서기로 했어."

"뭐, 진짜?"

효주가 놀란 눈으로 되묻자 해승이 고개를 끄덕였다. 정작 당사자인 희재는 얼빠진 표정으로 해승을 바라볼 뿐이었다. 무대에 오른다니. 누가, 내가?

"야, 내가 어떻게 무대에 올라가. 말이 안 되잖아."

희재는 생각지도 못한 해승의 발언에 허탈한 웃음을 지으며 연거푸 도리질 쳤다. 무대에 대한 꿈을 접은 지 7년이었다. 그런데 갑자기 무대라니, 무모한 도전이었다.

"왜요. 잘할 거 같은데. 한번 해 봐요."

은수는 이미 알고 있었다는 듯 태연하게 굴었다. 자신에게로 쏠리는 시선들을 느끼며 희재는 난감하다는 듯 뺨을 긁적였다. 다들 빨리 대답하길 바라는 눈치였다.

"야, 그냥 해. 뭐가 문제야."

대답을 기다리던 효주가 답답함에 대뜸 먼저 말을 꺼냈다. 하지만 희재는 여전히 자신 없는 표정으로 고개를 내저었다.

"그럼, 다수결로 결정하자. 희재가 무대에 서는 것을 찬성하는 사람은 손을 번쩍 들어 보세요."

토크쇼라도 진행하는 양 효주가 말했다. 그러자 은수와 해승이 기다렸다는 듯이 손을 높이 들었다.

"거봐. 과반수로 결정 났네. 이렇게 좋은 기회를 왜 고민하는 거야. 도통 이해가 안 된다."

한때는 미친 듯이 무대 위에 서는 것을 꿈꿨다. 그거 하나만 바라보고 달렸고, 언젠간 이룰 수 있을 것이라는 미약한 기대를 했다. 인하가 사라진 뒤로 산산조각이 나 형태도 알아볼 수 없을 만큼 흩어져 버리고 말았지만.

그런데 흩어진 꿈들이 다시 한자리에 모이려 하고 있었다.

"알겠어. 해 볼게."

누구보다 기뻐하는 해승의 모습을 보며 희재가 싱긋 웃었다.

"야, 내 선물인데 이해승 네가 더 좋아하는 거 같다?"

"그러게. 희재 선물이라더니, 어쩐지 네 선물 같은 기분이 드네?"

효주와 희재의 의미심장한 말에 해승은 아니라는 듯 어깨를 으쓱이곤 태연하게 케이크를 먹으려 했다. 그런 그의 얼굴에 효주가 생크림을 묻혔다.

어느새 녹음실 안이 그의 비명 소리로 가득했다.

남은 녹음을 끝마친 은수와 해승은 저녁이 되어서야 집 앞에 도착했다. 안전벨트를 풀며 차에서 내리려던 희재는 문득 은수가 생일 선물을 주지 않았다는 것을 떠올리곤 냉랭한 시선으로 그를 바라봤다.

"아 참, 은수 씨는 왜 선물 안 줘요?"

희재가 두 손을 내밀자, 은수가 머리를 긁적이며 난감한 표정을 지었다.

"아, 준비 못 했는데."

"뭐라고요?"

"희재 씨가 나한테 오늘 생일이라고 말 안 해 줬잖아요. 효주 씨한테 듣고 알았어요."

"그, 그건 내 입으로 오늘 생일이라고 말하기가 좀 그래서……. 그래도 그렇지 하나도 준비 안 하는 게 어디 있어요! 사귀고 처음 맞이하는 생일인데."

뾰로통한 얼굴로 그를 바라보던 희재는 '내일 봐요'라는 말을 남기곤 차에서 내리려 했다. 그러나 그가 그녀의 손을 잡아당기는 바람에 다시 조수석에 앉게 되었다.

"뭐예요."

"희재 씨는 눈이 안 좋은가 봐요."

"네? 갑자기 무슨 소리예요. 그게."

"뒷좌석 봐요."

은수의 말에 희재는 고개를 돌렸다. 그곳엔 덩그러니 상자가 하나 놓여 있었다.

"금방 발견할 줄 알고 말 안 했는데, 어쩜 저걸 못 보고 지나칠 수가 있어요?"

"차, 참 나. 뒤에 눈이 달렸나? 못 볼 수도 있죠!"

희재는 툴툴거리면서도 상자를 제 품에 끌어안았다. 어느새 입꼬리는 올라가 있었다. 얼른 리본을 풀어 선물을 확인하려는 그녀의 손을 잡고 은수가 소리쳤다.

"드, 들어가서 풀어 봐요!"

"왜요?"

"살짝 자신 없는 선물이니까 집에 가서 봐요."

"뭐야. 되게 궁금하네. 지금 뜯으면 안 돼요?"

완강하게 도리질 치는 그를 바라보던 희재가 결국 알겠다며 고개를 끄덕였다.

내일 보자는 인사를 남긴 채 은수는 차의 시동을 걸었다. 사이드미러로 보이는 그녀의 모습에 그가 언짢은 표정을 지으며 중얼거렸다.

"아, 다른 선물을 줄 걸 그랬나."

그림이 영 별론데, 그냥 차라리 커플링을 준비할 걸 그랬다.

한숨을 쉬며 자신의 집 방향으로 핸들을 꺾을 때였다. 그의 시야에 붉은빛이 가득 들어찼다. 집 맞은편 주택에서 검은 연기와 함께 불빛이 일렁이고 있었다.

놀란 표정으로 차를 세운 그는 튕겨 나오다시피 내려 그집으로 다가섰다. 이미 많은 사람들이 집 앞에 모여 있었다.

"어머, 어떡해. 할머니 혼자 사시는데."

은수는 이 집 할머니와 안면이 있었다. 아침 운동을 하러 나갈 때면 가끔 마주쳤었다. 몇 번 음료수를 대접하며 도란도란 얘기를 나눈 적도 있었다.

"할머니는요?"

옆에 있던 사람을 붙잡고 그가 다급히 물었다.

"통 안 보여요. 전화를 해도 안 받고. 아무래도 저 안에 계신 것 같아요."

"신고는요? 신고하셨어요?"

"진즉에 했죠. 올 때가 됐는데, 왜 안 오지……."

은수는 불길에 휩싸인 집을 바라보았다. 아무래도 소방차가 올 때까지 기다리면 너무 지체될 것 같았다.

결국 은수는 할머니를 구해야 된다는 생각에 대문을 열고 안으로 들어섰다. 사람들이 막았지만 그의 귀에는 들리지 않았다.

마당을 지나 현관문으로 다가선 은수는 옆에 있던 화분을 들어 창문을 향해 던졌다. 날카로운 파열음과 함께 창문이 깨졌고, 그 사이로 불길이 새어 나왔다. 매캐한 연기에 기침을 하며 안으로 들어가려던 그때, 그의 귓가에 소방차 사이렌 소리가 들려왔다.

"살려 주세요."

문득 은수의 귓가에 다급한 남자아이의 목소리가 들렸다. 주변을 두리번거렸지만 아무도 없었다.

"살려 주세요, 제발요. 우리 엄마, 아빠가 저 안에 있단 말이에요!"

깨질 듯한 두통이 느껴져 은수는 자리에 주저앉아 머리를 움켜쥐었다.

"남자분, 괜찮으십니까!"

도착한 소방관이 은수에게 다가섰다.

"얼른 나오세요. 들어가시면 위험합니다!"

은수는 고개를 들어 자신에게 다가오는 소방관을 바라보았다. 그의 시선에 환영처럼 다른 소방관의 모습이 겹쳐 들어왔다.

"안 돼. 들어가면 위험해!"

"엄마, 아빠가 저기 있다고요!"

몸부림치던 남자아이는 소방관에게 이끌려 집 밖으로 나왔다.

"아이 좀 맡아 주세요!"

소방관은 주민으로 보이는 사람에게 아이를 맡기고 불길에 휩싸인 집 안으로 들어섰다. 아이는 발버둥 치며 울었다. 그를 달래듯 품에 껴안으며 한 여자가 말했다.

"인하야, 괜찮아. 소방관 아저씨가 엄마, 아빠 다 구해 주실 거야."

여자의 목소리를 마지막으로 은수는 번뜩 정신을 차렸다.

"뭐야, 이거……."

머릿속에 회오리치는 수억 개의 기억들에 그는 고개를 내저었다. 밀려드는 기억 속에는 인하라 불리는 자신이 있었다. 붉게 물든 눈가 위로 천천히 눈물이 떨어져 내렸다.

방 안으로 들어온 희재는 책상 위에 은수가 준 선물 상자를 내려놓곤 스르륵, 리본을 풀었다.

"뭐지?"

희재는 편지부터 펼쳐 보았다. 'Happy Birthday To My Love'라고 쓰여 있는 것을 보며 희재는 옅은 웃음을 내지었다. 그리곤 돌돌 말린 에어 캡을 벗겨 선물을 확인했다. 접시인가? 아무래도 공방에서 직접 만든 것 같았다.

"참 나, 뭐가 자신이 없다는 거야."

접시 한가운데에는 잠든 희재의 모습을 그린 초상화가 있었다. 그 그림을 유심히 관찰하던 그녀의 머릿속에 문득 무언가가 떠올라 서서히 얼굴이 굳어지기 시작했다.

"잠깐만……."

떨리는 손으로 접시를 내려놓은 그녀는 허겁지겁 책상 맨 아래 서랍을 열어 무언가를 찾았다. 그리고 순간 손에 잡히는 크로키 북을 들어 올렸다. 크로키 북의 앞에는 '서인하'라는 글자가 쓰여 있었다.

흔들리는 동공으로 그것을 바라보던 희재는 조심스럽게 첫 페이지를 넘겼다. 그곳엔 인하가 그린 희재의 얼굴이 있었다. 떨리는 손으로 접시 옆에 크로키 북을 내려놓곤 두 그림을 번갈아 보았다.

"말도 안 돼……."

고개를 내저은 희재는 한참을 그렇게 넋을 놓은 채 두 개의 그림을 흔들리는 시선으로 바라봤다.

14

인기척이 느껴지지 않는 집 안은 고요하기만 했다. 창문도, 커튼도 꽁꽁 닫힌 방에는 어둠만이 자리하고 있었다. 방 한구석에서 몸을 돌돌 말고 앉아 있는 은수의 공허한 시선에는 아무것도 담겨 있지 않았다.

어제저녁, 갑작스런 화재가 발생했고, 다행히도 할머니는 외출 중이었던 터라 인명 피해는 없었다. 하지만 그 일 때문에 떠오른 기억들은 은수에게 크나큰 혼란을 가져다주었다.

조용한 방 안에 휴대폰 진동 소리가 울리기 시작했다. 휴대폰으로 시선을 옮기자 '정희재'라는 이름이 그의 시야를 가득 메웠다. 곧 그의 눈동자에 눈물이 가득 맺혔다. 두 눈을 지그시 감은 그는 어렴풋한 기억 속으로 서서히 뒷걸음질 치기 시작했다.

❖　　　❖　　　❖

　인하의 아버지와 어머니는 유명한 로펌의 변호사였다. 두 사람은 인하가 자신들처럼 법조계 사람이 되길 원했다. 부모님을 닮아 머리를 타고났기에 그다지 어려운 일은 아니었지만 그는 변호사가 되고 싶은 마음은 추호도 없었다.

　중학교 1학년 때, 우연히 친구 종운이 들어간 밴드부 구경을 갔다가 인하는 그 매력에 빠져 버렸다. 그렇게 부모님 몰래 밴드부에 들어가 친구들의 도움과 독학으로 갖가지 악기를 배웠다. 하지만 1년도 채 되지 않아 밴드부에 들어간 사실을 부모에게 들키고 말았다.

　"인하야, 어머니 말씀 들어. 밴드는 나중에라도 할 수 있잖아."

　어머니인 윤주의 압력으로 담임 선생님까지 그의 밴드부 활동을 저지하기 시작했다.

　나중에, 그 나중에가 과연 언제일까. 고등학교에 가서? 아니면 스무 살이 되어 대학에 들어가서? 아니다. 변호사가 될 때까지는. 아니, 변호사가 되고 나서도 음악을 할 수 있는 시간은 주어지지 않을 것임을 그는 너무나 잘 알고 있었다. 부모님이 짜 놓은 자신의 미래에 음악은 존재하지 않으니 말이다.

결국, 인하는 밴드부 활동을 할 수 없게 되었다. 방과 후, 아이들이 동아리 활동을 할 때 그는 갈 곳이 없어 빈 교실에 앉아 창밖을 내다보았다.

인하는 예전처럼 학교와 학원, 그리고 집을 오가는 생활을 반복했다. 음악의 자유를 맛본 뒤라 그런지 그 생활이 목을 단단히 조여 오는 것 같았다. 하루하루가 지루하고 재미없었다.

그로부터 일주일 뒤, 종운이 인하에게 뜻밖의 제안을 했다.

"학교 안에서 못 하면 밖에서 하는 건 어때?"

"밖에서?"

"응. 홍대 가서 버스킹 하자. 수익금 생기면 연습실도 구해 보고. 그럼 네 마음대로 연습할 수 있잖아."

종운의 말은 인하의 마음을 단숨에 사로잡았다. 종운과 인하, 그리고 밴드부 부원들은 저녁마다 홍대에서 버스킹을 시작했다. 처음엔 떨리고 긴장됐지만 시간이 지날수록 사람들 앞에서 자신의 곡을 연주하는 게 설레었다.

부모님에게 들킬까 봐 그는 늦은 저녁마다 2층인 자신의 방 창문을 통해 밖을 드나들었다. 창문 앞에 자리한 큰 나무

하나가 그의 비밀 통로가 되어 주었다.

한 달 정도 지났을까. 종운의 말대로 버스킹 수익금을 모아 연습실을 마련했다. 그곳은 인하에게 유일한 휴식처이자 안식처였다. 24시간 사용할 수 있었기에 학교와 학원을 다녀온 후 새벽마다 그곳에서 작곡과 악기 연습에 몰두했다. 하지만 그렇게 두어 달이 지난 후, 문제가 생겨 버리고 말았다.

"성적이 왜 이렇게 떨어진 거야? 인하야, 너 요즘 무슨 일 있니?"

어머니의 까칠한 목소리에 인하는 입술을 꾹 다물었다. 새벽에 연습을 하다 보니 자연스레 수업 시간에 졸음이 몰려와 결국 성적에까지 그 영향이 미치고 말았다.

"이번에 문제가 어려웠어요."

"인하야, 등수가 떨어졌잖아. 다른 애들이 널 누른 거야. 문제가 어려웠으면 다른 애들도 성적이 떨어져야지. 너 이제 3학년이야. 정신 바짝 차려야 할 시기라고."

어머니에게 궁색한 변명은 통하지 않았다. 입술을 닫은 인하를 보며 윤주가 긴 한숨을 토해 냈다.

"너 혹시 엄마가 밴드 하지 말라고 해서 반항하는 거야?"

앙칼스런 목소리에 당황한 시선으로 어머니를 바라보던 인하는 허공으로 눈길을 돌렸다.

"진짜 그런 거야?"

주먹을 쥔 인하가 흔들림 없는 목소리로 대답했다.

"네, 맞아요."

"서인하."

"엄마가 하지 말라고 해서 반항하는 거 맞아요."

그동안 한 번도 반항이라는 걸 한 적이 없었던 인하였기에 윤주는 어떻게 대응해야 될지 몰라 멍하니 그를 바라봤다. 큰 소리가 들리자 안방에서 아버지 민석이 모습을 드러냈다.

"너 엄마한테 말버릇이 그게 뭐야!"

거실에 무거운 침묵이 감돌았다.

"그깟 밴드부가 뭐라고 네 미래에 흠집까지 내면서 반항을 해. 성적은 평생 가는 거야. 좋은 고등학교를 진학하기 위해서 꼭 필요한 거라고."

"그깟이라고 하지 마세요."

"……뭐?"

"저한텐 소중해요. 성적보다, 아빠가 원하는 미래보다 더."

"서인하."

"처음으로 제가 하고 싶은 게 생겼다고요. 전 변호사가 될 생각 없어요. 재미도 없고, 할 마음도 없어요."

"이 세상은 네가 하고 싶은 것만 할 수 없어!"

"하기 싫은 걸 안 할 수 없다는 거, 저도 잘 알아요. 그래도 음악을 억지로 포기하면서까지 살고 싶진 않아요."

반항 어린 인하의 태도에 결국 민석은 손을 높이 들어 그의 뺨을 내려쳤다. 처음이었다. 민석이 인하를 때린 것은.

인하는 파르르 떨리는 입술을 꾹 깨물며 민석을 바라보았다. 결국, 그는 제 행동에 놀란 아버지를 뒤로한 채 자신의 방으로 들어가 버렸다. 거칠게 닫히는 방의 문소리에 민석은 한숨을 내쉬며 마른세수를 했다.

방에 들어온 인하는 침대에 걸터앉았다. 축 처진 어깨엔영 힘이 없었다. 얼얼한 뺨을 매만지며 감정을 추스르고 있을 때, 벽에 걸린 시계가 눈에 들어왔다. 벌써 9시가 넘어가고 있었다. 친구들과 약속했던 버스킹 시간이 10시였기에 빨리 가지 않으면 늦을지도 몰랐다. 얼른 겉옷을 입은 그는 익숙하게 베개로 사람이 누워 있는 모양을 만들었다.

불안한 마음에 오늘만 못 간다고 친구들에게 말할까 싶다가도, 집에 있어 봤자 우울함만 더할 것 같았다. 게다가 오늘은 새로운 자작곡을 선보이는 날이기도 했다. 마음을 먹은 그는 창문을 통해 집을 빠져나와 서둘러 약속 장소로 뛰어갔다.

아슬아슬하게 제 시간에 도착한 인하는 밴드 부원들과 함께 버스킹을 시작했다. 어김없이 많은 사람들이 몰렸고, 그의 자작곡에 대한 반응도 매우 좋았다. 만족스러운 공연이었다. 어느 때보다 수익금도 많았기에 버스킹을 끝내고 근처에 모여 밥을 먹었다. 그때, 인하의 휴대폰이 울렸다.

"뭐야? 너희 엄마야?"

긴장한 얼굴로 묻는 종운을 보며 인하는 이마를 매만졌다. 아무래도 몰래 빠져나온 것을 집에서 알아챈 모양이었다. 물끄러미 휴대폰을 바라보던 그는 휴대폰 배터리를 분리시키곤 의연한 표정으로 말했다.

"신경 쓰지 말고 먹자."

그의 친구들은 걱정스런 표정을 감추지 못했다. 인하는 부원들 중에 제일 늦게 음악을 시작했지만 뛰어난 실력을 가지고 있었다. 그들에게 인하는 꼭 필요한 존재였다.

종운은 인하의 어깨를 두어 번 툭툭 치며 위로했다.

"야, 걱정 마. 자식 이기는 부모 없다는 속담이 괜히 생긴 게 아니라니까."

종운의 농담에 인하는 픗 웃음을 내지었다.

밥을 먹은 친구들이 각자 집으로 돌아갔지만 인하는 연습실로 향했다. 이상하게 오늘따라 연습에 집중되지 않았다. 아무래도 아까 걸려 온 어머니의 전화 때문인 것 같았다.

"그냥 집에 갈까."

매를 맞아도 빨리 맞는 게 낫다는 생각에 인하는 집으로 발걸음을 옮겼다. 가는 내내 그의 입술에서 한숨이 터져 나왔다. 이번엔 뺨 한 대로 끝나지 않을 것 같았다. 또 어떤 불호

255

령이 떨어질까, 라는 생각에 얼굴에 근심 걱정이 가득해졌다.

저벅저벅, 걸어가는 발걸음은 교도소에 끌려가는 죄인보다 더 무거웠다. 머리를 헝클어트리며 코너를 돈 인하가 집 앞에 거의 다다랐을 때였다.

"어떡해. 소방차는 왜 안 오는 거예요!"

"분명 불렀는데, 다시 전화해 볼게요."

다급한 주민들의 목소리와 함께 붉은 화염과 검은 매연이 인하의 시야를 가득 메웠다. 그는 걸음을 우뚝 멈췄다.

"뭐야, 저게……."

집이 불에 타고 있었다. 얼이 빠진 표정의 인하는 발걸음을 옮겨 주민들 사이를 파고들어 갔다.

"어? 인하야!"

앞집에 살던 아주머니가 인하를 발견하고는 그의 어깨를 덥석 잡았다. 인하는 불안에 휩싸인 표정으로 그녀에게 물었다.

"……엄마, 아빠는요?"

"엄마, 아빠 지금 너 구한다고 저 안으로 들어가셨어, 네가 아직 집에서 나오지 않았다면서! 넌 대체 언제 나온 거야. 다친 덴 없어?"

그는 자신의 몸 구석구석을 살피는 아주머니의 손을 뿌리치곤 집 안으로 들어서려 했다. 그러자 사람들이 소리를 지르며 그를 막아섰다.

"얘, 안 돼! 위험해."

"엄마, 아빠가 저 안에 있다면서요! 이거 놔요!"

발버둥 치던 인하는 사람들을 밀어내고 대문을 열고 안으로 들어섰다. 반쯤 열린 현관문을 열어 집 안으로 들어선 그의 눈앞에 불바다가 된 거실이 보였다.

그때였다. 요란한 사이렌 소리와 함께 집 안으로 소방관들이 들어선 것은. 문 앞에 서 있던 인하를 발견한 소방관이 그의 팔을 잡고 소리쳤다.

"안 돼. 들어가면 위험해!"

"살려 주세요. 제발 우리 엄마, 아빠 좀 살려 주세요. 저 안에 우리 엄마, 아빠가 있어요!"

다급한 목소리로 인하가 말했다. 곧이어 또 다른 소방관이 가까이 다가왔다.

"일단, 이 애, 데리고 나가."

"아저씨!"

"엄마, 아빠는 아저씨가 찾아볼 테니까 넌 나가 있어, 당장!"

인하는 뒤늦게 들어온 소방관 손에 이끌려 밖으로 끌려 나가게 됐다. 소방관은 모여 있는 주민들 틈에 인하를 데려다 놓으며 말했다.

"아이 좀 맡아 주세요!"

인하의 팔을 붙잡은 한 아주머니가 그를 달래기 시작했다.

"인하야, 괜찮아. 소방관 아저씨가 엄마, 아빠 다 구해 주실 거야."

자리에 주저앉은 인하의 두 눈에서 쉴 새 없이 눈물이 흘러내렸다. 불길은 소방관이 오고 나서 30분 만에 잡혔다. 하지만 인하의 부모님은 살아 돌아오지 못했다.

인하는 병원으로 옮겨졌다. 경찰들이 그에게 몇 가지 질문과 사건 경위에 대해 설명했다. 거실에 연결되어 있던 오래된 멀티 탭의 전기 누전으로 인한 사고였다. 인하의 부모는 2층으로 올라가다 불에 탄 천장이 무너져 즉사한 것으로 밝혀졌다.

"형수랑 형, 인하 구하려다가 그렇게 된 거라면서."

"그렇다더라. 이미 빠져나왔는데 2층에 인하가 있는 줄 알알고 다시 들어갔나 봐."

"걔는 말도 없이 그 늦은 시각에 왜 밖을 싸돌아다녔대?"

"물어보니까 버스킹? 그거 한다고 몰래 집을 나갔었대. 그것도 모르고 부모는 인하 찾겠다고 들어간 거고. 어휴, 진짜 이게 무슨 일이야."

병실 밖에서 갑작스런 소식에 몰려온 친척들의 목소리가 들려왔다. 만약 밖을 나가지 않았다면 오늘 같은 끔찍한 일은 일어나지 않았을 것이라는 생각이 인하의 머릿속을 잠식했다.

부모님의 마지막 모습과 자신이 내뱉은 모진 말에 가슴이 홧홧하게 타들어 갔다. 자신의 행동에서 비롯된 이 비극이 모두 꿈이었으면 싶었다.

며칠 뒤, 장례식이 치러졌다. 인하는 완전히 혼자가 되었다. 공부에는 당연지사 집중할 수가 없었다. 성적은 떨어지게 되었고, 음악도 완전히 그만두게 되었다. 사립 고등학교에 진학하길 원했던 부모님의 바람도 이루어 드리지 못했다. 갑작스레 성적이 바닥을 쳤으니 그럴 만도 했다.

고등학교에 입학한 지 두 달 동안 친구를 만들지 않은 그는 수업을 듣지 않은 날이 부지기수였다. 그날도 수업을 듣지 않고 학교 뒷마당에서 낮잠을 자던 때였다. 인하의 귓가에 노랫소리가 들려왔다.

기타 반주와 어우러진 그 목소리는 닫혀 있던 그의 귀를 열어 주었다. 말하듯이 노래를 부르는 목소리는 매우 담담했다.

결국 인하는 감고 있던 두 눈을 슬며시 떠 노랫소리가 들려오는 곳으로 시선을 옮겼다. 교복을 입은 여자아이의 뒷모습이 보였다.

노래를 어떻게 들었는지는 잘 기억이 나지 않았다. 넋을 놓고 가만히 그녀의 뒷모습만 바라볼 뿐이었다. 노래가 끝났을 때, 인하는 자신도 모르게 말을 걸고 말았다.

"한 번만 더 불러 줄 수 있어?"

흠칫 놀란 여자아이가 뒤돌아 인하를 바라보았다.

"너…… 뭐야?"

노래를 부를 때와는 달리 까칠한 목소리에 인하는 살짝 미간을 좁혔다.

"너 뭐냐고. 설마 엿들은 거야?"

"아, 아니. 엿들은 게 아니라 여기서 낮잠 자고 있었는데……."

"거기서 자면서 엿들었다는 거네?"

"그러니까 엿들은 게 아니라 내가 먼저 여기……."

"아, 무슨 남자가 사족이 그렇게 길어. 그래서 엿들었다는 거잖아."

"어? 뭐…… 엿들은 거 같기도 하고."

"야. 너, 몇 학년 몇 반 누구야?"

그것이 희재와의 첫 만남이었다. 노래하는 목소리와 달리 신경질적인 어투로 말을 건네는 그 모습에 인하는 픗 웃음을 내짓고 말았다.

왜 웃었는지 모르겠다. 그냥 웃음이 났다. 하지만 그녀는 그 웃음에 기분이 나빴는지 잔뜩 골이 난 표정을 지었다. 그에 인하는 얼른 얼굴에서 웃음기를 지워 냈다.

"미안. 그럼 나 이만 가 볼게."

인하는 도망치듯 그녀에게서 멀어졌다. 노래를 다시 불러 달라고 한 것도 민망했고, 음악에 관심을 보인 것도 당황스러 웠다. 그동안 음악을 듣지도, 생각하지도 않고 잘 살아왔다. 그런데 또다시 눈앞에서 음표들이 그려지기 시작했다.

"미친놈, 진짜."

정신을 차리기 위해 양 뺨을 손으로 툭툭 치며 복도로 발 걸음을 옮기던 때였다.

"……어?"

"어? 너……."

헤어진 지 5분도 지나지 않아, 1학년 1반이라 쓰여 있는 교 실 앞에서 인하와 희재는 두 번째 만남을 가졌다.

15

"어쩐지, 어디서 많이 봤다 했더니……."

방과 후, 희재는 저벅저벅 인하의 앞으로 걸어와 중얼거리 듯 말했다. 인하는 스르륵 고개를 들어 삐딱한 시선으로 저를 바라보는 희재를 마주 봤다.

"우리 같은 반이었네?"

까칠한 목소리는 여전했다. 노래를 부를 때와는 전혀 다른 느낌이었다. 인하는 희재와 가까이 지내고 싶지 않았다. 그녀가 음악을 한다는 것이 첫 번째 이유였고, 두 번째는 무서웠기 때문이었다.

어색한 미소를 지은 인하는 빨리 그 자리에서 도망가려 했다. 하지만 발을 떼기 무섭게 그녀의 손에 가방이 붙잡혀 버렸다. 그 탓에 의자에서 엉덩이를 뗀 지 1초 만에 자리에 다시 주저앉고 말았다.

"야, 어딜 가?"

"학교 끝났으니까 집에 가려고."

"넌 사람이 말하는데 대답도 안 하고 그냥 가냐?"

"혼잣말…… 아니었어?"

두 눈을 끔뻑거리는 인하를 향해 희재가 언짢은 시선을 보냈다.

"너, 은근히 사람 성질 돋우는 기질이 있다."

"내, 내가?"

"응, 네가. 그런데 너 명찰은 어디다 내다 버렸냐?"

그의 교복 재킷을 살피던 희재가 심드렁히 물었다. 인하는 그제야 명찰이 없다는 것을 알아챘다.

"어? 어디 갔지?"

"아까 뒷마당에 떨어트린 거 아니야?"

명함을 찾을 생각에 인하는 자리에서 벌떡 일어났다. 하지만 또다시 희재에게 가방이 붙들리고 말았다. 그에 그는 조금 짜증스런 표정으로 그녀를 바라보았다.

"또 왜 그래?"

그때였다. 누군가가 요란한 소리를 내며 교실 안으로 들어섰다.

"야, 정희재!"

"어, 왔어?"

"저기요. 교문 앞에서 보자면서요. 왜 안 나오는 건데?"

"야, 장효주. 나랑 어디 좀 가자."

"네가 떡볶이 먹으러 가자면서. 또 어딜 가자는 거야?"

"학교 뒷마당."

"거긴 왜?"

"얘 좀 데리고."

길게 뻗은 손가락이 저를 가리키자 인하는 당혹감이 어린
시선으로 그녀를 바라보았다. 희재는 먹이를 눈앞에 둔 포식
자처럼 미소 지었다. 왠지 모를 불안감을 느끼며 그는 이곳
을 빠져나가야겠다는 생각에 자리에서 슬금슬금 일어섰다.

"얘가 누군데?"

발걸음을 옮기려던 찰나, 효주가 그의 앞에 우뚝 섰다. 그
가 몸을 돌려 모르는 척 지나가려 하자 그녀가 인하의 목덜미
를 잡아채고 자신 쪽으로 잡아당겼다. 아무래도 뭔가 크게 잘
못되고 있다는 느낌이 들었다.

"거기 있어? 여긴 아무리 찾아도 없는데."

어느새 뒷마당으로 장소를 옮긴 세 사람은 몸을 한껏 구부
린 채 명찰을 찾았다. 설렁설렁 주변을 훑던 인하는 자신보다

열심히 찾는 효주와 희재를 힐끗 보며 고개를 갸웃거렸다.

"찾았다. 찾았어! 이거 네 명찰 맞지?"

보물이라도 발견한 듯 희재가 한껏 소리를 질렀다. 그리곤 인하에게 달려와 명찰을 내밀었다.

"아, 고마워."

명찰을 받아 든 인하는 꾸벅 인사를 했다. 찾아 달라고 한 적도 없는데, 참 오지랖이 넓은 애인 것 같았다. 용건이 끝났으니 그만 집으로 향하려는데 그의 발걸음을 희재가 짜증스런 목소리로 붙잡았다.

"야, 또 어디 가!"

"집에 가려고. 왜?"

마음에 안 든다는 듯 희재는 연신 도리질을 쳤다. 도통 의중을 알 수가 없어 인하는 그저 그녀를 바라만 봤다.

"불러 달라며."

"어?"

"노래 말이야. 네가 아까 다시 불러 줄 수 없냐고 그랬잖아. 불러 줄 테니까 앉아 봐."

희재는 갑작스레 자리를 잡고 앉더니 메고 있던 가방에서 기타를 꺼내 들었다. 그 모습을 지켜보던 효주가 시큰둥한 표정을 지었다.

"너 도대체 뭐하냐?"

"아, 얘가 아까 내 노래 엿듣더니 다시 불러 달라고 했단 말이야. 조금만 기다려 봐. 금방 끝낼 테니까."

희재는 기타 줄 위로 손가락을 움직였다. 익숙한 기타 선율에 인하는 당혹스런 표정으로 뒷걸음질 쳤다. 손사래를 치며 그가 말했다.

"아, 아니야. 됐어. 안 들려줘도 돼!"

"뭐야. 들려 달라며."

"아니야, 됐어. 나 이만 가 볼게!"

허겁지겁 인사를 한 인하는 줄행랑치듯 그 자리에서 도망쳐 버렸다. 학교를 빠져나오고 나서야 그는 걸음을 멈췄다. 뒤돌아보니 다행히 희재의 모습은 보이지 않았다. 긴 한숨을 내쉬며 그가 작게 중얼거렸다.

"당분간 뒷마당엔 안 가는 게 좋겠네."

같은 반이라 안 볼 순 없겠지만, 인하는 최대한 희재와 마주치지 않으려 노력했다. 희재가 말을 걸어올 것 같은 낌새가 느껴지면 얼른 자리를 피했고, 집에 꿀단지라도 숨겨 놓은 사람마냥 제일 먼저 하교를 했다. 그에 희재도 더 이상 그에게 말을 걸지 않았다.

"얘들아. 3교시 음악, 1교시랑 바뀌었어."

반장이 교실에 들어서며 소리쳤다. 책상에 엎드려 있던 인하가 자리에서 일어나 유유히 교실을 빠져나왔다.

고등학교에 입학한 이후, 그는 한 번도 음악 수업을 들은 적이 없었다. 항상 뒷마당에서 시간을 보냈지만 희재를 만난 후로는 옥상으로 거처를 옮겼다. 출입 금지 장소인지라 사람을 마주치지 않을 수 있었기 때문이다.

인하는 익숙하게 옥상 한쪽 구석에 자리를 잡고 누웠다. 살랑살랑 불어오는 바람이 앞머리를 간질였다. 그때였다. 끼익, 옥상 철문이 열리는 소리가 들렸다. 두 눈을 감고 있던 그는 몸을 벌떡 일으켰다.

선생님인가? 경비 아저씨? 그는 벽 뒤로 몸을 숨겼다. 누군지 확인하고 싶었지만 고개를 내밀면 바로 출입구였기에 가만히 숨을 죽이고 있을 뿐이었다.

뭔가가 부스럭거리는 소리에 이어 턱, 책을 바닥에 내던지는 듯한 소리가 났다. 곧이어 귓가를 간질이는 기타 소리가 들려왔다.

"설마……."

미간을 좁힌 인하는 천천히 벽 너머로 시선을 던졌다. 희재였다. 기타를 들고 목을 가다듬던 그녀는 노래를 부르기 시작했다. 기타 선율과 잘 어울리는 그녀의 목소리는 그의 마음을 설레게 만들었다.

너무 좋다. 벽에 기대앉은 그는 고개를 까닥이며 리듬을 탔다.

"세 번째 코드는 Gm7에 C7을 쓰는 게 더 좋을 텐데……."

자신도 모르게 말이 튀어나와 버렸다. 그는 제 입을 손으로 툭툭 쳤다.

"아, 화장실 좀 다녀와야겠네."

갑자기 기타를 내려놓은 희재가 중얼거렸다. 놀란 인하는 벽 쪽으로 더욱 깊이 몸을 숨겼고, 옥상 문이 열리는 소리와 함께 그녀는 모습을 감췄다.

벽 뒤에서 나온 인하는 희재가 앉아 있던 자리로 슬금슬금 다가섰다. 그곳엔 기타와 공책, 그리고 샤프가 놓여 있었다.

"잃어버리면 어쩌려고 여기다 두고 가냐."

투박한 말을 던지며 인하는 그곳에 자리를 잡았다. 그리고 기타 줄 위로 조심스레 손을 얹었다. 손가락으로 살짝 줄을 튕기자 청아한 음이 옥상 위로 잔잔하게 퍼지기 시작했다.

"역시 여기 있었네."

뒤에서 들린 희재의 목소리에 놀란 그가 자리에서 벌떡 일어섰다. 의연하게 다가온 그녀는 자리에 앉아 인하를 올려다보았다.

"너 수업 안 들어갔어?"

"너야말로 여기서 뭐하냐? 너, 한 번도 음악 수업 안 들었지? 음악 선생님이 엄청 벼르고 있더라."

"여긴 어떻게 들어왔어?"

"네가 여기로 들어오는 거 보고 따라 들어왔지."

브이를 그리며 헤벌쭉 웃어 보인 희재는 덥석 인하의 팔을 잡아당겨 자신의 옆에 앉게 했다. 넘어지듯 바닥에 착석한 그는 엉덩이를 매만지며 인상을 찌푸렸다. 희재는 그런 그의 무릎 위에 기타를 올려놓았다.

"너, 이거 칠 줄 알아?"

"······어?"

"칠 수 있으면 좀 쳐 봐. 나 사실 기타 배운 지 얼마 안 됐거든. 노래랑 기타, 병행하는 게 어려워서."

희재는 기대에 찬 시선으로 인하를 물끄러미 바라보았다. 하지만 그는 당혹스러운 표정만 지을 뿐 기타를 잡지 않았다. 그 모습이 답답했는지 그녀가 목소리를 높였다.

"아, 빨리 쳐 봐!"

보통 기가 센 게 아니라는 생각에 인하는 손을 뻗어 기타를 잡았다.

"어? 이거, 내가 작곡한 노래네."

흘러나오는 기타 소리에 희재는 다정한 목소리로 중얼거렸다. 조울증인가. 아니면 분노 조절 장애라도 있는 건가. 기타 반주에 맞춰 노래를 부르던 그녀가 이내 고개를 갸웃거렸다.

"야, 야. 잠깐만. 내가 치던 거랑 다른데? 세 번째 코드는

E7이고, 다섯 번째 코드는 A7이야."

"아, 그거 내가 조금 바꿨어. 이게 자연스러워서. E7는 Gm7에서 C7으로, 다섯 번째 코드 A7 앞에 Am7을 넣으면 조금 더 자연스러워지거든."

익숙하게 기타를 연주하며 인하가 비교를 해 주자, 희재는 작게 감탄사를 내뱉었다.

"그러네. 더 자연스러워. 야, 너 좀 하는데?"

어깨로 제 팔을 툭 치는 희재의 행동에 그는 자신도 모르게 웃음을 지었다.

"야, 그럼. 네가 내 반주 좀 해 줘."

하지만 뜬금없는 희재의 제안에 놀라 그의 웃음은 길게 지속되지 않았다.

"뭐?"

"기타랑 노래, 같이하면 집중이 안 된단 말이야. 그러니까 방과 후에 여기서 두 시간만 반주 좀 해 줘. 어때?"

"싫은데."

망설임 없는 대답에 희재는 미간을 슬며시 좁혔다.

"왜?"

"그냥…… 싫어."

"너, 내가 명찰도 찾아 줬는데 너무한 거 아니냐?"

"그건 네가 자발적으로 찾아 준 거잖아. 난 찾아 달라고

한 적 없는데."

"와, 진짜 어이없다. 그럼 다시 내놔."

"뭘 내놔."

"네 명찰. 내가 찾아 줬으니까 내놓으라고."

"이거 내 건데?"

"내가 찾아 준 거잖아! 내놔, 내놓으라고!"

명찰을 빼앗기 위해 우악스럽게 달려드는 희재를 피하며 인하는 자신의 명찰을 꼭 쥐었다. 아무리 그녀가 기가 세고 거칠어도, 남학생을 이기기엔 무리였다.

결국 기타와 공책을 챙겨 든 희재가 씩씩거리며 인하를 노려봤다.

"내일 방과 후에 무조건 여기로 와. 안 오면 진짜 너, 내 손에 죽을 줄 알아라."

그 말을 남긴 채 희재는 옥상에서 모습을 감춰 버렸다. 태풍이 지나간 것 같은 느낌이었다.

순식간에 만신창이가 된 그는 길게 한숨을 내쉬며 바닥에 널브러져 누웠다. 그리곤 구름 한 점 없는 파란 하늘을 바라보다 이내 입매를 부드럽게 풀었다.

아침까지만 해도, 절대 가지 않을 거라 다짐하던 인하는 방과 후, 옥상으로 오고야 말았다. 그의 등장에 희재는 해맑게 웃으며 자신의 기타를 내밀었다.

"역시, 올 줄 알았어."

"딱 두 시간만이다."

툴툴거리며 인하는 기타를 받아 들었다.

그렇게 그는 얼떨결에 음악을 다시 시작하게 됐다. 처음에
는 반주만 해 주려고 했다. 하지만 희재의 목소리를 듣는 것
이 좋았고, 자꾸만 떠오르는 악상은 그의 마음을 두근거리게
만들었다. 기타를 치는 지금 이 순간이 영원했으면 좋겠다는
생각이 자꾸만 들었다.

"다 왔네. 내일 보자."

늦게까지 연습을 하고 집으로 돌아가는 희재를 바래다주
던 길이었다. 손 인사를 건네며 집으로 들어서려는 그녀를
보고 인하가 대뜸 소리를 질렀다.

"그, 그냥 가려고?"

멈춰 선 희재가 피식 웃으며 장난스러운 말투로 물었다.

"왜, 나랑 헤어지는 게 아쉬워?"

"응."

생각지도 못한 진지한 대답에 희재의 얼굴에 가득했던 장
난기가 누그러졌다.

"난 아쉬워. 너한테 꼭 할 말도 있고."

"……뭐?"

"너, 나랑 사귈래?"

희재는 말없이 두 눈을 끔뻑거렸다. 그녀가 아무런 대답도 하지 않자 정작 말을 뱉은 인하가 당황해 어쩔 줄을 몰라 했다. 얼굴이 달아오른 채 입술만 잘근 씹던 그때, 굳게 닫혀 있던 그녀의 입술이 열렸다.

"그래."

"뭐?"

"사귀자고. 너랑 나랑."

담담한 목소리에 인하는 자신이 잘못 들은 건가 싶었다. 반쯤 벌어진 그의 입은 다물어질 생각을 하지 못했다.

천천히 인하에게 다가간 희재는 그의 입술에 살짝 입을 맞추었다. 쪽, 하는 소리와 함께 그녀가 입가에 미소를 지었다.

"오늘부터 우리 사귀는 거다. 무르기 없어."

"……어."

그렇게 두 사람은 연인이 되었다. 생각지도 못한 인연으로 그는 다시 음악을 시작하게 되었고, 소중한 사람도 생겼다.

마음속엔 아직도 부모님에 대한 죄책감이 남아 있었지만, 그는 밤낮을 가리지 않고 곡을 만들어 희재에게 들려주었고, 그녀는 그것에 가사를 써 노래를 불렀다.

그러나 행복이 더해질수록 인하는 부모님이 돌아가셨던 그날의 꿈을 꾸는 일이 잦아졌다. 불길에 휩싸인 집 안에 들어갔는데, 부모님은 보이지 않았다. 사람들은 모두 그의 탓이라며 손가락질을 했다.

"넌, 네 부모님을 죽인 살인자야."

갑자기 나타난 희재가 그렇게 중얼거리는 순간, 인하는 꿈에서 깨어났다. 거친 숨을 몰아쉬던 그는 꿈인 것을 인지했음에도 온몸의 떨림을 멈추지 못했다. 무서웠다. 이 사실을 희재가 알게 된다면 자신에게서 등을 돌릴 것만 같았다.

그때, 희재에게서 전화가 걸려 왔다. 그저 휴대폰을 물끄러미 내려다볼 뿐 그는 전화를 받지 않았다. 요란하게 울리던 전화는 어느새 끊겨 무거운 침묵을 가져다주었다. 그는 두 눈을 감고 무릎에 얼굴을 묻었다.

❖　　　❖　　　❖

"우리 버스킹 하자."
의지에 찬 희재의 말에 인하는 무표정하게 대답했다.
"싫어."
"아, 왜! 하자."
"너 혼자 해. 싫어."

흔들림 없는 인하로 인해, 결국 그가 지켜봐 주는 것으로 합의를 하고 희재는 혼자 버스킹을 하게 됐다. 혹독한 인하의 가르침 덕분에 희재는 이제 무리 없이 노래와 기타 연주를 함께할 수 있었다.

두 사람은 홍대로 발걸음을 옮겼다. 중학생 때 친구들과 함께했던 추억들이 떠올라 어느새 인하의 입가에는 씁쓸한 미소가 자리를 잡았다.

"아, 떨려."

마이크 세팅을 끝내고 제 가슴에 손을 얹으며 희재가 중얼거렸다. 그런 그녀의 머리를 쓰다듬으며 인하가 나지막하게 말했다.

"떨지 마. 넌 잘할 테니까."

그의 말대로 그녀는 처음이라는 것이 믿기지 않을 만큼 훌륭한 노래를 선보였다.

희재에게 다가가기 위해 발걸음을 떼던 인하의 눈에 샛노란 머리를 한 남학생이 눈에 들어왔다. 쭈뼛거리며 그녀에게 말을 걸던 그 남학생은 이내 도망치듯 사라져 버렸다.

"뭐야, 쟤."

탐탁지 않은 시선을 던지는 그의 모습에 희재가 웃으며 대답했다.

"나랑 나중에 노래 같이 불러 줄 수 있냐고 하던데?"

"뭐라고 대답했어?"

"실력 키워서 오라고 했지. 그럼 같이 불러 주겠다고."

"야, 너는 모르는 사람이랑 듀엣 약속을 하고 그래?"

"왜, 질투 나?"

"질투는 무슨."

"에이. 맞네, 질투."

"아니거든."

인하는 희재의 손에 들린 기타를 신경질적으로 빼앗아 들고는 먼저 걸음을 떼었다. 그러자 그녀가 헤벌쭉 웃으며 그의 뒤를 잽싸게 따라갔다.

"야, 저런 어린애한테 질투를 하나?"

"질투 아니라니까."

"맞는데, 뭐! 내일도 올까, 저 애."

"너 또 버스킹 하게?"

"응. 내일도 하려고. 와 줄 거지?"

"안 돼. 이제 하지 마."

"왜? 싫어."

"정희재. 말 들어라?"

인하의 다그침에도 희재는 고개를 내저었다. 그를 마주 보곤 뒷걸음질하며 혀를 날름거렸다.

"야, 너 그렇게 걷다 넘어……."

말이 끝나기가 무섭게 희재는 제 발에 걸려 뒤로 쿵 넘어지고 말았다. 잔뜩 미간을 찌푸리며 자리에서 멈춰 선 인하가 작은 목소리로 중얼거렸다.

"그러게, 넘어진다고 했잖아."

"야, 나 까졌어."

울먹이며 손바닥을 내미는 희재를 보곤 인하는 긴 한숨을 내쉬었다.

두 사람은 근처 공원 벤치로 향했다. 오는 길에 산 밴드와 빨간 소독약을 꺼내 든 인하는 울상인 희재의 손을 잡고 덤덤히 입을 열었다.

"손 줘."

순순히 다친 손을 내밀던 그녀가 입을 삐죽거렸다.

"병 주고 약 주네. 진짜."

"내가 언제 병을 줬어?"

"너 때문에 넘어졌잖아."

"그게 왜 나 때문이야. 너 혼자 생쇼하다 넘어진 거지."

인하가 소독약을 바르자, 희재는 손을 움찔거리며 소리쳤다.

"아, 아파!"

"조금만 참아."

"연고만 사 오지, 왜 소독약을 사 와. 따가워 죽겠잖아."

"이래야 빨리 나아."

소독약을 발라 준 뒤, 상처 위에 반창고까지 붙이고 난 후에야 그는 희재의 이마를 검지로 살짝 밀며 중얼거렸다.

"아이고, 이 덤벙이."

"덤벙이? 누구 보고 덤벙이래."

"너요, 너. 앞으로 그런 짓 하지 마. 알았어?"

인하는 아이를 훈계하는 아빠처럼 입술을 깨물며 눈에 힘을 주었다. 그 모습에 희재는 핏 웃음을 내지었다.

"아, 맞다. 인하야."

"응?"

"우리 앨범 제작할래?"

"뜬금없이 웬 앨범 제작?"

"내가 봤을 때, 너랑 나랑 앨범 제작하면 대박날 거 같거든. 그런데 우리 삼촌은 자꾸 말도 안 되는 소리 하지 말라면서 연습이나 하라고 하잖아."

"삼촌 말이 맞는 거 같은데? 우리가 어떻게 앨범을 내."

헛웃음을 내뱉으며 고개를 내젓는 그의 반응에도 아랑곳하지 않고 희재는 말을 이었다.

"사람들한테 네가 작곡한 노래, 들려주고 싶지 않아?"

"글쎄."

인하는 시큰둥하게 대답했다. 사람들에게 들려주고 싶다

기보다 좋아하는 사람과 음악을 하는 것이 즐거웠다.

"내가 좋아서 하는 거지. 누구한테 보여 주려고 하는 건 아니야."

"아니지, 아니지! 사람들이랑 공감을 하기 위해서 들려주자는 거지."

누군가와의 공감이라. 희재의 말에 인하는 망치로 머리를 맞은 듯한 기분이 들었다.

"나랑 앨범 작업 같이하자, 인하야."

맞잡은 인하의 손을 흔들며 희재가 작게 중얼거렸다.

"할 거지?"

대답이 없자 가까이 얼굴을 들이밀며 다시 한 번 물었다. 결국 그는 입매를 부드럽게 풀어 미소를 지었다.

"그래. 해 보자."

나지막하게 울리는 목소리에 희재는 환한 미소를 지었다.

"짜잔, 완성!"

완성된 데모 CD를 인하의 눈앞에서 흔들던 희재는 세 장의 CD 중 하나를 그의 손에 쥐어 주었다.

"이건 네 거, 이건 내 거, 나머지 하나는 삼촌한테 줄 거야."

"그렇게 좋아?"

"당연하지. 우리 첫 앨범인데. 삼촌도 이거 들으면 우리 앨범 진행시켜 줄걸?"

자신감에 차 있는 희재의 모습에 인하는 옅은 미소를 지었다. 그때, 갑자기 무언가 떠오른 듯 그녀가 손뼉을 탁 쳤다.

"아, 맞다. 내일 너희 부모님 기일이지. 같이 가자. 나, 너혼자 보내는 거 싫어."

인하는 걱정스런 희재의 눈빛을 피하며 낮게 중얼거렸다.

"아니야. 나 혼자 갔다 올게."

"야, 이번엔 좀 같이 가자."

제 팔을 흔드는 희재의 행동에도 인하는 더 이상 입을 열지 않곤 데모 CD로 화젯거리를 전환시켰다. 뚱한 그녀의 얼굴을 보며 그가 장난스럽게 볼을 꼬집었다.

"좀, 웃지? 앨범 나와서 좋다면서."

"같이 가자, 인하야."

집요하게 말했지만 인하는 대답 없이 그녀의 볼을 잡아 늘어뜨렸다.

"꼭 햄스터 같다, 너. 볼이 쭉쭉 늘어나."

"야, 아파."

"웃어. 웃으면 놔줄게."

"와, 진짜 갈수록 심보가 나빠지네. 서인하."

"너한테 배워서 그래."

"너, 지금 나 못됐다고 돌려 말하는 거지."

"어, 들켰네."

옅은 미소를 지은 인하가 희재의 뺨에서 손을 뗐다. 그리
곤 벌겋게 부풀어 오른 그녀의 볼에 픕, 웃음을 터트렸다. 자
신만 당할 순 없다며 그녀가 득달같이 달려들었지만 그에게
손을 잡혀 아무것도 하지 못했다.

"놔라? 안 놔?"

"으이그. 성격이 왜 이렇게 불같냐."

"불같은 성격을 네가 건드렸거든? 죽기 싫음 이거 놔라?"

인하는 매섭게 노려보는 희재에게 다가가 입을 맞췄다. 갑
작스런 스킨십에 잠시 몸부림치던 그녀는 이내 온몸에 힘을
빼고 말았다. 더 이상 다른 생각이 제 마음을 휘젓지 못하도
록 그는 그녀의 입안을 탐했다.

다음 날 새벽, 오토바이를 몰아 도로를 달리던 인하는 갑작
스레 울리는 벨소리에 오토바이를 멈춰 세우곤 발신자를 확
인했다. 희재였다. 옆에서 자는 그녀를 두고 새벽에 몰래 나
온 것을 눈치챈 모양이었다.

긴 한숨을 내쉰 그는 헬멧을 벗고 휴대폰을 귀에 가져가 댔
다.

"응, 희재야."

—너 어디야?

매섭게 쏘는 희재의 목소리에 인하는 손으로 이마를 매만
졌다.

"부모님 뵈러 가는 길이야."

—같이 가자고 했잖아.

화를 억누르는 목소리에 그는 그녀를 달래듯 나긋이 말했
다.

"혼자 갔다 오겠다고 했잖아."

—너, 내가 왜 너희 집에서 밤새 있었는지 몰라서 그래?

"알아, 걱정 마. 혼자 잘 갔다 올 테니까."

더 이상 화를 참지 못하겠다는 듯 희재는 긴 한숨을 내쉬
었다.

—이유나 듣자. 대체 왜 자꾸 혼자 가려고 하는 거야?

제 옆으로 쌩하니 지나가는 차의 매연을 맡은 그는 인상을
찌푸리며 차분히 그녀를 달래기 시작했다.

"이번만 혼자 갔다 올게. 내일 아침에 바로 돌아갈 테니
까……."

—야, 서인하.

희재가 낮게 가라앉은 목소리로 그의 이름을 불렀다. 한숨
인지, 헛웃음인지 모를 소리가 수화기 너머로 들려왔다. 이

제 한계에 다다른 듯했다.

벌써 사귄 지 4년이 지나 있었다. 그는 부모님 기일이 다가올 때쯤 꼭 무슨 일이 터지곤 했었다. 갑자기 연락두절이 된다거나, 어딘가 아프거나 하는. 1년 중 인하가 제일 불안정한 시간. 그런 그를 보며 마음을 졸이는 건 더 이상 하고 싶지 않았다.

또 연락을 끊는다면, 또 아파서 쓰러져 있기라도 한다면. 여러 가지 안 좋은 상황들이 눈앞에 그려지자 그녀는 무거운 한숨을 내쉬며 전화기를 꽉 움켜쥐었다.

—됐어. 마음대로 해. 널 걱정하는 난, 눈에 들어오지 않는 것 같으니까. 어디 네 마음대로 해 보라고. 이 나쁜 자식아.

매섭게 끊긴 전화에 인하는 이맛살을 모았다. 더 이상 숨길 수 없을 것 같았다. 음악으로 인해 벌어졌던 모든 사실을 희재에게 털어놓아야 했다. 집으로 돌아가면 바로 모든 것을 얘기해야겠다는 생각을 하며 인하는 다시 오토바이에 올라 도로 위를 달렸다. 빠른 속도감이 온몸으로 느껴졌다.

그때, 2차선 도로 위를 위태롭게 주행하고 있던 화물 트럭이 그의 앞으로 나타났다. 살짝 속도를 줄여 트럭 뒤를 달리던 인하는 이대로 가다간 사고가 일어날 것 같아 속도를 올려 트럭 옆으로 바짝 다가섰다.

운전석을 보니 운전자가 반쯤 감긴 눈으로 핸들을 쥐고 있었다. 인하는 소리쳐 그를 깨우기 시작했다.

"이봐요, 아저씨!"

그의 고함 소리에 번뜩 눈을 뜬 트럭 운전자는 놀란 시선으로 앞을 바라보았다. 갑자기 급하게 커브를 트는 트럭을 피해 인하도 핸들을 꺾었다. 하지만 가속이 붙은 오토바이는 쉽게 멈추지 않았다. 결국 가드레일에 부딪힌 오토바이와 함께 인하는 순식간에 추락해 버렸다.

❖　　　❖　　　❖

감고 있던 두 눈을 뜬 은수는 그날, 그때의 기억을 생생하게 온몸으로 느꼈다. 사고가 일어난 뒤 그가 눈을 떴을 때는 한국이 아닌 미국이었다. 그리고 은수의 앞엔 희재가 아닌 서희가 눈물을 흘리며 그의 손을 잡고 있었다.

은수는 자신이 순식간에 다른 사람으로 바뀐 그 이유를 도무지 알 수가 없었다. 비틀거리며 자리에서 일어선 그는 모든 사실을 알고 있을 어머니를 만나기 위해 밖으로 나가 택시를 잡아탔다.

얼마 지나지 않아 흑석동 본가 앞에 도착한 은수는 마른침을 삼키며 초인종을 눌렀다. 곧이어 놀란 서희의 목소리가 인터폰 너머로 들려왔다.

"은수야, 이 시간에 무슨 일이야?"

열리는 대문에 은수는 성큼성큼 발걸음을 옮겼다. 마당을
지나 돌계단에 오르자 저를 반기는 어머니의 모습이 보였다.

"늦은 밤에 무슨 일……. 어머. 너, 얼굴이 왜 이래? 어디
아픈 거야?"

듬성듬성 난 수염과 엉망진창이 되어 버린 머리, 그리고
구겨진 옷차림의 은수는 평소 깔끔한 그의 성격과 거리가 멀
기만 했다. 한 번도 아들의 흐트러진 모습을 본 적 없던 서희
였기에 입을 다물지 못했다.

"일단 들어가자. 은수야."

어깨를 토닥이며 서희가 은수의 팔을 잡아당겼지만 그는
움직이지 않았다. 초점 없이 저를 바라보는 아들의 눈빛을
마주한 그녀는 불안감을 느꼈다.

"무슨 일이야, 아들. 엄마한테 차분히 말해 봐."

엄마, 그리고 아들. 이 단어가 낯설게 느껴질 줄은 꿈에도
생각하지 못했다. 은수는 건조하고 메마른 웃음을 내뱉었다.

"어머니."

자물쇠라도 찬 듯 굳게 다물고 있던 입을 떼었다. 목소리
엔 그 어떤 감정도 담겨 있지 않았다.

"왜…… 속이셨어요?"

주어도, 목적어도 없는 물음이었지만 서희는 낮게 가라앉은 그 말이 무엇을 뜻하는지 알 수 있었다. 잡고 있던 그의 팔을 스르륵 놓은 그녀는 떨리는 제 두 손을 부여잡았다.

"으, 은수야……."

씁쓸한 웃음을 내뱉으며 그는 이 모든 게 대체 어떻게 된 일인지 눈빛으로 물었다.

서희는 불안하게 흔들리는 눈동자로 은수의 얼굴을 더듬었다. 언젠가는 기억이 돌아올 것이라 예상했다. 모든 사실을 알았을 때, 은수가 어떻게 반응할지 예상하고 또 예상했지만 답을 내리지 못했다.

"미안하다, 은수야. 엄마가 다 미안해."

입술을 꾹 깨문 채 두 눈을 감은 서희의 뺨 위로 눈물이 흘렀다.

"네가 필요했어. 엄마가, 내가 살기 위해서 은수, 아니 인하 네가 필요했다. 그래서…… 내가, 널 은수로 만들었어."

'널 은수로 만들었다'. 그 말이 무섭게 느껴졌다.

7년 전, 그는 자살 시도로 기억을 잃었다는 이야기를 들었다. 자신을 부여잡고 눈물을 흘리는 어머니를 보며 그녀가 말해 주는 어린 시절의 자신의 모습을 달달 외웠다. 자신이 왜 자살이라는 극단적인 일을 택했는지조차 기억하지 못한 채.

"내가 얼마나 노력했는데……."

은수는 힘없이 웃음을 내뱉었다.

"어머니를 힘들게 하지 않으려고 얼마나 노력했는지 아세요? 이름, 나이, 가족, 그리고 어머니랑 있었던 행복한 일까지. 모든 기억을 잃어버린 내 자신을, 얼마나 원망했는지 알고 계시냐고요."

믿었던 어머니에게 속았다는 배신감이 그를 아프게 했다. 그 거짓말로 인해, 희재에게도 씻을 수 없는 아픔을 안겨 주었다는 것이 화가 나 미칠 것만 같았다.

"대체 왜 그러셨어요."

"……."

"대체 왜!"

원망이 가득 담긴 은수의 목소리에 서희는 아무런 말을 하지 못했다. 그저 눈물만 흘리며 애처롭게 그를 바라볼 뿐이었다.

은수는 천천히 제게로 다가오는 어머니의 모습에 뒷걸음질 쳤다.

"은수야, 은수야!"

목 놓아 부르는 목소리에도 그는 뒤돌아보지 않고 대문을 나서 택시에 올라탔다. 맨발로 뒤를 따라가던 서희는 멀어지는 택시를 보며 우두커니 눈물만 흘렸다.

사이드미러로 보이는 서희의 모습에 은수는 두 눈을 감으며 긴 한숨을 내쉬었다.

머릿속에 들어찬 많은 생각들 때문에 온몸에 힘이 빠졌다. 그리고 그 사이에 희재가 있었다. 자신 때문에 힘들어하던 모습이 떠올랐다.

7년 만에 다시 회사에서 만났을 때, 자신이 준 목걸이를 정색하며 사수했을 때, 그리고 워크숍 호숫가에서 술에 취해 자신의 이름을 부르던 모습까지. 하나하나 떠오를 때마다 가슴이 짓이겨지는 것 같았다.

"난 무책임하게 자기 여자 두고 떠나는 병신 같은 짓은 안 해, 절대로."

해승에게 했던 말이 귓가에 맴돌아 그는 쓴웃음을 지었다.

"그 병신이 나였네."

무책임하게 떠나, 자신을 사랑하는 여자에게 씻을 수 없는 죄책감을 안겨 줘 버린 인간. 제 얼굴에 침을 뱉은 꼴이 되어 버린 이 상황이 어이없고 화가 났다. 그런데 그 화를 대체 누구에게 풀어야 되는지 알 수 없었다. 사고 후 기억을 잃어버린 자신에게? 아니면 자신을 멋대로 은수로 만들어 버린 어머니에게?

은수는 결국 고개를 떨어트렸다. 힘없이 축 처진 어깨는

288

미미하게 떨리고 있었다. 대체 어디서부터 어떻게 잘못된 것일까. 왜 자신에게 이런 일이 일어난 건지 하늘이 원망스러웠다.

은수가 내린 곳은 다름 아닌 희재의 집 앞이었다. 집의 불은 모두 꺼져 있었다. 그는 휴대폰을 들어 희재에게 전화를 걸었다. 긴 신호음이 이어지더니 이내 그녀의 목소리가 들리기 시작했다.

—은수 씨, 어떻게 된 거예요. 갑자기 연락이 안 돼서 얼마나 걱정했는지 알아요?

희재의 잔소리에 은수는 핏 웃음을 내지었다. 하나도 변한게 없었다. 과거의 그녀와, 지금의 그녀가 너무나 똑같아 가슴이 서걱거렸다.

"지금 희재 씨 집 앞인데."

—잠깐만 기다려요. 금방 나갈게요.

전화가 뚝 끊김과 동시에 희재의 방에 불이 켜졌다. 커튼 뒤로 보이는 그림자에 은수는 씁쓸하게 웃어 보였다. 곧이어 쿵쿵거리는 발소리와 함께 현관문을 열고 나온 희재는 놀란 얼굴로 그를 바라봤다.

"어디 아파요?"

은수는 희재의 말에 고개를 내저었다. 다가와 제 이마에 손을 올려 주는 그녀의 따뜻한 체온에 그의 마음도 녹아내릴 것만 같았다.

"열이 약간 있는 거 같은데. 기다려 봐요. 들어가서 해열
제 가져올 테니까."

다시 집으로 들어가려는 희재의 손을 잡아챈 은수는 그녀
를 자신의 품에 꽉 안았다. 코끝에 퍼지는 익숙한 향기에 그
는 깊게 숨을 들이쉬었다.

"은수 씨, 왜 그래요?"

"잠깐만요. 아주 잠깐만."

"……."

"이러고 있어 줘, 제발……."

그의 목소리가 너무나 간절해 그녀는 더 이상 아무 말도
하지 못한 채 손을 들어 어깨를 토닥여 주었다. 톡톡. 일정하
게 울리는 소리는 혼란스러운 은수의 마음을 천천히 잠재우
고 있었다.

16

출근 준비로 분주한 희재는 옅은 붉은색 립스틱을 바르고, 후덥지근해진 날씨에 맞춰 오랜만에 머리를 질끈 묶어 올렸다. 가방을 들고 집을 나서려던 그녀는 책상 위에 놓아둔 은수의 선물을 바라보았다. 그러다 이내 고개를 좌우로 흔들며 혼잣말을 중얼거렸다.

"아니야. 그럴 리 없어."

그림에 대해선 아는 것이 없었다. 그림체가 비슷한 경우는 흔하다며 자신을 타일렀다.

얼른 집 밖으로 나온 희재는 집 앞에 주차된 은수의 차에 올라탔다.

"많이 기다렸어요?"

"아니에요. 나도 금방 왔어요."

어제 갑자기 찾아온 은수가 위태로워 보여 걱정이 됐는데, 오늘도 수척한 얼굴은 그대로였다.

"잠 못 잤어요?"

"잘 잤어요."

그녀는 옅은 미소를 지으며 대답하는 그를 여전히 걱정스러운 시선으로 응시했다.

"그럼, 어디 아파요? 어제 미열 있었잖아요."

"아뇨. 하나도 안 아파요."

그의 이마에 손을 가져다 댄 희재는 열이 느껴지지 않아 안심하며 일부러 장난스럽게 말했다.

"그런데 왜 이렇게 기분이 안 좋아 보이실까?"

"아닌데. 나 기분 좋은데."

은수는 의연하게 웃었지만 흐린 낯빛을 모두 감추진 못했다. 희재는 기어를 잡고 있는 그의 손등 위로 살포시 손을 얹었다.

"오늘 일하지 말까요? 주말에 일하는 거 진짜 싫은데. 우리 놀러 가요!"

"지금?"

"날씨도 좋고, 주말이고. 놀기에 딱이잖아요."

들뜬 목소리로 희재가 제안하자 은수는 망설이며 잠시 고민에 잠겼다. 빠듯하게 진행해도 기한 안에 앨범 작업을 마치기 아슬아슬한 상황이었다. 이 와중에 놀러 간다는 건 말도 안 되는 일이었지만 그도 오늘만큼은 녹음실에 틀어박혀 있고 싶지 않았다.

"놀러 가요, 은수 씨. 응?"

희재도 일정이 촉박하다는 것을 잘 알고 있었다. 하지만 기분이 좋지 않아 보이는 은수가 신경 쓰여 일이 손에 잡히지 않을 것 같았다.

"그래요. 가요."

희재는 그의 허락이 떨어지자마자 해맑게 웃으며 소리쳤다.

"그럼 차 돌려요!"

"네?"

"도시락 싸야죠."

"도시락?"

"김밥, 샌드위치, 유부초밥, 샐러드. 뭐가 좋아요? 골라 봐요."

은수는 의기양양하게 메뉴를 말하는 희재를 탐탁지 않게 바라봤다. 그가 알고 있는 희재는 요리에 대해 무지했다. 고등학생 때, 희재가 해 준 볶음밥을 몇 숟가락도 먹지 못하고 쓰레기통에 버렸던 것이 떠올랐다.

"요리…… 잘해요?"

"잘하는 건 아닌데. 뭐, 내가 말한 메뉴들은 만들기 쉽잖아요."

다른 건 몰라도 김밥은 어려울 거라는 생각에 은수는 조리를 하지 않아도 되는 샌드위치를 말하려 했다.

"그냥 다 만들까요?"

"네?"

"에이, 만들기 쉬우니까 다 만들게요."

"그러기엔 많지 않나……?"

"나 먹는 거 엄청 좋아해요. 내가 다 먹을 테니까 걱정 말아요."

은수는 걱정스럽다는 듯 희재를 바라보았다. 대체 저런 자신감은 어디서 나오는 걸까. 그녀는 대식가이자 미식가였다. 맛있는 것에 한에서만 많이 먹는다는 뜻이었다. 그런 그녀가 맛없는 음식을 억지로 먹진 않을 터였다.

두 사람은 차를 돌려 마트로 향했다. 재료들을 능숙하게 카트에 담는 희재의 모습이 장을 많이 본 솜씨 같았다.

그는 애써 요리 실력이 그새 많이 늘었을 수도 있다고 생각했다. 하지만 그건 잘못된 판단이었다는 것을 부엌에 들어서는 순간 알아차렸다.

"지금 뭐하는 거예요?"

"뭐하긴요. 양파 다듬잖아요."

"양파를…… 사과처럼 돌려 깎는 사람이 어디 있어요."

"아, 이렇게 깎는 거 아니에요?"

희재는 진지한 낯빛으로 은수를 올려다봤다. 요리에 '요' 자도 모르면서 왜 하겠다고 한 건지. 은수는 한숨을 푹 내쉬며 그녀의 손에 들린 칼과 양파를 빼앗아 들었다.

"줘 봐. 내가 할게요."

그는 양파 뿌리를 먼저 칼로 잘라 낸 뒤, 손으로 양파 껍질을 벗겨 냈다. 매끈하고 뽀얀 속살이 보이자 그녀는 작게 감탄했다. 흐르는 물에 양파를 씻은 그는 능숙하게 그것을 썰기 시작했다.

"우와. 은수 씨, 칼질 진짜 잘한다."

묘기라도 보는 듯 입을 다물지 못하는 희재의 반응에 은수는 핏 웃음을 지었다. 결국, 모든 요리는 그가 다 만들게 되었다. 그녀는 어시스트를 하며 도시락에 완성된 음식을 담기만 할 뿐이었다.

"다 됐다."

완성된 도시락을 보는 희재의 얼굴엔 만족스러움이 가득했다.

"그렇게 좋아?"

"당연하죠. 처음 만든 도시락인데."

"내가 다 했는데?"

"괜찮아요. 도시락에 담은 건 나니까."

말도 안 되는 논리에 은수는 헛웃음을 내뱉으며 희재의 머리를 헝클어트렸다. 순간, 두 사람의 시선이 서로를 향했다. 그는 얼른 머리에서 손을 떼어 내며 어색하게 웃었다.

"이제 나갈까요?"

도망치듯 도시락을 들고 부엌을 나서는 그를 보며 희재는 헝클어진 자신의 머리에 손을 얹었다. 익숙했다. 은수의 시선과 손의 느낌이. 문득 떠오르는 인하의 모습에 그녀는 고개를 흔들었다.

"착각이겠지."

착각일 거야. 그 그림도, 지금의 느낌도 다. 그렇게 혼란스런 마음을 추스르며 그녀는 집을 나섰다.

차를 타고 두 사람이 도착한 곳은 집 근처 한강 둔치였다. 돗자리를 펴고 자리를 잡은 두 사람은 준비해 온 도시락 통을 열었다.

"맛있게 먹어요."

자기가 만든 것처럼 생색을 내는 희재의 말에 은수는 가볍게 웃음을 지었다.

"잘 먹을게요."

그녀의 장단에 맞춰 준 그는 김밥 하나를 입에 넣었다.

"음, 누가 만든 건지 참 맛있네."

두 사람 사이에 잔잔한 웃음이 일렁였다. 그러길 잠시, 희재가 은수의 무릎을 베고 누웠다. 갑작스런 행동에 그가 고개를 갸웃거렸다.

"안 먹을 거예요?"

그러자 희재는 아, 하고 입을 벌리며 그를 올려다보았다. 은수가 김밥 하나를 집어 넣어 주자 오물오물, 햄스터처럼 입을 움직이던 그녀는 꿀꺽 김밥을 삼키고 다시 한 번 입을 벌렸다.

"목 안 막혀요?"

"걱정되면 은수 씨가 음료수 주면 되잖아요."

그 말에 은수는 옆에 있던 음료수에 빨대를 꽂아 내밀었다. 쪽쪽, 어린아이처럼 음료수를 마시는 그녀를 보며 그는 한껏 웃었다. 그는 살랑거리는 바람에 살짝 헝클어진 그녀의 머리카락을 귀 뒤로 조심스레 넘겨 주었다.

자신이 인하라는 것을 알게 되어도 여전히 이렇게 행복할 수 있을까? 그 생각이 머릿속을 뒤덮자 은수의 낯빛이 흐려졌다. 사실을 숨기는 게 맞는 건지, 아니면 모든 것을 말해야 되는 건지 판단이 서지 않았다. 그저 이 행복이 계속되었으면 하는 바람뿐이었다.

"내 얼굴에 뭐 묻었어요?"

"아니요."

"그런데 왜 이렇게 빤히 보실까?"

장난스런 그녀의 말에 그가 엷은 미소를 지었다.

"그냥, 너무 좋아서. 어떻게 해야 될지 고민 중이었어요."

"뭘 그런 걸 고민해요. 그냥 이렇게 지내면 되지. 계속."

그래도 될까? 그러면 덜 상처 받고 행복할 수 있는 걸까.

그가 작게 한숨을 쉬던 그때, 주머니에 있던 휴대폰이 울렸다. 액정에 뜬 '어머니'라는 단어에 은수는 가만히 휴대폰만 바라보았다. 심각해진 그의 표정에 희재는 자리에서 일어나 휴대폰을 보며 말했다.

"안 받아요? 어머니잖아요."

통화 거절 버튼을 누른 은수는 휴대폰을 다시 주머니에 넣었다.

"나중에 전화하면 되죠, 뭐."

"급한 일이실 수도 있잖아요. 그냥 받지."

희재의 말이 끝나기가 무섭게 또다시 휴대폰이 울렸다. 하지만 그는 아예 전원을 꺼 버렸다.

"어머님이랑 다퉜어요?"

놀란 희재의 물음에 은수는 대답하지 않고 샌드위치를 한 입 베어 물었다.

"다퉜구나?"

제 눈앞에 얼굴을 들이밀며 말하는 희재의 모습에 은수는 시선을 피하곤 의미심장하게 대답했다.

"글쎄요."

"에이, 다툰 거 맞네."

"……."

"신기하네. 어머님이랑 사이좋아서 이런 일은 없는 줄 알았는데."

"나도…… 꿈에도 몰랐네요."

어머니와 사이가 틀어질 줄은 생각조차 못 했고, 기억이 돌아왔을 때 이렇게 힘들 거라곤 상상조차 해 본 적이 없었다.

'대체 어떻게 해야 할까.'

은수는 희재를 바라보며 마음속으로 물었다. 그러자 그녀가 그의 마음을 다 알고 있다는 듯이 입을 열었다.

"가족이랑 싸워서 득 될 거 없어요. 특히 부모님에겐 그냥 져 드리는 게 답이에요. 그래야 덜 다치고, 덜 아파."

"만약…… 다른 사람까지 아프게 했다면요?"

"네? 그게 무슨……."

"어머니의 이기적인 행동으로 누군가가 오랫동안 아팠다면, 그래도 내가 용서하고 져 주는 게 맞는 거예요?"

평소와 달리 불안하게 떨리는 은수의 눈동자를 보며 희재는 잠시 머뭇거리다 미미한 미소를 머금었다.

"당연하죠. 어머니잖아요."

어머니, 어머니라. 은수의 시선이 낮게 가라앉았다. 예전
에 부모님에게 학대를 받았다고 고백했던 희재였다. 그런 그
녀가 부모님을 용서하라는 말이 쉽게 나올 리 없었다.

"그래서 희재 씨도 부모님을 용서했어요?"

"……."

"그렇게 아프게 한 사람들인데도?"

은수의 물음에 희재는 고개를 끄덕이곤 흔들림 없는 목소
리로 대답했다.

"네, 용서했어요. 날 낳아 주신 분이니까."

"아, 정말 못 당하겠다."

"응? 뭐가요?"

부드러운 그녀의 뺨을 감싸 쥔 은수가 살짝 입을 맞추곤
작게 속삭였다.

"조금 걸을래요?"

부드러운 목소리에 희재는 가볍게 웃으며 고개를 끄덕였
다.

두 사람은 손을 마주 잡고 한강 둔치를 걸었다. 어느새 하
늘엔 붉게 노을이 졌다. 아름다운 풍경에 눈을 떼지 못하며
희재가 물었다.

"오늘은 카메라 안 가져왔어요?"

"아, 맞다. 깜빡했네요."

"사진광이라면서 카메라를 놓고 오면 어떡해요."

그 말에 은수는 씁쓸하게 웃기만 했다. 사실 그는 사진 찍는 것을 즐기지 않았다. 기억을 잃은 자신에게 어머니가 '너는 사진 찍는 것을 좋아했어'라고 말했기에 억지로 따랐던 것뿐이었다.

어머니의 마음을 더 이상 아프지 않게 하기 위해 노력해 왔던 시간들이 하나둘 떠오르자 가슴이 헛헛해졌다.

은수의 손을 놓고 앞서 간 희재는 뒤로 걸으며 손으로 사각형을 만들어 그의 모습을 제 시야에 담았다.

"뭐하는 거예요?"

"카메라가 없으니까. 내 눈에라도 담으려고요. 이번엔 내가 은수 씨 찍어야지."

"그렇게 걷다 넘어져요. 이리 와요."

그가 손짓했지만 그녀는 대꾸 없이 어깨를 으쓱였다.

"그러다 진짜 넘어지면……."

그가 잔소리를 하려던 찰나, 희재는 바닥의 파인 홈에 걸려 뒤로 넘어지고 말았다. 놀란 마음에 그녀에게 달려간 은수는 팔 아래 긁힌 상처를 보고 흥분해 소리를 질렀다.

"그러니까 내가 넘어진다고 했잖아! 하여튼 넌 예전이나,

지금이나 왜 이렇게 말을……."

순간, 은수는 하던 말을 멈추고 자리에서 일어섰다.

상처의 따가움에 인상을 찌푸리던 희재는 굳어진 얼굴로 그를 올려다봤다. 자신의 시선을 피하는 그를 뚫어져라 바라보던 그녀가 천천히 일어났다.

"내가…… 은수 씨 앞에서 넘어진 적 있어요?"

은수는 시선을 돌린 채 당황한 기색을 숨기려 애를 썼다. 그리곤 그녀의 손을 잡으며 한숨을 푹 내쉬었다.

"저쪽에 벤치 있으니까 그쪽으로 가요."

저를 부축하고 자리를 옮기려는 은수의 행동에도 희재는 꼼짝하지 않았다. 집요하게 그를 바라만 볼 뿐이었다.

"내가 이상한 거죠? 은수 씨가 자꾸 인하로 보이는데."

아닌 척하고 있었지만 희재는 어제오늘 이상한 낌새를 지울 수 없었다.

"벤치에 앉아 있어요. 약 사 올게요."

저를 부축하던 손을 놓고 도망치듯 멀어지는 그의 뒷모습을 보던 그녀는 문득 떠오르는 생각에 입을 열었다.

"은수 씨, 어떻게 알았어요? 나, 부모님 때문에 많이 아팠다는 거. 은수 씨한테 말한 적 없는데."

두 사람 사이에 무거운 적막이 흘렀다.

"내가 학대당했다는 사실은 삼촌, 숙모, 그리고 인하밖에 몰라요."

그 말에 길게 한숨을 내쉰 은수는 천천히 몸을 돌려 눈가가 붉게 물든 희재를 마주했다. 숨길 수 있으면 숨기고 싶었다. 혼란스러워하는 그녀를 보고 싶지 않았기 때문이다. 자신 때문에 7년을 아파한 사람을 또 아프게 하고 싶지 않았다.

"내가 생각하는 게 맞아요?"

울먹이며 묻는 그녀에게 아니라 말하고 싶었다. 은수는 걸음을 옮겨 희재에게 다가갔다. 그가 한 걸음, 한 걸음 다가올수록 심장은 더욱 요란하게 뛰었다. 그녀는 불안한 시선으로 제 앞에 선 그의 얼굴을 더듬었다.

"당신이 생각하는 거 맞아."

"……."

"내가, 인하야. 정희재."

두 사람 사이로 바람이 불었다. 비를 가득 머금은 것처럼 축축한 그것은 희재와 은수의 시선과 다를 바 없었다.

17

"거짓말."

침묵을 깬 건 희재였다. 그녀는 고개를 저으며 헛웃음을 내뱉었다.

"장난치지 마요."

그녀는 그가 거짓말이라고 말해 주길 바랐다. 그렇지 않으면 이 상황을 견딜 수가 없을 것 같았다.

"나 이런 장난…… 진짜 싫어."

울먹이는 목소리에 은수는 고개를 떨어트렸다. 자신도 믿기 어려운 사실을 희재가 단번에 받아들일 리 없었다.

"희재야."

"그렇게 부르지 마요."

뒷걸음질 치는 희재의 모습에 은수는 그 자리에 멈춰 섰다.

"아니라고 했잖아. 절대 그럴 일 없다고 했잖아. 그런데 이제 와서……."

'이제 와서 인하라고 하면 나보고 어떡하라고.'

희재의 뺨으로 눈물이 떨어져 내렸다. 그 모습이 안쓰러워 은수의 마음마저 무너져 내리는 것 같았다.

"미안해."

할 수 있는 말은 그것뿐이었다. 무거운 그 세 글자가 은수의 입에서 흘러나오자 희재는 부정하듯 고개를 내저었다.

"아니야. 그럴 리 없어."

같은 말을 되뇌며 희재는 그에게서 점점 멀어졌다. 말도 안 되는 상황에서 벗어나고 싶었다. 이건 꿈이었다. 인하의 대한 죄책감 때문에 꾸는 꿈이어야 했다.

"내가 그렇게 서인하라는 사람이랑 닮았어요?"

"나는 그 사람이 아니에요."

이제야 온전히 인하가 아닌 은수를 사랑할 수 있게 되었는데, 가슴이 찢기듯 아파 왔다. 팔에서 뚝뚝 핏방울이 떨어져 내렸지만 감각을 잃은 듯 아픔조차 느껴지지 않았다. 얼마나

305

걸었을까 희재는 천천히 뒤를 돌아보았다. 이미 멀리 걸어와 그의 모습은 보이지 않았다.

"내가, 인하야. 정희재."

떨리던 목소리가 귓가에 다시 울리자 희재는 두 눈을 질끈 감아 버렸다. 장례까지 치른 인하가 어떻게 살아 돌아온 것일까.

머리로는 말도 안 된다고 생각했지만, 몸으로는 느끼고 있었다. 은수가 인하라는 것을. 겹겹이 쌓인 혼란스러움이 그녀를 짓눌렀다. 이 상황이 믿겨지지도, 이해되지도 않았다. 그저 숨이 멎을 것같이 갑갑할 뿐이었다.

❖   ❖   ❖

은수는 휴대폰에서 눈을 떼지 못했다. 벌써 3일째, 희재와 연락이 되지 않고 있었다. 다행히 녹음은 해승과 둘이 진행할 수 있었지만, 오늘은 생방송 연습이 있는 날이라 그녀와 함께 해야만 했다.

먼저 전화를 걸어 볼까도 생각했다. 하지만 그녀가 생각을 정리할 때까지 끼어들지 않는 게 더 나을지도 모른다는 판단을 내렸다. 그녀에게 혼란을 준 건 바로 자신이니까.

그도 아직 이 상황을 감당하지 못하고 있었다. 사실을 끝까지 숨기는 편이 나았을 거라는 후회감이 자꾸만 밀려들었다.

"형, 왜 혼자야? 누나는?"

해승의 물음에 은수는 애써 의연한 척하며 숙였던 고개를 들었다.

"타이틀곡부터 연습하자."

"왜? 누나 안 와? 무슨 일 있대?"

낮게 가라앉은 목소리에 의아함을 느낀 해승이 은수의 맞은편 소파에 앉았다.

"설마 싸웠어?"

"안무는 다 짠 거지?"

해승은 그가 내민 마이크를 물끄러미 바라보기만 했다.

"뭔 일 있는 거 맞지."

"안무하면서 불러. 어느 부분이 불안정한지 체크해야 되니까."

"형, 설마 헤어진 거야?"

허공만 바라보던 은수가 해승을 직시했다. 그러다 허탈하게 웃으며 그의 손에 마이크를 쥐어 주었다.

"실전처럼 불러라. 알겠지?"

"형!"

"이해승. 이제 잡담 그만하고 연습에 집중해."

담담한 은수의 목소리에 해승은 자리에서 일어났다.

"잡담? 이게 잡담처럼 들려?"

흔들림 없이 저를 쳐다보는 은수의 시선에 해승은 그의 멱살을 잡고 벽으로 밀어붙였다.

"이거 놔."

"처음부터 말했지. 장난치지 말라고. 갖고 놀다 버릴 거면 손도 대지 말라고 했잖아! 내 경고 무시하고 누나 손 잡았으면 끝까지 잡고 있어야지!"

연습실 밖에까지 들리는 해승의 고함에 복도를 지나가던 직원들이 힐끔거리며 안을 들여다보았다.

"그러는 넌?"

해승의 손을 뿌리치며 은수가 묵직하게 물었다.

"다가가는 게 무서워서 희재 손 잡아 보지도 못한 녀석이 어디서 훈계야. 동경? 우정? 그딴 거 집어치우라 그래. 넌 관계가 깨지는 게 무서워서 한 발 물러서 있던 거잖아. 비겁하게."

은수의 말은 틀린 게 하나도 없었기에 해승은 꿀 먹은 벙어리처럼 아무런 대답도 하지 못했다. 모른 척 외면했던 사실들을 그는 제대로 간파하고 있었다.

"오늘 연습은 없었던 걸로 하자."

억눌린 한숨을 내쉬며 은수는 연습실 밖으로 나왔다. 복도에서 마주친 직원들이 무슨 일이냐 물었지만 그는 아무런 대답 없이 작업실로 향했다.

작업실 문을 거칠게 닫은 은수는 흥분한 제 마음을 가라앉히려 노력했지만, 감정은 가파른 능선을 타고 있었다. 그는 마른세수를 하며 의자에 앉아 작게 중얼거렸다.

"대체 어디다 화풀이를 하는 거냐."

미쳐 날뛰는 제 꼴이 우습고, 초라했다. 은수는 미동 없이 그렇게 한참을 앉아 있었다. 회오리치는 감정을 잠재우기 위한 방법은 그것뿐이었으니까.

해승은 차를 몰고 희재의 집으로 향했다. 몇 번이고 그녀에게 전화를 걸었지만 전화기가 꺼져 있다는 답변만 돌아올 뿐이었다. 그는 답답함에 핸들을 내리쳤다.

어제도, 그저께도 연락이 되지 않았지만 별일 아닐 거라 생각했다. 은수와 이틀 내내 녹음을 했기에 희재에게 무슨 일이 있다면 그를 통해 알 수 있을 거라고 여겼다. 하지만 그건 그들 사이에 문제가 없었을 때 해당되는 사항이라는 것을 간과하고 말았다.

두 사람 사이에 무슨 일이 일어난 것이 분명했다. 단순한 사랑싸움이면 좋으련만 은수의 태도를 봐서는 심각한 상황인 것 같았다.

희재의 집 앞에 차를 세운 해승은 급하게 내려 초인종을 눌렀다.

―어머. 해승이니?

"네, 숙모."

나긋한 유선의 목소리에 해승은 애써 밝게 대답했다. 대문을 열고 들어서자 그를 맞이하기 위해 밖으로 나온 유선이 보였다.

"이 시간에 무슨 일이야?"

"누나, 안에 있죠?"

"어, 있긴 한데……."

해승은 유선의 말을 끝까지 듣지 않고 집 안으로 들어섰다. 급하게 2층으로 올라간 그는 희재의 방문 앞에 서서 굳게 닫힌 문을 똑똑 두드렸다.

"누나, 나야. 해승이."

하지만 들리는 인기척은 없었다. 그는 고개를 갸웃거리다 문고리를 잡고 돌렸다. 굳게 잠긴 문은 열릴 생각을 하지 않았다.

"며칠 전부터 힘이 없어 보이더니, 어제저녁부터는 방에서 나오질 않더라고."

"숙모, 보조 키 없어요?"

"안 그래도 찾아보는 중이었어. 분명 거실 서랍에 넣어둔 것 같은데 안 보이네."

보조 키를 찾기 위해 유선이 1층으로 내려가자, 해승은 불안한 예감에 문을 부술 듯 주먹으로 쾅쾅 내려치기 시작했다.

"누나, 문 좀 열어 봐. 누나!"

아무런 반응이 없는 방문을 몇 번이나 내려치고 나서야 유선이 열쇠를 들고 올라왔다. 해승은 얼른 열쇠를 받아 잠긴 문을 열었다.

문을 열자마자 눈에 들어오는 바닥에 널브러진 희재의 모습에 그의 동공이 세차게 흔들렸다. 그는 얼른 달려가 하얗게 질린 채 힘없이 축 늘어진 그녀를 부축하며 소리쳤다.

"숙모, 구급차요. 얼른 구급차 불러 주세요!"

당황한 유선이 옴짝달싹하지 못하고 서 있기만 하자 해승은 희재를 안아 들고 방을 빠져나왔다. 자신의 차에 희재를 태운 그는 유선과 함께 병원으로 향했다.

"정신적 스트레스로 인한 쇼크가 온 것 같습니다. 며칠 동안 입원하면서 경과를 지켜보도록 하죠."

의사의 말에 유선과 해승은 안도의 한숨을 내쉬었다. 얼마 지나지 않아 회사에 있던 영재까지 급하게 병원으로 달려왔다.

"정신적 스트레스라니. 그동안 무슨 일 있었어?"

영재가 유선과 해승을 번갈아 보며 물었다. 유선은 잘 모르겠다는 듯 고개를 내저었고, 해승은 아무 말 없이 한숨만 내쉬었다.

"희재 남자 친구한테도 연락해야 되는 거 아니에요?"

"그렇지. 그 친구 번호가 나한테 있던가?"

휴대폰을 꺼내 은수의 번호를 찾는 영재를 보며 해승이 얼른 소리쳤다.

"대표님, 제가 연락할게요."

"그럴래? 회의 중간에 급하게 나와서 난 다시 들어가 봐야 될 것 같아."

"그럼, 난 집에 가서 희재 속옷 좀 챙겨올게요. 해승아, 있어 줄 수 있지?"

"네, 다녀오세요. 제가 있을게요."

해승의 말에 유선과 영재는 발걸음을 옮겼다. 어느새 1인실 병실 안엔 희재의 고요한 숨소리만이 가득했다. 아까보다 혈색이 좋아졌고, 호흡도 일정한 것을 보니 괜찮아진 것 같았다. 그런 희재를 물끄러미 내려다보던 해승은 조심스럽게 그녀의 머리카락을 정리해 주었다.

"대체 무슨 일이 있었던 거야, 누나."

그는 한숨을 푹 내쉬며 주머니에 있던 휴대폰을 꺼내 들었다. 은수에게 입원 사실을 알려야 했지만 차마 통화 버튼을 누르지 못했다.

"해승아."

그때, 들려오는 희재의 목소리에 해승이 얼른 고개를 들었다.

"정신 들어?"

"여기 병원이야?"

"응."

희재는 한숨을 푹 내쉬며 두 눈을 감았다. 어젯밤 어지러움과 함께 시야가 뿌옇게 변했던 것까지는 기억이 났다.

"넌 여기 왜 있어?"

"내가 누나 최초 발견자거든요?"

장난스런 해승의 말에 희재는 픽 웃으며 무거운 몸을 일으켰다. 그는 어지러움에 미간을 잔뜩 찌푸리는 그녀를 걱정스럽게 쳐다보았다.

"누워 있어."

"아니야. 그게 더 힘들어."

상황을 이해해 보려고 은수와 헤어진 그날 밤부터 방 안에 틀어박혀만 있었다. 은수에게 자초지종을 듣고 싶어서 휴대폰을 몇 번이고 들었지만 연락할 수 없었다. 엄두가 나지 않았다. 자꾸만 먹먹한 감정이 목을 조였기 때문에.

"누나, 무슨 일 있었어?"

조심스러운 해승의 질문에 희재는 허공에 둔 시선을 그에게로 돌렸다.

"아니야. 아무 일도 없어."

"누나 쓰러진 거 정신적 스트레스로 인한 쇼크라던데."

희재는 싱거운 웃음을 지으며 아무 말 없이 해승의 어깨를 토닥였다. 그녀의 손길엔 걱정하지 말라는 뜻과, 더 이상 말하기 싫다는 뜻이 담겨 있었다.

"알겠어. 안 물어볼게."

두 사람은 더 이상 말을 주고받지 않았다. 해승은 상념에 빠진 희재를 묵묵히 바라만 봤다.

다음 날, 희재는 정신적 스트레스와 과로로 인해 면역력이 낮아져 몸살이 왔다는 진단 결과를 듣게 되었다. 당장 퇴원해도 무방했지만 영재가 3일간 무조건 병원에서 지내라는 명령을 내렸기에 결국 희재는 병실에 갇혀 버린 신세가 되었다.

영재는 '정신적 스트레스'라는 의사의 말에 지레 겁을 먹은 상태였다. 인하가 죽고 난 후 얼마 안 돼 희재가 자살 시도를 했었기 때문이다. 그때부터 몇 년간 정신과 치료를 받은 그녀를 봐 왔기에 '정신적'이라는 말만 들어도 과민 반응을 보였다.

유선이 가져온 책을 훑어보던 희재는 하품을 했다. 그리곤

314

주변을 두리번거리다 소파에 반쯤 누운 채 만화책을 보며 킥
킥거리는 해승을 아니꼽게 노려보았다.

"야, 이해승."

"어? 왜, 누나. 뭐 시킬 거 있어?"

"안 바빠?"

"안 바쁜데? 왜? 내가 바빠야 하나?"

"너 곧 컴백이잖아. 연습 안 해?"

"아, 그거? 미뤘어."

"뭐? 왜!"

"누나랑 같이 무대 서야 되니까 미뤘지. 다음 달로."

해승은 놀란 눈으로 입을 벌린 희재의 반응을 개의치 않아
하며 다시 만화책을 보는 데 집중했다. 자리에서 벌떡 일어선
그녀는 성큼성큼 그에게 다가가 손을 번쩍 들어 머리를 내리
쳤다.

"아!"

투박한 소리와 함께 짙은 아픔이 머리를 감싸자 해승은 억
울하다는 듯 희재를 올려다보았다.

"왜 때려!"

"네가 제정신이냐? 회사에서 어렵게 짜 준 컴백 시기를 나
때문에 다음 달로 미뤄? 다음 달에 누구 컴백하는지 몰라서
그래? 너 그러다가 1위 못 하고 망하면 어쩌려고 그래?"

쩌렁쩌렁하게 울리는 목소리에 해승은 핏 웃음을 내뱉었
다.

"이야, 우리 누나 완전 다 나았네."

"말 돌리지 말고, 가서 연습해. 내가 삼촌한테 당장 전화
할 테니까 예정대로 컴백하고. 알았어?"

희재는 씩씩거리며 병원복 주머니에 있던 휴대폰을 꺼내
들었다. 영재의 번호를 누르던 찰나, 해승이 재빠르게 휴대
폰을 빼앗아 갔다.

"내놔."

"누나, 겨우 한 달 미뤄서 망할 앨범이었으면 애초에 심혈
을 기울이지 않았겠지. 그리고 쟁쟁한 가수랑 붙어서 1위 하면
더 좋은 거 아냐? 자신 있어. 우리가 만든 앨범이 제일 인기
있을 거야."

"야, 이해승."

"그리고 누나랑 같이 무대에 설 거야. 꼭."

흔들림 없는 목소리에 희재는 말을 잇지 못하고 그를 바라
보기만 했다. 해승은 입가에 미미한 미소를 머금으며 병원복
주머니에 휴대폰을 넣어 주었다. 그리곤 그녀의 어깨를 잡아
차분한 목소리로 말을 이어 갔다.

"나한테 누나와 함께하는 무대는 아주 특별해. 그러니까 얼
른 나아서 나랑 같이 무대 서 줘."

희재는 못 말리겠다는 듯이 긴 한숨을 내쉬곤 해승의 배를 툭 쳤다.

"졌다, 졌어. 네 고집에 두 손 두 발 다 들었다."

"나만 좋으려고 하는 거 아니잖아. 누나 꿈을 내가 실현시켜 줬는데, 엄청 감사해야 할 일 아닌가?"

"어휴, 그래요. 완전 감사합니다. 감사해서 몸 둘 바를 모르겠네요."

잔잔한 미소를 짓는 희재를 바라보며 해승이 나직하게 말했다.

"그렇게 웃으니까 보기 좋네. 앞으로도 좀 자주 웃어."

어색하게 입매를 늘이며 희재는 천천히 고개를 돌려 창밖을 바라보았다. 어느새 병원에서 맞이하는 두 번째 밤이 찾아왔다.

희재는 침대에 걸터앉아 아무 연락도 오지 않는 휴대폰을 꺼내 들었다.

그 모습을 바라보던 해승이 냉랭하게 물었다.

"은수 형…… 연락 기다려?"

희재는 갑작스런 물음에 당황한 기색을 숨기지 못하다 애써 태연한 척 소리쳤다.

"야, 나가서 떡볶이 좀 사 와."

"갑자기는 떡볶이는 왜?"

"먹고 싶으니까 그러지. 아주 매운 걸로 사 와. 오랜만에 입에 불나게 떡볶이 좀 먹어 보자."

"그러다 배탈 나. 지금 다 나은 거 아니거든?"

"아깐 다 나은 거 같다며. 갔다 와, 얼른!"

결국 해승이 쫓겨나듯 병실 밖을 나서자 병실엔 정적만이 감돌았다. 희재는 울리지 않는 휴대폰을 향해 다시 시선을 주었다.

3일 동안 많은 생각들이 머릿속을 지나쳤다. 은수와 인하가 동일 인물이라는 것이 아직도 믿겨지지 않았고, 이해되지 않았다. 만나면 뭐라고 불러야 할지, 무슨 말을 꺼내야 할지 혼란스럽기만 했다.

하지만 자꾸만 그가 떠올랐다. 보고 싶은데 그에게 연락할 용기가 나지 않았다.

희재는 짙은 한숨을 내쉬며 몸을 일으켜 뚜벅뚜벅 병실 밖으로 걸음을 옮겼다. 병원에 좋은 기억이 있는 사람이 있을 리 없지만 그녀에게 병원은 남들보다 더 큰 아픔이 있는 곳이었다.

첫 번째 아픔은 일곱 살 때 돌아가신 부모님에 관련된 것이었다. 피투성이가 된 채 심폐 소생술을 받던 두 분의 모습이 아직도 생생했다. 그리고 두 번째 아픔은 사라진 지 일주일 만에 발견된 인하의 시체에 대한 기억이었다. 부검을 하길 원했지만 가족이 아닌 그녀의 말을 들어주는 사람은 아무도 없었다.

"그럼, 그때 그 사람은 인하가 아니었나."

아무 생각 없이 걸음을 옮기던 희재는 병원 뒤뜰 놀이터까지 와 버렸다. 날이 저물어서 그런지 텅 비어 버린 놀이터를 둘러보다 익숙하게 그네에 앉았다.

"오랜만이네, 여기."

아지트처럼 드나들었던 곳이었다. 인하가 죽은 뒤, 같은 병원에서 정신과 상담을 받은 희재는 이곳에서 자주 시간을 보냈다. 그네에 앉아 하염없이 하늘만 바라보다 정신을 차렸을 때는, 인하가 죽은 지 세 달이나 지난 뒤였다.

"정말 끔찍했었는데…… 그때."

꿈에서 인하와 언쟁을 했던 그 당시의 상황이 몇 번이고 되풀이됐다. 매일매일이 지옥이었다. 부모님에게 학대당하던 때보다 괴로운 일은 없을 거라 생각했는데 더 심한 고통을 느꼈다.

벤치로 자리를 옮긴 희재는 두 팔로 무릎을 감싸 안았다.

"희재야."

그때였다. 나지막하고 익숙한 목소리가 그녀의 귀를 간질인 것은. 고개를 돌려 소리가 나는 쪽을 바라보자 그곳엔 그녀가 그토록 그리워하고 보고 싶어 했던 인하가 서 있었다.

조금씩 선명해지는 그의 얼굴에 희재의 눈가가 촉촉이 젖어
들었다.

희재 앞에 도달한 그는 뛰어온 건지 이마엔 송골송골 땀이
맺혀 있었고, 입술 사이론 거친 숨이 터져 나오고 있었다.

희재는 불안하게 흔들리는 눈동자로 그의 얼굴을 더듬었
다. 지은수다. 아니, 서인하다. 7년을 고통 속에 살게 했지만
웃음을 되찾아 준 사람이었다.

"왜 이제 와."

"……."

"한참 기다렸잖아."

눈가에 맺혀 있던 눈물이 툭 뺨을 타고 떨어져 내렸다. 은수
는 긴 한숨을 내쉬며 희재의 옆에 앉아 조심스럽게 그녀를 껴
안았다. 익숙한 그의 향이 코끝을 스치자 꾹꾹 눌러 담았던 울
음이 순식간에 터져 나왔다.

그는 아이처럼 엉엉 울어 버리는 그녀를 제 품에 꼭 안았다.

"늦게 와서…… 미안해."

다신 못 볼 것이라고만 생각했던 그가 거짓말처럼 제 앞에
있었다. 지금 이 순간, 말이다.

18

"매운 떡볶이 2인분 포장해 주세요."

갑작스런 해승의 등장에 가게에 있던 사람들의 시선이 일제히 쏠렸다. 하지만 그는 전혀 개의치 않아 하며 카드를 내밀었다.

"아, 네. 잠시만 기다려 주세요."

20대 여자 점원이 얼굴을 붉히며 카드를 받아 들었다. 냉장고로 시선을 옮긴 해승은 그 안에 있는 과일 음료수도 주문했다.

"이거! 이것도 주세요. 복숭아 맛으로요."

좋아할 희재를 생각하며 흐뭇해하던 찰나, 점원이 포장된 떡볶이를 내밀었다.

"고맙습니다."

"저, 저기요. 사인 좀 부탁드려도 될까요?"

"네? 아, 그럼요."

흔쾌히 대답하는 해승의 모습에 사람들이 자리에서 일어나기 시작했다. 그는 일일이 사람들에게 사인을 해 주고 나서야 가게를 빠져나올 수 있었다.

"에이, 떡볶이 팅팅 불었겠네."

입을 삐죽이며 해승은 발걸음을 재촉했다. 워낙에 입이 까다로운 희재인지라 불어 터진 떡볶이를 보면 짜증을 부릴지도 몰랐다.

해승은 긴 병원 복도를 지나 맨 끝자리에 있는 병실 앞에 멈춰 섰다. 살짝 열린 문틈으로 말소리가 들려오는 것 같아 고개를 슬쩍 내밀어 안을 바라보았다. 영재와 유선이 있을 거라 생각했는데 예상 밖의 인물이 눈에 들어왔다.

"나, 여기 있는 건 어떻게 알고 왔어?"

"집 앞에서 외숙모랑 마주쳤거든. 하나도 안 변하셨더라."

해승은 문 뒤로 몸을 숨긴 채 은수의 말소리에 귀를 기울였다.

"너 실제로 본 건 처음이시잖아, 안 놀라셔?"

"놀라시지. 내가 인하라는 건 말 못 했어."

"······천천히 하자. 천천히."

미간을 찌푸린 해승이 작게 중얼거렸다.

"······인하?"

익숙한 이름이었다. 생각에 잠긴 해승은 얼마 지나지 않아 그 이름을 어디서 들었는지 깨달았다. 희재의 전 남자 친구 이름이었다. 그 사람이 왜? 해승은 다시 그들의 대화에 집중했다.

"아직도 꿈 같아. 인하, 네가 이렇게 내 앞에 있는 게."

"나도."

"다시는 사라지지 마."

그는 그녀의 눈, 코. 입을 눈으로 훑고 흔들림 없는 목소리로 답했다.

"너 두고 어디 안 가, 절대."

희재에게 입을 맞추는 그의 모습에 몰래 지켜보던 해승이 마른침을 삼켰다. 은수가 인하라는 말이 무슨 뜻인지 알 수 없었다. 하지만 예전보다 더 애틋해진 은수와 희재의 관계는 눈치챌 수 있었다. 두 사람과 자신의 사이에 높다란 벽이 존재한다는 것을 느낀 해승은 반쯤 열린 병실 문을 조심스럽게 닫고, 발걸음을 옮겼다.

며칠 전까지만 해도 서슴없이 그와 입맞춤을 했는데 오늘따라 가슴이 아플 만큼 두근댔다. 아마도 그가 인하라는 사실 때문이겠지. 희재는 그 마음을 들키지 않기 위해 시선을 허공으로 돌렸다. 하지만 붉게 물든 뺨은 감출 수 없었다.

"키스 한두 번 하는 것도 아닌데, 왜 이러실까?"

"더, 더워서 그래요! 더워서."

"그래……요?"

말끝을 올리며 고개를 갸웃거리는 그를 보고 희재가 민망함에 괜히 목소리를 높였다.

"적응이 잘 안 돼서 그래! 계속 존댓말 쓰다가 갑자기 반말을 쓰려니까……."

"그럼 나도 계속 존댓말 쓸까요?"

희재가 미간을 좁히며 단호하게 대답했다.

"하지 마."

"왜요. 우리 저번 주까지만 해도 존댓말 쓰던 사이인데. 이상해요?"

"엄청 이상하거든?"

"아쉽다. 난 존댓말이 좋은데. 희재 씨는 싫은가 보네요."

7년이란 기나긴 시간이 흘러서일까, 아니면 지은수로 살았기 때문일까. 희재는 조금은 변한 듯한 그의 모습이 낯설면서도 신기했다.

"서인하. 그만하지?"

"와, 그 말투. 진짜 오랜만에 들어 보는 거 같다."

그가 장난스럽게 희재의 볼을 두 손으로 잡아당겼다. 햄스터처럼 쭉 늘어나는 볼에 미소 짓던 그는 하지 말라 소리치는 그녀를 제 품에 안았다. 따스한 온기에 그녀의 입매가 부드럽게 풀어지자 인하가 낮은 목소리로 말했다.

"네가 나한테서 도망가면 어쩌나 걱정했었어."

희재는 싱거운 웃음을 내지으며 두 팔로 그의 허리를 감싸 안았다.

"내가 왜 널 떠나."

"이 상황, 나도 이해 안 되고 미치겠는데. 넌 더 이해하기 힘들 거니까."

"……."

"미안해, 정말."

더 힘든 건 자신일 텐데 인하는 오히려 희재를 위로해 주었다. 희재는 고개를 들어 그와 시선을 나란히 했다.

"그동안 무슨 일이 있었는지, 나한테 다 말해 줄 수 있어?"

조심스런 물음에 고개를 끄덕인 그는 사고 이후 7년 동안 어떻게 지은수로 살아왔는지에 대해 차분히 말해 주었다.

"그럼, 너희 부모님이…… 왜 널 지은수로 만들었는지 정확히는 모르는 거네."

"내가 아닌, 지은수라는 사람이 존재했을 거라고 추측만 하고 있어."

복잡한 이야기에 희재는 긴 한숨을 내뱉었다. 혼란스러운 상황에 그도 많이 지쳐 보였다.

"그 뒤로 어머니 안 만난거야?"

인하는 말없이 고개를 끄덕였다. 어머니를 마주할 자신이 없었다. 그만큼 의지하고, 사랑했기에.

희재는 그의 어깨를 다정히 토닥여 주었다.

"인하야. 그래도 만나서 이야기를……."

"알아. 내가 아는 것만으로는 이 상황을 이해할 수 없다는 거. 그래서 아버지를 찾아갈 생각 중이야."

자신에게 적대감을 보이던 아버지라면 이 일의 키를 쥐고 있을 거라 생각됐다.

"그래. 만나서 들어 봐. 어떻게 된 건지."

"응, 그럴게."

"힘들면 말해. 내가 같이 가 줄 테니까."

인하는 걱정하지 말라는 듯 입가에 옅은 미소를 띠고 제 어깨를 감싼 그녀의 손을 꼭 잡았다. 맞잡은 손에서 느껴지는 온기에 마음이 녹는 것 같았다.

"그리고 나, 하지 못한 말이 있어."

맞잡은 손을 더욱 꽉 쥔 채 그는 처음으로 자신의 부모님에 대한 이야기를 꺼냈다.

희재는 화재로 인해 벌어진 사고에 대해 담담히 털어놓는 그에게서 눈을 떼지 못했다. 얼마나 힘들었을까. 그동안 이 이야기를 가슴에 담아 둔 채 혼자 아파했을 그를 떠올리자 가슴이 찡했다.

"미안해. 숨기고 있어서. 이 일을 말하면 너도 날 손가락질할까 봐 무서웠어."

인하의 힘없는 목소리에 희재는 입을 삐죽이며 그의 이마를 검지로 툭 밀었다. 그리곤 마치 아들을 꾸짖는 엄마처럼 목소리를 높였다.

"바보야. 그런 걱정을 왜 하는 거야?"

매서운 희재의 눈빛에 그는 고개를 끄덕였다.

"그땐 내가 어렸었나 봐."

"네가 날 너무 모르신 거지."

그는 어깨를 으쓱이는 그녀의 머리를 헝클어트렸다.

"서인하, 버릇 진짜 여전하네."

희재는 머리카락을 헝클어트리는 그의 행동을 통해 7년 전 인하를 떠올렸다. 그 행동을 할 때마다 느꼈던 시선과, 손의 느낌 때문이었다. 멍하게 그를 바라보다 갑작스레 느껴지는 진동에 그녀는 주머니에서 휴대폰을 꺼내 들어 해승에게서 온 문자를 확인했다.

〈급한 일 생겨서 먼저 갈게. 문 앞에 떡볶이 놔뒀으니까 맛있

게 먹어.〉

"누구야?"

인하의 물음에 대답하는 대신 희재는 자리에서 벌떡 일어섰
다. 굳게 닫힌 병실 문을 열어 보니 그곳에 떡볶이가 놓여 있
었다. 다가온 인하가 그녀의 손에 들린 봉투를 들여다봤다.

"웬 떡볶이?"

"내가 해승이한테 떡볶이 사 오라고 시켰거든. 급한 일이
생겨서 여기다 두고 갔대."

"나 때문에 갔나?"

"왜. 무슨 일 있었어?"

"뭐, 좀……."

그는 뺨을 긁적거리며 허공으로 시선을 옮겼다. 그에 희재
가 게슴츠레한 시선으로 그를 바라봤다.

"설마 또 해승이랑 싸운 거야?"

"아니, 싸운 게 아니라…… 일이 있었어."

"너희들은 왜 매번 싸우니? 어린애처럼."

'다 누구 때문에 싸운 건데.'

그는 제 마음을 알아주지 않는 희재를 보며 입을 삐죽거렸다.

"뭐야, 삐쳤어?"

"됐어. 떡볶이나 먹어."

소파에 걸터앉은 그가 떡볶이를 테이블에 내려놓으며 퉁명스럽게 말했다. 그에 희재가 장난스럽게 팔을 쿡쿡 찔렀다. 몸부림치는 그의 모습이 재미있다는 듯 이번엔 옆구리를 찔렀다. 그러자 그가 홱 몸을 돌렸다.

"그만해라?"

"그만 안 하면 어쩔 건데?"

인하는 얼른 그녀의 양손을 우악스럽게 잡아챘다. 그가 머리 위로 들어 올린 두 손을 뒤로 밀자 희재는 자연스럽게 소파에 드러눕게 되었다.

"뭐, 뭐야. 이거 안 놔?"

당황한 희재가 미간을 좁히며 그를 올려다보았지만 인하는 여유로운 미소를 지으며 입술을 열었다.

"글쎄, 내가 어떻게 할 거 같아?"

나직한 목소리가 귓가를 간질이자 희재의 목울대가 울렁댔다. 그때, 병실 문이 벌컥 열렸다. 두 사람은 동시에 고개를 문 쪽으로 돌렸다.

"야, 정희재! 너 괜찮……."

캐리어를 끌고 나타난 효주는 두 사람을 보고 말끝을 흐렸다. 소파에 누워 있는 희재와 그 위에 올라탄 그. 누가 봐도 참 오묘한 자세였다. 효주가 이마를 긁적이며 시선을 허공으로 돌리자, 두 사람은 몸을 벌떡 일으켰다

"아이고, 미안. 눈치 없이 들어와 버렸네요."

효주는 이만 나가겠다는 듯 손바닥을 들어 보이며 뒤돌아섰다.

"효주야, 어디 가!"

"야, 장효주!"

인하와 희재가 다급하게 그녀를 불렀다. 새침한 표정으로 뒤돌아서는 효주를 향해 희재는 제 옆자리를 손으로 팡팡 두드렸다. 그러자 효주가 성큼성큼 다가와 자리에 앉았다.

"입원한 지가 언젠데 이제야 나타나냐?"

"일본 출장 중이었다고 문자 남겼잖아. 비행기에서 내리자마자 이리로 달려왔어. 이거 안 보이냐?"

캐리어를 가리키며 신경질적으로 대답한 효주는 인하를 힐끔 보며 희재에게 속삭였다.

"그런데 중요한 일 하던 중 아니야? 나 10분만 나가 있어 줄까?"

엉거주춤 일어서려는 효주를 보며 인하가 손사래를 쳤다.

"아니에요. 다 끝냈어요."

"야, 끝내긴 뭘 끝내!"

희재가 인하의 팔을 꼬집자, 그가 능글맞은 미소를 지으며 어깨를 으쓱였다. 효주는 그런 두 사람을 보며 고개를 갸웃거렸다.

"그런데 너 언제부터 은수 씨한테 말 놨어?"

"내, 내가? 내가 언제?"

"방금 그랬잖아. 은수 씨보고 야, 라고."

당황한 기색이 역력한 얼굴로 그를 바라보던 희재는 괜스레 효주의 어깨를 툭 쳤다.

"그럴 리가 있냐. 잘못 들은 거겠지. 그렇죠, 은수 씨?"

어색한 미소를 짓는 희재를 보며 그가 고개를 끄덕였다.

"그런가? 아닌데. 분명 네가 야, 라고 하는 거 들었는데."

"잘못 들은 거라니까."

"그나저나 은수 씨, 아까 나한테 효주야, 라고 하지 않았어요?"

"예? 제, 제가요?"

"분명 '효주야!' 라고 했는데? 우리가 말을 놓는 사이는 아니지 않나요?"

효주는 의미심장한 눈빛으로 두 사람을 바라보며 턱을 매만졌다. 그는 어떻게 하면 좋겠냐는 듯 희재에게 신호를 보냈다. 눈치 백 단인 효주에게 숨기는 건 아무래도 무리라는 듯 그녀는 작게 고개를 내저었다. 묘한 눈빛을 주고받는 두 사람의 모습에 효주는 인상을 썼다.

"두 사람, 뭐하는 거예요. 지금?"

그는 긴 한숨을 내뱉었다. 어차피 언젠가는 털어놔야 했

기에 마음을 다잡고 효주를 뚫어져라 바라봤다. 그에 그녀는
민망한지 고개를 갸웃거리며 시선을 피했다.

"나한테 할 말 있어요?"

"응. 할 말 있어."

"……예?"

"사실, 나…… 인하야."

그 말을 끝으로 병실에 무거운 정적이 흘렀다. 효주는 두
눈을 끔뻑거리며 그의 말뜻을 되짚어 보았다. 그러다 한참
뒤에 허탈하게 웃으며 소리쳤다.

"무슨 그런 농담을 해요."

애써 밝은 목소리로 말하던 효주는 저를 보는 두 사람의
얼굴이 한없이 진지하다는 것을 알아채곤 숨을 깊게 들이쉬
었다.

"뭐야, 이 반응은……."

효주는 흔들리는 시선으로 그를 바라봤다. 담담한 그의 얼
굴이 모든 게 사실이라 말하고 있었지만 믿을 수 없었다.

"효주야, 맞아. 이 사람…… 서인하야."

쐐기를 박는 희재의 말에도 효주는 제 눈과 귀를 믿지 못
하겠다는 듯 그에게서 시선을 떼지 못했다.

두 사람에게서 그동안 있었던 일을 전해 들은 효주는 그래

도 받아들일 수 없는지 혼란스러운 표정이었다. 그에 희재는 가라앉은 분위기를 조금이라도 밝게 만들기 위해 해승이 사온 떡볶이 포장을 펼쳤다.

"효주야, 떡볶이 먹을래? 해승이가 사 왔어. 너 매운 거 좋아하잖아."

희재가 손에 나무젓가락을 쥐어 주었지만 효주는 대꾸조차 하지 않고 인하를 똑바로 응시했다.

"그러니까 네가, 서인하라고?"

"응, 맞아."

효주는 그 대답을 기다렸다는 듯 손을 뻗어 인하의 머리카락을 세게 잡아당겼다. 갑작스런 행동에 그는 물론이고 지켜보던 희재까지 놀라 목소리를 높였다.

"야, 장효주. 뭐하는 거야!"

"서인하 맞으면서 아닌 척하고, 나한테 존대 받았잖아. 이거 완전 싹수없는 녀석이네?"

"일부러 아닌 척한 게 아니라 기억이 없었다니까!"

"게다가 다른 사람인 척 7년 만에 나타나서 희재 흔들어 놓고, 어? 서인하 아닌 척하면서! 아니야?"

그는 머리를 좀 놓아 달라는 듯 그녀의 손을 툭툭 쳤지만 그러면 그럴수록 손아귀의 힘은 강해졌다.

희재가 효주의 팔을 툭툭 치며 소리쳤다.

"야, 장효주! 이거 놔. 인하 죽어!"

"죽으라 그래! 이미 죽은 자식이잖아!"

그 말에 희재는 입을 꾹 다물었다. 효주의 목소리에는 잔뜩 울음이 배어 있었다. 어느새 그렁그렁 눈물이 맺힌 그녀가 말을 이어 갔다.

"지 때문에 마음고생을 얼마나 했는데! 희재, 나, 그리고 삼촌, 숙모……. 네 주변에 있던 사람들이 얼마나 슬퍼했는지 네가 알아? 희재는 너 그렇게 보낸 것 때문에 매일매일을 힘들어했어. 그 모습 보면서 나도 힘들었고! 너 하나 때문에 우리 모두 정말…… 정말 힘들었다고."

숙연해진 분위기에 은수는 효주를 바라봤다. 씩씩거리던 효주는 머리카락을 쥔 손에 힘을 빼곤 그를 꼭 안아 주었다.

"그래도…… 살아 돌아와 줘서 고맙다."

효주는 7년 만에 다시 만난 친구의 품에서 울음을 터트렸다. 희재는 안도의 한숨을 내쉬었고, 인하는 말없이 효주의 어깨를 토닥여 주었다.

"서인하 많이 컸다. 예전엔 우리 앞에서 쩔쩔맸었는데."

"우리가 뭐 시키면 군말 없이 갔다 오고."

"맞아. 졸병 수준이었지."

효주와 희재의 대화에 인하는 헛웃음을 내뱉으며 고개를

내저었다.

"그거 알아? 얘, 진짜 술 잘 마셔."

"서인하가? 너보다 잘 마셔?"

"내가 저번에 얘기했잖아. 워크숍."

"아, 대박."

예전에 전해 들은 워크숍 사건이 떠올랐는지 효주가 손뼉을 쳤다.

"얘, 서인하 아닌 거 아니야?"

그 말에 세 사람 사이에 잔잔한 웃음이 일렁였다.

"어? 음료수 다 떨어졌네."

매운 떡볶이를 먹곤 인상을 쓰는 희재를 보며 효주가 빈 음료수 통을 인하에게 내밀었다.

"야, 음료수 좀 사 와야겠다."

새침한 효주의 말에 그가 픽 웃으며 자리에서 일어섰다.

"알겠습니다. 곧 대령할게요."

병실 밖으로 나온 그의 귓가에 쾌활한 두 사람의 웃음소리가 미미하게 들려왔다.

아직 아무것도 속 시원하게 풀린 것은 없었지만, 이상하게 느껴질 만큼 행복했다. 모든 것이 밝혀지면 힘들 줄 알았는데, 마음고생을 한 만큼 행복이 배로 돌아온 것 같았다.

병원 안에 있는 편의점으로 향하던 그는 진동을 느끼곤 주머니에서 핸드폰을 꺼내 들었다. 액정에 뜬 '아버지'라는 단어에 그가 미소를 지우고 통화 버튼을 눌렀다.

—언제 시간 되니?

모든 것을 체념한 듯한 아버지의 목소리에 인하 역시 짙은 한숨을 내뱉었다.

✤   ✤   ✤

"들어오세요."

현관문을 열어 주는 인하를 보며 윤호는 어색한 발걸음을 옮겨 거실로 들어섰다. 한국에 온 지 벌써 두어 달이 지났음에도 그의 집에 온 것은 처음이었다.

소파에 앉은 윤호는 주변을 둘러보았다. 흰색 벽에 코발트 블루로 꾸며진 작은 소품들이 꼭 예전 인하가 쓰던 방의 인테리어를 본뜬 것 같았다.

"네 어머니가 인테리어를 손본 것 같구나."

인하는 준비해 두었던 차를 테이블에 내려놓으며 고개를 끄덕였다. 그러자 차를 한 모금 마신 윤호가 목을 가다듬고는 무거운 입술을 열었다.

"기억을 되찾았다는 얘기, 들었다."

"아버지 전화 받자마자 예상했어요. 저한테 절대 먼저 전화하실 분, 아니시잖아요."

매서운 가시가 박혀 있는 그의 말에 윤호는 짙은 한숨을
내쉬었다.

"미안하구나."

"그 말 들으려고 만난 거 아닙니다. 제가 왜 지은수로 살
아가게 됐는지, 그 진실을 알고 싶어서예요."

"다 말해 주마. 처음부터 다."

윤호는 7년 전 제 진짜 아들, 은수의 마지막 날을 떠올렸다.

아내는 은수가 건축디자인을 전공해 자신의 회사를 물려
받기를 원했다. 자신이 힘겹게 세운 회사를 다른 사람에게 넘
기기 싫었기 때문이었다. 당시 카메라에 푹 빠져 있던 은수는
반항하며 학교에 자퇴서를 내겠다고 했다. 그에 아내는 화를
참지 못하고 그의 모든 카메라를 깨부쉈다. 거실 바닥에 산산
조각이 난 카메라의 파편들이 늘어졌다.

"너 왜 그러는 건데. 엄마가 얼마나 실망해야 이 짓을 그만둘
건데!"

어릴 때부터 각별했던 모자 사이였다. 아버지인 제가 끼
어들 틈이 없을 정도로. 아내는 은수에게 모든 걸 다 바쳤고,
그런 제 어머니를 은수는 누구보다 좋아했다.

하지만 아내는 성적에 대해선 누구보다 엄한 어머니였다. 은수가 처음으로 전교 1등을 놓친 날, 그녀는 처음으로 손찌검을 했다. 작은 실수도 절대 용납하지 못했다. 학년이 올라갈수록 그녀의 교육 태도는 더욱더 엄격해져만 갔다.

윤호는 철저한 방관자였다. 두 사람의 사이가 틀어지고 멀어지는 것을 느꼈지만 외면했다. 그리고 그날, 어머니의 등쌀에 못 이긴 은수는 결국 자살을 택했다.

은수의 책상엔 유서가 있었다. 어머니의 기대에 맞춰 살 수 없을 것 같다는 짧은 말을 남긴 아들은 절벽에 몸을 내던졌다. 자신의 모든 것이었던 은수가 자살을 선택하자 아내는 완전히 무너져 내리고 말았다. 절벽 끝에서 발견된 은수의 신발을 움켜쥐며 그녀는 매일을 울었다. 은수의 시체는 한 달이 넘도록 발견되지 않았다. 장례식도 치르지 못하고 시간이 지났을 때, 그녀의 앞에 인하가 나타났다. 그날도 아내는 절벽 끝에서 나타나지 않을 은수를 기다리고 있었다.

"그때, 네 어머니에게서 전화가 왔다. 은수를 찾았다고. 그리고 병원에 찾아가 널 보게 됐지. 은수가 아니라고 몇 번을 말했지만, 네 어머니는 듣지 않았어. 그래서 네가 누군지 알아봤다. 서인하, 부모님 두 분 다 자택에서 화재로 사망. 현재 가까이 지내는 친척이 없다는 걸 알게 된 나는, 고민 끝에 널, 아들로 만들기로 결심했다. 은수의 흔적을 모두 지우고, 거처도 미국으로 옮겼다. 한국에 있으면 널 아는 사람을 만날지도 모르니까. 언젠가 네 기억이 돌아오겠지만, 어쩌면 고아인 네게 더없이 좋은 기회라고 생각했다."

좋은 기회라. 인하는 그 말에 헛웃음 내뱉었다. 물론 좋은 환경에서 음악을 할 수 있었고, 누구보다 넘치는 사랑을 받았다. 하지만……

"네 어머니가, 네가 은수가 아니란 걸 완전히 인지하게 된 건 1년이 지난 후였다. 네가 모든 것을 알게 되면 자신을 떠날 거라는 생각에 아무 말도 하지 않았을 게다."

인하는 두 손을 꾹 마주 잡았다.

"그럼, 제 시신은 어떻게 된 거예요?"

"그건 은수의 시신이야. 네가 오고 나서 얼마 지나지 않아 은수가 발견됐어. 그리고 나는 네 친척들에게 널 나한테 맡겨 달라고 제안했다. 생각보다 흔쾌히 널 데려가도록 허락하더구나."

막대한 부모님의 재산을 모두 물려받을 그가 사라졌으니 그 몫은 온전히 친척들에게 돌아갔을 거다. 모든 걸 알고 나니 화가 나기보다는 허탈했다. 지은수로 살기 위해 노력한 세월도, 어머니를 사랑했던 마음도.

모든 얘기를 끝마친 윤호는 미안하다는 말과 함께 밖을 나섰다.

홀로 남은 그는 한참을 허공만 바라봤다. 무거운 생각들이 자신을 짓누르는 것만 같았다. 그리고 그 생각들 사이로 희재의 모습이 그려졌다. 보고 싶었다. 이 상황에서 벗어나 그녀와 함께 웃고 떠들고 싶었다.

인하는 자리에서 일어나 차를 몰고 회사로 향했다. 희재는 해승과 함께 무대에 오를 연습에 한창이었다. 그 모습에 그의 얼굴에도 옅은 미소가 떠올랐다. 그러다 창문 틈으로 그녀와 시선이 마주쳤다.

그를 본 희재는 얼른 연습실 문을 열고 나왔다.

"언제 왔어?"

"방금."

"왜 들어오지 않고 여기 서 있어."

희재를 품에 안은 인하는 무거운 한숨을 내쉬었다.

"지금 아버지 만나고 오는 길이야."

퍼석한 목소리에 희재는 그의 어깨를 감싸 안았다. 드넓었던 어깨가 한없이 작게 느껴졌다.

19

이른 아침부터 초인종이 울렸다. 간단한 운동을 마친 뒤막 샤워를 하려던 참이었다. 인하는 걸음을 돌려 인터폰 화면을 바라보았다. 어머니였다.

오랜만에 보는 모습에 온몸이 딱딱하게 굳어졌다. 언젠간마주하고 이야기를 나눠야 하는 사람이지만 그는 아직 마음의 준비가 되지 않았다.

아무런 반응이 없자 서희는 다시 한 번 초인종을 눌렀다.집 안을 울리는 소리에 인하는 무거운 한숨을 내뱉으며 고개를 돌렸다.

—은수야, 제발 엄마랑 얘기 좀 하자.

인터폰을 통해 흘러나오는 목소리가 그의 발을 단단히 옭아맸다. 화면을 응시하던 그는 입술을 잘근 씹으며 열림 버튼을 눌렀다.

둔탁한 소리와 함께 굳게 닫혀 있던 대문이 열렸다. 현관문 앞에 선 서희는 심호흡을 했다. 냉랭한 태도로 자신을 대할 은수를 상상하는 것만으로도 가슴이 미어질 듯 아팠다. 그럼에도 만나야만 했다. 용서를 구해야만 했다. 용기를 낸 서희는 현관문을 열고 들어가 그와 마주했다.

"차, 드릴까요?"

"아니야. 괜찮아."

소파에 나란히 앉은 두 사람 사이에는 어색한 침묵이 흘렀다. 누구보다 단란했던 모자였다. 항상 웃음이 끊이지 않았고, 함께 있는 것만으로도 행복했다. 그래서 더 진실을 꽁꽁 숨겼는지도 모르겠다. 진실을 알리는 순간, 행복이 사라질 것임을 예감했기에.

"아버지한테 다 들었어요."

먼저 침묵을 깬 건 인하였다. 싸늘한 목소리에 서희는 마음이 아려 오는 것을 느꼈다.

"그래. 다 들었구나."

힘없는 목소리에 인하는 애써 의연한 척 두 손을 깍지 꼈다.

"사고 후 눈을 떴을 때, 자살이란 몹쓸 선택을 한 나 때문에 아팠을 어머니를 위해 뭐든 해야 된다고 생각했어요."

"……미안하다."

자리에서 일어선 인하는 거실 서랍에 있던 사진 한 장을 들어 서희의 앞에 내려놓았다.

"미안하다는 그 말, 들어야 할 사람들이 많아요."

서희는 떨리는 손으로 사진을 들었다. 사진 속에는 부부로 보이는 남녀와 함께 웃고 있는 그가 있었다. 그 옆에는 낯익은 여학생이 나란히 서 있었다.

"설마 이 사람…… 희재 씨니?"

서희의 손이 사시나무처럼 파르르 떨렸다. 자신이 무슨 짓을 저질렀는지 그제야 확실히 실감되었다. 그를 다시 만난 희재는 그 상황이 얼마나 기가 막혔을까. 서희는 말을 잇지 못했다.

결국 힘없이 어깨를 내린 그녀는 조용히 흐느끼기 시작했다.

거실을 잔잔히 울리는 울음소리에 은수는 한 발짝 가까이 그녀에게 다가섰다. 그리고 손을 움짝댔다. 어머니의 어깨를 토닥여 주고 싶었지만 그럴 수가 없었다. 허공에 머문 손을 꼭 쥔 그는 팔을 스르르 아래로 떨어트렸다.

희재는 무거운 얼굴로 카페 문 앞에 섰다. 오늘 아침, 갑작스레 연락이 온 서희를 만나기 위해서였다.

카페 문을 열어 안으로 들어서자 종업원이 차분히 인사를 건넸다. 희재는 작게 눈인사를 하곤 서희를 찾기 위해 주변을 훑었다. 곧 오른쪽 맨 구석진 자리에 앉아 있는 단아한 그녀의 모습이 시야에 들어오자 희재는 천천히 걸음을 옮겼다.

가까이 다가간 희재는 서희와 눈이 마주치자 목례를 했다. 맞은편 자리에 앉은 그녀는 긴장감에 입술을 달싹이며 차를 한 모금 마셨다. 라벤더 향이 입안에 맴돌자 긴장감이 풀리는 것 같았다.

"은수…… 아니, 인하에게 희재 씨와의 관계에 대해 다 들었어요. 내 이기심 때문에 희재 씨의 행복을 빼앗아 버려서 정말 미안합니다."

고개를 숙여 사죄한 서희가 서류 봉투를 내밀었다.

"이건 내가 희재 씨에게서 빼앗은 행복들이에요."

"……."

"모든 걸 되돌릴 순 없지만, 희재 씨에게 보여 주고 싶었어요. 7년간 인하의 삶을."

희재는 조심스레 손을 내밀어 서류 봉투 안을 들여다보았다. 거기엔 인하가 행복하게 웃고 있는 사진이 한가득 들어 있었다.

"난 오늘부로 한국을 떠날 거예요."

사진을 훑어보던 희재가 고개를 들어 서희를 바라보았다. 갑작스런 소식에 얼굴을 일그러뜨린 채.

"오늘 가신다고요?"

"본사가 미국이니까 가야죠."

"인하는…… 어머니가 떠나시는 걸 알고 있나요?"

서희는 말없이 미미한 미소를 머금으며 고개를 끄덕였다.

"내가 이곳을 떠나야 인하가 본래의 삶을 되찾을 수 있을 테니까요."

그 말을 끝으로 서희는 자리에서 일어섰다. 그리고 다시 한 번 고개를 숙여 사죄 인사를 건넸다.

멀어지는 서희의 뒷모습을 보며 희재도 자리에서 일어났지만, 차마 그녀를 막아서진 못했다. 서희가 원망스러웠지만 7년 동안 인하에게 가족이 되어 준 사람이었기에 마냥 그녀를 욕할 순 없었다.

외로워 보이는 그녀의 뒷모습은 희재의 마음을 자꾸만 먹먹하게 만들었다.

"누나, 왜 이렇게 늦게 와."

"미안, 갑자기 약속이 생겨서."

"그럼 문자를 좀 달라고요. 이 아줌마야. 누나한테 휴대폰
은 폼이지?"

연습실에 들어선 희재를 보며 해승이 뾰로통한 얼굴로 나
무랐다. 컴백이 코앞으로 다가와 있었다.

밤새 연습해도 모자랄 판에 1시가 넘어서야 나타난 희재가
못마땅한 듯했다.

"미안해. 대신 저녁 늦게까지 연습하자. 알겠지?"

"그건 당연한 거고. 오늘 빡세게 할 거니까 각오하는 게 좋
을걸."

매섭게 노려보며 해승이 희재의 손에 마이크를 들려 주었
다.

제 말이라면 찍소리도 못 하던 그가 요즘 들어 매우 까칠
해진 것을 느낀 희재는 턱을 매만지며 의아한 시선을 던졌다.
스피커를 만지작거리던 그는 묘한 시선을 느끼곤 뒤돌아 그
녀를 바라봤다.

"왜 그래?"

"너, 나한테 뭐 화난 거 있냐?"

"갑자기 무슨 소리야?"

"요즘 들어 너무 까칠해졌어, 알아?"

"내가?"

"그래. 너 요즘 잔소리 엄청 심해. 감히 누나를 가르치려 들고!"

"그거야, 내가 무대 경험이 훨씬 많으니까 가르치는 게 맞는 거지."

해승의 말에 희재는 입술을 꾹 다물었다. 그녀는 단 한 번도 제대로 된 무대에서 노래를 해 본 적이 없었다. 관객들 앞에 서 본 것도 홍대에서 몇 번 버스킹을 한 것이 전부였다. 자존심이 상했지만 그의 말이 다 맞았다.

"야, 빨리 연습이나 시작해!"

'으휴, 저 성질.'

해승은 작게 도리질 치며 온몸을 부르르 떨었다.

"아침엔 뭐하고 이제 연습 시작해?"

그때, 인하의 목소리가 들려왔다.

"너, 왜 여기 있어?"

연습실 문틈으로 얼굴을 빼꼼히 내민 인하를 보며 희재가 물었다. 그러자 그가 문을 활짝 열어젖히고 안으로 들어섰다.

"나 오늘 회사 나오면 안 되는 날이야?"

"아니, 오늘 어머님 가시는 날이잖아. 배웅 안 해?"

"그게 무슨 소리야. 어머니가 어딜 가시는데?"

처음 듣는 이야기인 양 눈살을 찌푸리는 인하를 보며 희재가 고개를 갸웃거렸다.

"분명히 너한테 얘기했다고 그러셨는데⋯⋯."

아무래도 서희가 거짓말을 했다는 생각에 희재의 목소리가 점점 작아졌다.

"방금 어머님 뵙고 왔는데, 오늘 미국으로 돌아가신다고 하셨어."

인하의 얼굴에 당혹감이 가득해졌다. 뒷걸음치던 그는 이내 연습실을 뛰쳐나갔다.

차를 몰아 공항으로 가는 내내 전화를 걸었지만 받지 않았다. 설상가상으로 도로가 꽉 막혀 속도를 낼 수가 없었다.

초조함에 그는 핸들을 내려치며 낮은 욕을 내뱉었다. 잡아야만 했다. 아직 어머니에게 못 한 말이 많았다. 그녀의 이기심 때문에 생긴 일이었지만, 그는 진심으로 지난 7년이 행복했다.

그동안 정말 고맙고, 감사했다고 얘기해야 했는데 그 말이 나오지 않았다. 그저 자신을 속였다는 배신감에 때문에 어머니를 몰아붙이기만 했다.

"이제부턴 네가 하고 싶은 거 맘껏 해도 돼. 그게 뭐든 네 옆에서 엄마가 항상 도와줄게."

7년 전, 의식을 차린 제 손을 잡고 어머니는 그렇게 말했었다. 그토록 하고 싶은 음악에 대해 인정받길 원했는데 서희는 흔쾌히 자신을 응원해 주었다.

어쩌면 그녀와 보내는 시간이 너무나도 행복했었기에 그 오랜 시간 동안 기억을 떠올리지 못했던 것 같기도 했다.

공항에 도착하자마자 공항 안으로 뛰어 들어간 인하는 두리번거리며 어머니를 찾아 헤맸다. 그러나 쉽게 보이지 않았다. 신호음은 갔지만 전화도 받지 않았다. 그는 한숨과 함께 마른세수를 하며 고개를 떨어트렸다.

뒤늦게 택시를 타고 공항에 도착한 희재는 멍하니 홀로 서 있는 인하의 뒷모습을 발견했다. 그녀는 저벅저벅 그에게 다가가 힘없이 내려앉은 어깨를 토닥여 주었다.

희재는 인하의 집 앞에 차를 세웠다. 조수석에 앉은 그의 표정은 건조하기만 했다. 걱정스런 시선으로 그를 바라보던 그녀가 등을 다정히 쓸어 주었다.

"들어가서 좀 쉬어."

고개를 끄덕이며 차에서 내리는 인하를 따라 희재도 운전석 문을 열었다. 그리곤 그의 손에 차 키를 꼭 쥐어 주었다.

"무슨 일 있으면 바로 연락해. 알겠지?"

은수는 옅은 미소를 지으며 고개를 끄덕였다.

"회사까지 못 데려다줘서 미안해."

"됐네요. 네가 운전하는 차, 불안해서 못 타겠어. 혼자 갈수 있으니까, 힘들면 연락해."

뒷걸음질 치며 손 인사를 건네던 희재는 무언가가 생각나자리에 멈춰 섰다. 그리곤 가방에서 서류 봉투를 꺼내 그에게 내밀었다.

"아 참, 이거."

"뭐야, 이게?"

"어머님이 나한테 주신 건데, 왠지 너한테 더 필요할 거같아서."

희재는 그의 손에 서류 봉투를 들려 주고는 마침 오는 택시를 잡아탔다. 멀어지는 택시를 바라보다 시선을 옮긴 그는서류 봉투를 열어 7년 동안 서희와 함께했던 제 모습들을 바라봤다.

"하아……."

자연스럽게 떠오르는 행복했던 시간들에 작게 한숨을 내뱉은 그가 고개를 들었다. 문득 시야에 대문 사이에 꽂힌 엽서가 들어왔다. 엽서에는 짤막한 문장 하나가 정갈한 글씨로적혀 있었다.

시간이 지나고 너의 상처가 아물었을 때, 은수가 아닌 인하, 네 엄마가 되고 싶어. 사랑하고 미안해. 아들.

'아들' 이라는 단어가 그의 마음을 서걱거리게 만들었다. 눈가가 점점 촉촉이 젖어 들어갔다. 많이 미워하고 원망했지만 그녀는 소중한 제 어머니였고, 사랑하는 가족이었다.

❖ ❖ ❖

컴백 무대 날이 드디어 다가왔다. 한껏 꾸민 희재는 긴장한 낯으로 대기실에 놓인 거울 앞에 앉았다. 거울에 비친 제 모습이 매우 낯설기만 했다. 잡티 하나 없이 매끈한 메이크업과 정갈하게 웨이브진 머리, 거기다 입고 있는 흰색 원피스는 그녀를 다른 사람으로 보이게 했다.

어색한 듯 이리저리 거울 속 제 모습을 훑어보던 때, 누군가가 대기실 문을 똑똑 두드렸다.

"왔어?"

인하였다. 아래위로 희재의 모습을 훑어보던 그가 환하게 웃었다.

"정희재 맞아?"

영 못 믿겠다는 듯 고개를 갸웃거리는 인하를 보며 희재는 자리에서 일어나 빙그르르 한 바퀴를 돌아 보였다. 그러자 안 그래도 짧은 원피스가 펄럭거리며 그녀의 다리를 훤히 드러내 주었다. 그것이 영 마음에 안 든다는 듯 인하는 미간을 한껏 찌푸렸다.

"다른 옷은 없어?"

"왜, 안 예뻐?"

"너무 짧잖아. 관중들이 네 팬티만 보고 있겠다."

"안에 속바지 입었어. 걱정 마."

어깨를 으쓱이며 의연하게 받아쳤지만 그는 여전히 탐탁지 않은 듯했다.

칭찬이 듣고 싶었던 희재는 예상과는 다른 그의 반응에 입술을 삐죽거렸다. 그런 그녀의 입술을 검지로 툭툭 치며 그가 장난을 쳤다.

"하지 마. 립스틱 지워져."

퉁명스럽게 고개를 돌리는 희재의 목에 무언가가 반짝였다. 작은 탄성을 내뱉으며 그는 목걸이를 매만졌다.

"어? 목걸이 했네?"

예전에 그가 생일 선물로 준 목걸이었다. 이것 때문에 그녀에게 커피 세례를 맞은 적도 있었다. 그날의 기억이 떠오르자 그가 싱거운 웃음을 지었다.

"버린 줄 알았는데, 안 버리고 있었어?"

"내가 이걸 왜 버려?"

"다 정리했다며. 난 분명히 그렇게 들었는데?"

"정리했다고만 했지. 버렸다고는 한 적 없잖아."

"와. 속았네, 속았어. 난 진짜 버린 줄 알고 있었는데."

인하는 고개를 절레절레 흔들며 기분이 상한 듯한 표정을 지었다.

"그 반응은 뭐야? 너 설마, 스스로한테 질투하냐?"

"무슨 말도 안 되는 소리야. 그런 거 아니거든."

"뭐가 아니야, 딱 봐도 그런 거구만. 너 진짜 이상한 애다. 할 게 없어서 자기 자신한테 질투를 하냐?"

어이없다는 듯 헛웃음을 내뱉으며 반박하려는데 때마침 대기실 문을 열고 해승이 들어왔다.

"누나 이제 가자. 곧 우리 차례야."

희재는 고개를 끄덕이곤 인하를 바라보며 활짝 웃었다.

"나, 잘하고 오라고 응원해 줘."

"날 이상한 애로 만들어 놓고, 뻔뻔하게 응원을 해 달라네?"

"그래서, 안 해 줄 거야?"

인하는 입을 삐죽이는 희재를 제 품에 꼭 안았다. 그녀는 코끝에 맴도는 그의 향에 긴장했던 마음이 사르르 녹아내리는 것을 느꼈다.

"잘할 거야. 언제나 그랬던 것처럼."

나지막이 울리는 음성에 희재가 기분 좋은 미소를 지었다.

"잘하고 올게."

맞잡은 그의 손을 놓으며 희재는 대기실을 빠져나갔다.

해승과 함께 스태프를 따라 무대 뒤로 향한 희재는 앞서 공연을 하고 있는 가수의 노랫소리에 더욱 긴장을 했다. 마이크를 든 손을 옴짝대며 초조해하자, 해승이 그녀의 어깨를 툭 쳤다.

"누나답지 않게 왜 이렇게 떨어."

"야, 생애 첫 무대인데 긴장되는 건 당연한 거야."

퉁명스럽게 답하는 희재를 보며 해승은 작게 웃음을 내짓곤 손을 척 내밀었다. 갑자기 무슨 행동이냐는 듯 저를 물끄러미 바라보는 그녀의 눈빛에 그가 고개를 까딱였다.

"떨린다며. 지금은 형이 없으니까 나한테라도 의지해."

희재는 해승의 손 위로 제 손을 얹었다. 곧이어 앞서 무대를 한 가수의 노랫소리가 멈췄다. MC의 소개와 함께 무대조명이 바뀌었다.

해승과 함께 무대에 올라선 희재는 사람들의 환호성이 제 온몸을 감싸 안은 것 같은 기분을 느꼈다. 그런 느낌은 처음이었다.

자신을 바라보는 수만 개의 시선과 스포트라이트. 그녀는 긴장감에 관객석을 훑다 무대 아래에서 자신을 지켜보고 있는 인하와 시선을 마주했다. 7년 전, 버스킹을 하던 그때처럼 다정한 시선으로 자신을 바라봐 주는 그가 있었다.

희재는 마이크를 꼭 붙잡고 노래를 시작했다. 긴장된 마음을 한껏 누르고, 누구보다 당당하게.

❀　　　❀　　　❀

첫 무대는 성공리에 끝이 났고, 해승의 앨범은 예상보다 더 좋은 반응을 얻었다. 타이틀곡은 물론이고, 희재와 함께 불렀던 노래까지 음원 차트 1·2위에 올라갔다.

여기저기에서 작사와 피처링 의뢰가 들어와 희재는 바쁜 나날을 보냈다.

하지만 해결해야 할 일이 한 가지 남아 있었기에 마음 한편이 늘 무거웠다. 바로 삼촌과 숙모에게 은수의 정체를 밝히는 일이었다. 너무 많은 일이 겹쳐 잠시 미루었지만 언제까지 숨길 수는 없었다.

마음을 다잡은 희재와 인하는 영재와 유선을 만나기 위해 집을 찾았다.

영재는 두 사람이 혹여 결혼에 대한 얘기를 할지도 모른다는 기대감에 유선에게 특별히 보양식을 준비하라 일렀다. 고이 모셔 둔 인삼주까지 꺼내 두 사람을 맞이했건만, 그의 입에서 나온 말은 황당하기 짝이 없는 것이었다.

유선은 자신의 아들이 살아 돌아온 것마냥 기뻐했지만, 영재의 표정은 한없이 담담하고 무거웠다. 그동안 희재가 그 때문에 얼마나 힘들어했는지 아는 영재였기에 두 사람은 그가 어떤 반응을 보일지 잔뜩 긴장했다. 하지만 그는 생각지도 못한 말을 대뜸 꺼냈다.

"두 사람, 당장 결혼해라."

입을 떡하니 벌린 채 잔뜩 미간을 찌푸린 희재가 목소리를 높였다.

"삼촌, 갑자기 그게 무슨 소리야."

"너랑 인하, 당장 결혼하라고."

"내 나이가 몇 살인데 결혼이야. 삼촌!"

"스물일곱이면 애도 있을 나이야, 이 녀석아."

"요즘이 어떤 시대인데 벌써 애야. 그리고 내 친구 중에 결혼한 애 별로 없어."

"네가 친구가 있긴 해? 친구라곤 효주랑 해승이밖에 없으면서."

"삼촌!"

"하여튼 결혼해. 만약 안 할 거면 지금 당장 헤어지고."

말도 안 되는 억지에 희재는 긴 한숨을 내쉬었다. 그러다 속이 부글부글 끓는지 앞에 있던 냉수를 벌컥벌컥 들이켰다.

"결혼은 3년 뒤에 할 거야."

"너, 3년 뒤면 서른이야."

"그게 뭐?"

"너 인하랑 결혼하기 싫으냐?"

"누가 싫대? 3년 뒤에 한다는 거잖아!"

"3년 뒤에 한다는 거, 인하도 동의한 내용이야?"

덤덤한 영재의 눈빛과, 화가 가득한 희재의 눈빛이 동시에 인하에게로 옮겨졌다. 갑작스레 자신에게로 튄 불똥에 당황한 기색을 보이던 그가 차분히 입을 열었다.

"전, 지금 당장 결혼하는 게 더 좋은데요."

그 말에 영재가 만족스러운 미소를 지었다. 그리곤 가져온 인삼주를 꺼내 들었다.

"자, 한 잔 받아라. 인하야."

"네, 삼촌."

죽이 척척 맞는 두 사람을 보며 희재는 어이없다는 듯 헛웃음을 지었다. 두 사람은 그녀를 개의치 않아 하며 술을 주고받았고, 그 옆에 앉은 유선은 아직도 눈물을 훔치고 있다. 오랜만에 마주한 그들은 조금은 시끄러운 행복을 맛봤다.

집에서 빠져나온 희재와 인하는 나란히 길을 걸었다. 그녀는 입술을 쭉 내밀고 쉴 새 없이 영재에 대한 불평을 늘어놓는 중이었다.

한참을 중얼거리던 그녀는 그에게로 매섭게 시선을 옮기며 소리쳤다.

"어떻게 거기서 삼촌 장단을 맞춰 줄 수가 있어?"

씩씩거리며 노려보는 희재의 눈빛에 인하는 태연하게 어깨를 으쓱였다.

"장단 맞춘 거 아닌데. 정말 결혼하고 싶어서 그런 거였어. 저번에도 말했잖아. 3년 뒤에 결혼하는 거 싫다고."

"그건 네가 스물아홉이었을 때 얘기였잖아."

"나이랑 상관없이 3년 뒤에 결혼하는 거 싫어."

"넌, 20대의 창창한 청춘을 나한테 속박당하면서 살고 싶어?"

"응. 그렇게 살고 싶어."

한 치의 고민도 없이 대답하는 그를 보며 그녀는 놀라 걸음을 멈췄다. 두어 걸음 앞서 걷던 그가 뒤돌아 마주 보자 희재는 이해할 수 없다는 듯 미간을 찌푸렸다.

"너, 진짜 나랑 당장 결혼하고 싶은 거야?"

"당연하지. 설마 결혼한다는 말을 장난으로 했겠냐."

웃으며 대답하는 그의 말에 희재는 인상을 썼다.

만약 이게 진심이라면 대체 프러포즈는 어떻게 되는 거지?

프러포즈에 대한 환상을 거하게 가지고 있던 그녀였기에

이렇게 어영부영 그와 결혼을 해 버릴까 봐 걱정이 됐다.

"정말 당장 결혼하고 싶어?"

의중을 알 수 없는 그녀의 되물음에 은수가 고개를 갸웃거
렸다. 그러다 뒤이어 들리는 작은 물음에 눈을 크게 떴다.

"그럼…… 프러포즈는?"

"어?"

"설마 프러포즈도 안 하고 그냥 결혼하자는 건 아니지? 무
드 없게."

뚱한 표정을 지었던 이유가 프러포즈 때문이라는 사실을
깨달은 인하는 굳혔던 입매를 부드럽게 풀었다. 그리곤 그녀
의 손을 잡아채 성큼성큼 걸음을 옮겨 동네에 위치한 작은
액세서리 가게로 들어섰다.

"자, 골라."

그가 단출하게 진열된 액세서리를 가리키며 오는 내내 굳
게 다물었던 입을 떼었다.

"뭐야, 갑자기?"

"프러포즈 하려면 반지가 있어야 하잖아. 마음에 드는 거
골라 봐."

'어쭈. 반지로 나를 꼬시겠다?'

어깨를 으쓱이는 그를 보며 작게 헛웃음을 내뱉은 희재가
낮은 목소리로 말했다.

"야, 나와."

인하의 손을 잡고 가게를 나온 희재는 성큼성큼 그를 끌고 명품 액세서리 가게 앞에 섰다. 그에 그가 얼빠진 얼굴로 가게 문을 바라봤다.

"여긴 왜?"

"반지 사 준다며. 명색이 결혼반지인데 이 정도는 돼야지."

희재는 새침하게 말하곤 가게 안으로 냉큼 들어섰다. 문을 열자마자 들려오는 매니저의 목소리에 인하는 왠지 모를 불안감을 느꼈다.

호화로운 가게 안에 전시된 액세서리는 한눈에 봐도 억 소리가 날 정도였다. 신중하게 진열된 액세서리를 보던 희재가 마음에 드는 것을 발견했는지 소리를 질렀다.

"인하야, 나 이거 할래!"

종업원이 희재가 고른 반지를 조심스럽게 진열대 밖으로 꺼내 보였다. 순간, 그는 반지 케이스에 적힌 가격을 보곤 제 눈을 의심했다.

"이, 이게 마음에 든다고?"

놀란 마음에 말까지 더듬으며 묻자 희재는 세차게 고개를 끄덕였다. 그녀는 난감한 듯 이마를 긁적이는 그를 뚫어지게 응시했다.

"왜? 사 주기 싫어?"

"어? 아니, 그게 아니라······."

뒷말을 흘리며 어색하게 웃는 인하의 모습에 희재는 빈정이 상한 듯 반지를 내려놓았다.

"나 너랑 결혼 안 해."

인하는 미련 없다는 듯 몸을 돌려 가게 밖으로 나서려는 희재의 앞을 막아섰다.

"어디 가."

"네가 사 주기 싫다는 표정을 지었잖아. 그럼 가야지, 뭐."

"사 주기 싫은 게 아니라······."

"설마, 가격 때문에 이러는 건 아니겠지?"

그는 말문이 턱 막혔다. 힘 빠진 한숨을 폭 내쉰 그녀는 그를 밀치고 가게 밖으로 나가 버렸다. 그는 멀어지는 그녀를 보며 무언가를 결심한 듯 길게 심호흡을 했다. 그리고 얼른 뒤를 쫓아가 그녀의 팔을 붙잡았다.

"너, 정말 저거 사 주면 나랑 결혼할 거야?"

그 물음에 희재가 환하게 미소를 지으며 고개를 끄덕였다. 그는 그녀의 고집에 두 손 두 발 다 들었다는 표정을 지었다.

다시 가게 안으로 들어서 반지 진열대 앞에 선 그는 희재의 약지에 그녀가 고른 반지를 끼워 주었다.

"정말 나랑 결혼한다고 했다?"

"응. 알겠어. 결혼하자. 3년 뒤에."

혹시나 싶은 마음에 다시 한 번 물음을 던졌던 그는 이어
진 그녀의 대답에 아무 말도 하지 못했다.

굳어진 그를 힐끔 바라본 희재가 반지를 낀 채 가게 문 쪽
으로 걸음을 돌렸다. 멀어지는 모습에 정신을 차리고 뒤를
따라나서려는 그의 앞을 막아서며 매니저가 차분한 목소리
로 말했다.

"손님, 계산은 이쪽입니다."

젠장. 그는 부들부들 떨리는 손으로 바지 뒷주머니에서 지
갑을 꺼내 들었다.

계산을 마치고 가게를 나온 인하는 저만치 멀어지는 희재
를 보며 소리쳤다.

"야, 정희재!"

잔뜩 화가 난 목소리에도 희재는 덤덤하게 인하를 바라보
았다. 성큼성큼 다가간 그는 우악스럽게 그녀의 팔을 붙들었
다.

"너 진짜, 나 피 말라 죽는 꼴 보고 싶어?"

"결혼을 안 하겠다는 것도 아니고, 3년 뒤에 하자는 거잖
아. 그게 그렇게 싫어?"

인하는 심호흡을 하며 치미는 화를 잠재웠다.

"네 옆에 있고 싶어. 너랑 한시도 떨어지고 싶지 않아."

그의 강경한 시선에 장난스럽게 중얼거리던 그녀가 말없

이 입술을 달싹였다. 사실, 그녀의 마음도 그와 같았다. 7년 동안 떨어져 지냈기 때문인지 그와 한순간도 떨어지고 싶지 않았다.

희재는 살짝 풀어진 표정으로 그를 올려다보며 손바닥을 내밀었다.

"너 반지 줘 봐."

인하가 주머니에 넣어 두었던 반지를 꺼내 손 위에 올려 주자 그녀는 그의 손을 잡아 반지를 끼워 주었다.

"그래. 하자. 결혼."

흔들림 없는 목소리에 놀란 그가 눈을 휘둥그렇게 떴다.

"진짜? 3년 뒤가 아니라?"

"빠르면 다음 달? 아니면 다다음 달에는 할 수 있겠지? 우리 결혼."

태연하게 말하는 그녀의 모습에 그의 입꼬리가 하늘로 올라갔다. 기쁨에 취한 그는 희재의 뺨을 잡고 짧게 입을 맞추었다.

갑작스런 행동에 놀란 그녀가 뒷걸음질 치며 소리쳤다.

"뭐하는 거야. 길에서!"

하지만 인하는 아랑곳하지 않고 다시 입을 맞췄다. 이마, 눈, 코, 입, 그리고 양 볼에까지 키스를 하자 말리던 희재도 결국 웃음을 터트렸다.

서로를 마주 본 두 사람의 눈빛 속에 지금까지의 일들이 하나둘 스쳐 지나갔다.

서인하, 그리고 지은수로 그들은 두 번에 걸쳐 서로를 사랑했다. 오랫동안 그리워한 시간 때문일까. 희재는 지금 제 앞에 있는 그가 한없이 애틋했다.

이 모든 것이 기적이었기에, 두 사람은 서로를 아끼며 열렬히 사랑할 준비가 되어 있었다.

"여행?"

"응, 여행 갈 거야. 나랑 인하랑."

효주는 의아한 얼굴로 희재를 바라보았다. 이제 몇 주 뒤면 결혼식이었고, 곧장 신혼여행을 떠날 사람들이 굳이 지금 여행을 떠나겠다는 이유를 도통 알 수 없었다.

"너희 신혼여행 가잖아. 그런데 여행을 또 가?"

"그건 결혼하고 나서 가는 거고, 결혼하기 전에 발 닿는 대로 배낭여행을 가 보고 싶어서."

참 나, 그게 그거지. 까다롭게도 산다. 효주는 이해할 수 없다는 듯 고개를 절레절레 흔들었다.

이래라저래라 사족을 붙여도 제 말을 들을 위인들이 아니라는 것을 알기에 입안에서 맴도는 말을 꿀꺽 삼키며 질문을 내던졌다.

"그래서 언제 가는데?"

"내일."

"뭐, 내일?"

"응. 내일 아침에 바로 떠나기로 합의 봤어."

이렇게 즉흥적인 커플을 봤나.

한껏 들뜬 표정을 하고 있는 희재였지만 효주는 썩 내키지 않는 듯 걱정스런 기색을 역력히 드러냈다. 그녀의 주변에 애인과 계획 없이 여행을 떠났다가 대판 싸우고 온 사례가 많았기 때문이었다.

몇몇은 헤어져 완전한 남남이 되었고, 또 몇몇은 다행스럽게도 한참 뒤에 화해를 하기도 했다.

대판 싸운 희재와 인하가 화해를 하게 되더라도 결혼식까지 두 사람의 관계가 원만해질 것이라고는 장담할 수 없었다.

시원한 아메리카노를 한 모금 들이켜던 효주는 결국 입안에서 맴돌던 말을 꺼냈다.

"희재야, 내 생각엔 말이다."

"네 생각, 말하지 마."

"야, 너는 말을 듣지도 않고⋯⋯."

"여행 가지 말라고 할 거잖아. 불 보듯 뻔하지."

"내가 왜 말리는지 이유를 알고 있는데도 가겠다는 거야?"

효주의 물음에 희재는 꽤나 진지한 표정으로 대답했다.

"응. 하지만 네가 걱정하는 일은 절대 일어나지 않을 거야. 우린 여느 커플들과는 다르니까."

"그런 소리 하는 애들, 내가 수십 명은 봤거든? 계획 짜서 편하게 다녀오는 게 안전한데 왜 굳이⋯⋯."

"우리 같은 운명적인 커플이 세상에 또 어디 있겠냐? 이렇게 극적으로 만난 우리가 고작 일주일 배낭여행으로 싸우고 등지는 일이 절대 일어날 리 없지."

효주는 언짢음에 입을 달싹였다.

희재와 인하의 재회는 그저 기적이었고, 운명이라고밖에 볼 수 없었다. 죽은 줄 알았던 인하가 살아 돌아와 지금 희재의 옆에 있는 것을 보면 아직도 이게 꿈인지 생시인지 믿기지 않을 때가 많았다.

그런데 과연, 그렇게 운명적으로 만난 커플이라고 해서 가기만 하면 으르렁거린다던 커플 배낭여행을 무사히 잘 다녀올 수 있을까? 효주는 빠르게 머리를 굴려 생각해 보았지만 마음속 대답은 '아니요'였다.

"야, 그래서 말인데 나 선글라스 사려고 하거든? 뭐가 나

은지 좀 봐 봐."

희재는 효주 앞에 휴대폰을 내밀었다. 효주는 더 이상 말려 봤자 소귀에 경 읽기라는 생각에 휴대폰으로 탐탁지 않은 시선을 옮겼다.

희재는 인하와 통화 중인 휴대폰을 침대 위에 올려놓고 바닥에 앉아 짐을 싸고 있었다. 낮에 만난 효주가 이 여행을 탐탁지 않아 한다는 얘기를 건네는 중이었다.

"효주 주변에 배낭여행 갔다가 헤어진 커플도 많고, 또 인터넷이나 소문으로도 많이 돌잖아. 연인과 배낭여행 가면 꼭 싸운다는, 뭐 그런 말들."

—그래서 넌 뭐라고 했는데?

"우리는 절대 싸울 일 없다, 우리가 어떤 커플인 줄 아냐! 하고 으름장 놔 줬지."

인하의 웃음소리를 들으며 희재는 마지막 짐을 가방에 넣고 침대에 몸을 뉘였다.

—그런데 괜찮겠어? 배낭여행 많이 힘들 텐데.

"힘들면 뭐 어때? 옆에 네가 있는데."

—하긴, 내가 인간 비타민 같은 면이 있긴 하지?

"으이구, 하여튼 조금만 띄워 주면 하늘로 훨훨 날아가시려 한다니까?"

전화기 너머로 싱겁게 웃다 이내 하품을 하는 소리가 들려왔다. 요새 그는 해승이 부탁한 가수의 프로듀싱 작업을 하느라 녹음실에 갇혀 지내고 있었다.

"나보다 네 걱정을 먼저 해야 할 거 같은데. 여행 하루만 미룰까? 피곤하잖아."

—됐어. 지금부터 자도 꼬박 여덟 시간을 잘 수 있어. 충분해.

희재는 피곤하니 얼른 자라는 말을 남기고 전화를 끊었다. 빠진 것 없이 짐을 다 챙겼나 한 번 더 확인한 뒤 그녀 역시 불을 끄고 침대에 누웠다. 하지만 여행에 대한 설렘에 두 눈은 쉽게 감기지 않았다.

❖   ❖   ❖

이른 아침부터 희재의 가족들은 분주했다. 숙모는 잊어버린 것이 없는지 확인하라며 아우성이었고, 삼촌은 몇 번이고 안전에 대한 경고를 했다.

"삼촌, 나 어린이 아니거든? 인하가 있는데 무슨 걱정이야."

"그놈이 제일 걱정이야. 배낭여행 가면 힘들지, 예민해지지, 그러다 보면 이성을 잃고……."

"아우, 이상한 소리 집어치워. 나 갈게. 일주일 뒤에 봐요!"

희재는 삼촌의 말을 얼른 끊어 버리고 도망치듯이 집 밖으로 나왔다. 밖으로 나오자 두 사람의 잔소리가 멀어지며 곧 인하의 모습이 보였다. 그녀는 대문 앞에서 손을 흔들고 서 있는 그를 향해 해맑게 웃었다.

"왜 초인종 안 눌렀어?"

"곧 나올 거 같아서. 숙모랑 삼촌 목소리가 밖에까지 다 들렸거든."

인하는 대문을 나선 희재를 향해 손을 내밀었다. 그녀는 새침하게 인하를 올려 보다 무심한 척 그의 손바닥 위로 손을 가져다 댔다.

맞잡은 두 손을 이리저리 흔들며 한 발, 한 발 길을 나서니 어쩐지 나란히 연습실로 향하던 고등학생 시절이 떠올랐다. 그때와 다른 게 있다면 기타 가방과 악보가 아닌 배낭을 짊어지고 있다는 것이지만.

"그런데 차는 어디 있어?"

"무슨 차?"

"……우리 차 타고 가는 거 아니야?"

"무슨 소리야. 배낭여행인데 당연히 대중교통 이용해야지."

이해할 수 없다는 듯 바라보는 두 사람의 시선은 꽤나 오랫동안 서로에게 머물러 있었다. 이 큰 배낭을 메고 사람들이 많은 대중교통을 어떻게 이용하겠다는 건지 희재는 도통 알 수가 없었다.

"내가 그랬잖아. 발 닿는 대로 가는 여행이라고. 너도 동의한 거 아니었어?"

"나는 계획 없이 가는 여행이라는 줄로만 알았지. 차 없이 간다는 얘기는 안 했잖아."

두 사람은 거기서 대화를 멈추었다. 당황스런 표정으로 제 이마를 매만지던 인하가 애써 침착하게 말을 잇기 시작했다.

"미안해. 내가 제대로 설명을 못 했나 봐."

출발하기도 전부터 이 삐거덕거리는 소리는 뭐란 말인가. 희재는 억눌린 한숨을 내쉬며 물었다.

"그러니까 네 말은 지금부터 차 없이 이 짐을 메고 대중교통을 이용하자?"

"응. 원래 그럴 계획이었어."

희재는 갑작스런 난관에 망치로 머리를 한 대 맞은 것처럼 멍해졌다. 어제까지만 해도 나란히 손잡고 산책을 하고, 차창 사이로 들어오는 시원한 바람을 만끽하는 상상을 했다. 하지만 그것은 상상으로만 남겨질 것 같은 불길한 예감이 들었다.

"그런 소리 하는 애들, 내가 수십 명은 봤거든? 계획 짜서 편하게 다녀오는 게 안전한데 왜 굳이……."

문득 머릿속에 효주의 말이 떠올랐다. 정말 그녀가 우려하
던 일이 일어나면 어쩌나 하는 불안감에 그에게 화를 내거나
따질 수가 없었다.

"그래. 알겠어. 가자."

희재는 낮게 가라앉은 목소리로 의연하게 대답하며 발걸
음을 옮겼다. 머리를 긁적이며 희재의 뒤를 따라나서던 인하
는 안 되겠다 싶은 마음에 걸음을 재촉해 그녀의 옆에 섰다.

"차 끌고 갈까?"

"됐거든. 원래 계획대로 가 봅시다. 어디."

"화난 거야?"

"화 안 났는데? 걸을 생각하니까 기분이 너무 좋은데? 아,
너무 좋다. 날씨도 맑은 것이 걷기 딱이네."

그녀의 모습에 인하는 속절없이 웃기만 했다.

그래, 까짓 거 가 보자. 걸어가는 게 뭐 그리 대수라고. 그렇
게 생각하며 희재는 힘차게 걸음을 옮겼다. 하지만 그때 인하
의 제안을 받아들였어야 했다는 것을, 그녀는 서너 시간 후에
뼈저리게 느꼈다.

"여기가 어디야?"

시외버스에 몸을 싣고 달리던 두 사람은 아무 생각 없이 벨을 누르고 내렸다. 내리자마자 느껴지는 후덥지근한 공기에 희재는 미간을 찌푸렸다.

"글쎄, 그런데 너 배고프다며."

"응. 배고파. 설레서 아침밥이 잘 안 들어가더라고."

그리고 지금은 그 설렘이 잔뜩 무너져 버렸지. 희재는 무거운 배낭을 고쳐 메며 한숨을 푹 내쉬었다.

"근처에 식당이 있을 거야."

인하는 주변을 두리번거리다 희재를 향해 손을 내밀었다. 그녀는 잠시 망설이는 듯하더니 살짝 삐죽거리는 입을 뒤로한 채 그의 손을 맞잡았다.

차를 끌고 가든, 대중교통을 이용하든 그게 무슨 상관이야. 이렇게 인하가 옆에 있는데. 한결 기분이 풀린 희재는 미소를 지으며 맞잡은 손을 앞뒤로 흔들었다.

"이렇게 걸으니까 예전에 연습실 가던 거 생각난다. 맨날 이렇게 손잡고 갔었잖아."

"그러게. 그게 벌써 10년 가까이 됐지?"

"진짜 오래됐네."

"진짜 오래됐지."

같은 말을 주고받은 희재와 인하는 서로를 바라보며 싱긋 웃었다. 그때 그 시절을 떠올리자 어깨를 짓누르던 배낭이

가벼운 기타 가방으로 바뀐 것만 같았다. 마치 예전으로 돌아간 것만 같아 그녀의 가슴에 설렘이 가득해졌다.

"큰일이다. 희재야."

"응, 왜?"

한참 추억에 빠져 허우적거리고 있는데 인하가 당황스러움이 가득 담긴 목소리로 말했다. 그제야 정신을 차리고 앞을 바라본 희재는 자신의 눈을 의심했다.

눈앞에 보이는 것이라곤 끝이 보이지 않을 정도로 길게 늘어선 밭뿐이었다.

"뭐야, 여기 대체 어디야?"

사방을 두리번거려도 산봉우리만 보일 뿐, 건물이라곤 하나도 없었다.

"우리…… 아무래도 버스에서 잘못 내린 거 같다."

인하는 멋쩍게 웃었다. 이 허한 벌판에서 대체 어디로 가야 한단 말인가.

"계속 걸어가 볼래?"

"무작정 걷자고? 끝이 안 보이는데?"

"그래도 가다 보면 새로운 길이 나오지 않을까?"

"아니야, 그건 아닌 거 같아. 저 끝까지 건물이 하나도 안 보이잖아. 차라리 정류장으로 돌아가서 다음 버스 기다리자, 응?"

희재의 만류에도 인하는 제 말을 고집했다. 한번 고집을 피우면 황소고집과 맞먹는 인하였기에 아무리 희재라도 그를 막을 수는 없었다.

어느덧 중천에 뜬 해는 그들의 정수리를 뜨겁게 태우고 있었다. 햇볕을 피할 그늘이라도 있으면 걷는 게 수월할 텐데 주변은 오로지 밭뿐이었다.

"더워."

"덥네."

햇볕은 두 사람을 태워 죽이려는 생각인지 맹렬하게 내리쬤다. 챙이 넓은 모자와 선글라스로도 무더위는 이길 수 없었다.

이런저런 한탄을 차마 입 밖에 꺼내지 못하고 속으로 곱씹고 있던 그때, 희재의 배에서 우렁차게 울리는 꼬르륵 소리에 두 사람의 발걸음이 우뚝 멈췄다.

"많이 배고파?"

희재가 대답 대신 고개를 끄덕였다. 가방을 내려놓고 무언가 찾기 시작한 인하는 비상식량으로 가져온 초코바 다섯 개를 그녀의 손에 쥐어 주었다.

"이거 먹으면서 여기 있어 봐. 근처에 먹을 거 파는 데 없나 찾아보고 올게."

"나 혼자 여기 있으라고?"

"그럼 같이 걸을 거야?"

희재는 인하의 물음에 선뜻 대답하지 못했다. 그러자 그가 애정 어린 웃음을 지으며 그녀의 머리를 가볍게 톡톡 쳤다.

"여기 있어. 해도 곧 떨어질 테니까 덜 더울 거야. 금방 올게."

그녀는 뒤돌아 멀어지는 인하를 물끄러미 바라보았다. 마음 같아선 따라가고 싶었다. 하지만 배고프고 지쳐 버려 한 발자국도 움직일 힘이 남아 있지 않았다. 초코바를 오물거리던 희재는 어느새 점이 되어 버린 그에게서 시선을 떼고 고개를 푹 숙였다.

'고작 첫날인데도 이렇게 힘든데 대체 일주일을 어떻게 버티지?'

"인하가 차 타고 갈 거냐고 물을 때 그러자고 할걸."

뒤늦게 밀려오는 후회에 희재는 입술을 삐죽거리며 두 번째 초코바를 입에 넣었다.

얼마 지나지 않아 그의 말대로 해가 떨어지기 시작했다. 내리쬐던 햇볕이 사라지니 더위는 조금 가셨지만, 문제는 하늘이 어두컴컴해지고 있다는 것이었다.

벌써 인하가 사라진 지 네 시간이나 흘렀지만 그동안 사람 하나 지나가지 않았다.

"정류장에 다시 갈 걸 그랬어. 아, 핸드폰은 왜 두고 가자고 해서 연락도 안 되고……."

여러 가지 후회들이 밀려들었다. 제 머리를 쥐어뜯던 희재
는 뒤에서 부스럭거리는 소리가 들려오자 순간 행동을 멈췄
다.

뭐지, 야생동물인가?

희재는 조심스럽게 고개를 돌려 뒤를 바라보았다. 하지만
아무것도 보이지 않았다. 그저 무겁게 내려앉은 어둠만이 시
야을 가득 채우고 있었다. 그때, 옆에서 또다시 부스럭거리
는 소리가 났다.

그녀는 얼른 가방을 어깨에 메고 자리에서 벌떡 일어섰다.
그리고는 인하가 사라졌던 방향으로 걸어가기 시작했다. 길
만 잘 따라가면 분명 돌아오는 인하와 마주칠 수 있을 것이
라는 생각에 걸음을 재촉하는데 뒤에서 누군가가 따라오는
소리가 계속 들려왔다. 간담이 서늘해졌다.

어둠 속에서 인하를 찾으려고 애를 쓰며 희재는 뛰다시피
걷기 시작했다. 그때, 갑자기 뒤에서 부아앙거리는 시끄러운
소리가 들려오자 놀란 그녀는 소리를 지르며 자리에 풀썩 주
저앉아 버렸다.

"희재야!"

희재는 인하의 목소리에 눈물이 그렁그렁 맺힌 눈으로 고
개를 들었다. 그리고 하얀빛과 함께 보이는 그의 모습을 보

자마자 울먹이며 소리쳤다.

"왜 이제 와, 나쁜 놈아!"

안심이 되자 쉴 새 없이 눈물이 쏟아졌다. 인하는 이런저런 말로 다독여 줬지만 그녀의 귀에는 아무런 말도 들리지 않았다.

"일단 일어나 봐."

"몰라. 나쁜 놈아. 여기서 얼마나 기다렸는지 알아? 핸드폰도 없지, 갈수록 캄캄해지지, 자꾸 부스럭거리는 소리가 나지. 진짜 무서워 죽는 줄 알았다고!"

"알았어. 알았으니까 일단 진정하고……."

인하가 팔을 잡고 희재를 자리에서 일으켜 주려던 찰나였다. 뒤에서 클랙슨 소리가 들렸다. 두 사람은 소리가 나는 곳으로 고개를 돌렸다. 얼마 떨어지지 않은 곳에 큰 트럭이 세워져 있었다. 열린 창밖으로 누군가가 손을 흔들며 소리쳤다.

"근처 마을까지 태워다 드릴까요?"

그 말에 희재가 눈물을 뚝 멈췄다. 훌쩍이며 인하에게로 시선을 돌린 그녀는 그제야 입가에 작은 미소를 지었다.

두 사람을 가까운 마을에 내려 준 트럭 기사는 작은 민박집도 소개해 주었다. 온통 땀범벅이 되어 있던 터라 두 사람은 간단하게 샤워를 끝낸 뒤에야 편하게 방에 들어설 수 있었다.

"차린 것은 없지만 많이들 들어요."

민박집 아주머니가 가져온 저녁상에 희재의 얼굴에 환한 웃음꽃이 피었다. 며칠 굶은 사람처럼 허겁지겁 된장찌개에 밥을 말아 먹는 그녀를 보며 아주머니가 허허 웃었다.

"어이구, 새댁이 참 복스럽게 먹네."

새댁? 생각지도 못한 말에 놀란 희재는 당황스러운 시선으로 아주머니를 바라보았다. 그러자 자신이 말실수라도 한 건가 싶어 민박집 아주머니가 어색한 미소를 지었다.

"둘이 애인 사이 아닌가?"

"네, 곧 결혼할 사이예요. 새댁이란 말이 좀 어색해서……."

새댁이라. 그러고 보니 곧 인하와 결혼을 하면 자신도 한 남자의 어엿한 부인이 된다. 프러포즈를 받고 결혼식을 준비하는 동안에도 딱히 달라진 것을 못 느꼈는데 '새댁'이라는 말에 낯간지러움과 어색함이 밀려들었다.

10여분 만에 밥을 후딱 해치운 희재는 인하의 무릎에 누워 담담하게 물었다.

"너 왜 이렇게 늦은 거야?"

"가도 가도 아무것도 없더라고. 그냥 돌아갈까 생각했는데 뭐라도 사 가야 할 것 같아서 계속 걸었지."

"그래서 사 온 게 뭔데?"

"작은 동네 슈퍼에서 과자랑 라면 사 왔어."

구석에 던져 놓은 검은색 비닐 봉투에서 이것저것을 꺼내며 그가 말했다. 이것을 사 오기 위해 무작정 걸었을 인하를 상상하니 희재는 어쩐지 조금 미안한 마음이 들었다.

"그냥 너 보내지 말걸. 어차피 트럭 아저씨 만나서 편하게 올 거였으면."

"그러게. 아니면 출발할 때 먹을 것 좀 잔뜩 사 가지고 오는 건데."

"맞아. 달랑 초코바 다섯 개가 뭐냐. 다섯 개가."

"넌 그런 것도 준비 안 했잖아."

"이런 산골짜기로 올 줄 누가 알았냐고. 난 차 타고 다니면서 배고프면 근처 식당에서 밥 먹고, 바다 보고 이럴 줄 알았단 말이야."

오리처럼 삐죽 나온 입으로 툴툴거리는 모습에 인하는 희재의 머리를 쓰다듬으며 너그러운 목소리로 말했다.

"그러게 차 가지고 갈까 물었을 때 왜 괜한 고집을 피웠어."

"이 정도로 힘들 줄 누가 알았나……."

"그래도 스릴 있지 않았어?"

"스릴은 무슨 얼어 죽을! 내일부터는 제대로 길 물어서 갈 거야. 민박집 아주머니한테 관광지 물어서!"

"알겠어. 얼른 자자. 나 오늘 너무 걸어서 피곤해."

인하는 길게 하품을 늘어트렸다. 며칠 내내 잠도 못 자고 일하느라 피곤했을 텐데 거기다 그렇게 걸었으니 피곤할 만도 했다.

그녀는 몸을 일으켜 안쓰럽게 그를 쳐다보다 이내 무심한 말투로 물었다.

"다리 주물러 줘?"

그 말에 인하는 다소 놀란 듯 희재를 바라보았다. 그리곤 작게 웃음을 터트리며 대답했다.

"웬일이야? 천하의 정희재가 내 다리를 주물러 주겠다고 하고."

"엎드려 봐."

"왜 그래, 갑자기? 내가 뭐 잘못했어?"

"아, 진짜 잘해 주려고 해도 거부하네. 해 주지 마?"

"아니, 아니야. 해 줘."

희재가 다시 말을 바꿀까 싶어 인하는 얼른 엎드려 누웠다. 그녀는 친절하게 베개 하나를 들어 그의 머리맡에 놓아 주고는 다리를 조심스럽게 주무르기 시작했다.

"시원해?"

"어. 시원한데 좀……."

"좀, 뭐."

"간지러워."

킥킥 웃음을 내뱉은 인하가 온몸을 말았다. 진지하게 주물러 주고 있는데 그가 장난스럽게 굴자 인상을 쓴 희재가 다리를 세게 내려쳤다. 그러자 그가 얼른 몸을 일으켰다.

"야, 아파."

"간지러우시다면서요. 이제 안 간지럽게 해 드릴게. 이리와 봐."

희재가 손가락뼈를 우둑우둑 꺾으며 무섭게 다가오자 인하는 뒷걸음질을 쳤다. 하지만 얼마 가지 못해 코너로 몰린그는 안 되겠다 싶은 마음에 재빠르게 그녀의 손목을 낚아챘다.

"야, 이거 안 놔?"

"어디 빠져나올 수 있음 빠져나와 봐."

"힘으로 제압하시겠다?"

헛웃음을 내뱉던 희재는 갑작스럽게 인하의 입술에 진하게 입을 맞추었다. 놀란 그는 자신도 모르게 손아귀에 힘을 풀었고, 이때다 싶은 그녀가 그의 겨드랑이를 간질이기 시작했다.

"아, 야!"

"힘이 이기는지, 간지럼이 이기는지 한번 해 볼래?"

유난히 간지럼에 약한 인하라는 걸 진작 알고 있었기에 그녀는 개구진 웃음을 지으며 그의 배 위에 올라탔다. 바닥에 누워 고통스러워하던 그가 두 손을 번쩍 들었다.

"항복할게. 제발 겨드랑이는 건드리지 마라. 응? 못 참겠다고, 진짜."

"그러게 왜 덤비고 그래?"

희재는 사악한 웃음을 지으며 손을 멈추지 않았다. 살려 달라 목 놓아 외치는 인하의 말에 밖에서 걸쭉한 중년 남자의 목소리가 들려왔다.

"거참, 젊은이들! 저녁에 너무 시끄러운 거 아냐? 잠 좀 자자!"

놀란 두 사람은 행동을 멈추고 방문을 바라보았다. 아무래도 민박집 아주머니의 남편분 같았다.

"아휴, 젊은이들 노는데 왜 그래요. 그냥 둬요."

아주머니의 목소리에 두 사람은 꿀 먹은 벙어리마냥 입을 다물었다.

"이게 다 너 때문이잖아."

"네가 간질이지만 않았어도 이런 일 없었거든?"

"그래서 다 내 탓이라는 거야?"

희재가 눈을 가늘게 뜨며 손가락을 세우자 인하는 재빨리 고개를 좌우로 흔들었다. 그리곤 피곤해서 이만 자야겠다고 화제를 돌리며 이불을 펴기 시작했다.

❖   ❖   ❖

이른 아침, 닭 우는 소리에 먼저 눈을 뜬 건 인하였다. 제품 안에서 곤히 잠든 희재를 보며 잔잔한 미소를 짓던 그는 그녀가 깨지 않게 조심스레 방문을 열고 나왔다.

어젯밤에는 짙게 어둠이 깔린 터라 보이지 않았던 소박한 풍경들이 눈앞에 그려졌다. 한산하고 적요한 마을은 이른 시간임에도 집집마다 아침을 준비하는지 맛있는 냄새가 사방에서 풍겼다.

인하는 여유로운 걸음으로 마을을 한 바퀴 돌았다. 아침 준비를 마친 아주머니가 산책을 다녀온 그에게 상을 내밀었다.

"젊은 양반이 엄청 일찍 일어나셨네. 아침이에요. 처자 깨워서 먹도록 해요."

"감사합니다."

인하는 아침상을 받아 들고 방으로 들어섰다. 그 소리에 자고 있던 희재가 기지개를 쭉 펴며 자리에서 벌떡 일어났다.

"아, 향긋한 밥 냄새."

"누가 밥 귀신 아니랄까 봐."

희재는 바짝 상 앞으로 다가와 숟가락을 들어 감자국을 한 술 떴다. 은은하게 입안을 감도는 감칠맛에 입가에 환한 미소가 지어졌다.

"우리 민박집 하난 기가 막히게 고른 거 같아. 밥맛 최고야."

엄지를 번쩍 들고 말하는 희재의 모습에 인하는 못 말리겠다는 듯 핏 웃었다.

아침을 다 먹은 희재는 부엌으로 가 아침상을 설거지했다. 아주머니는 안 해도 된다며 손사래를 쳤지만, 그녀는 꼼짝하지 않았다. 결국 두 사람은 나란히 앉아 설거지를 마쳤다.

부엌을 나온 희재는 주인아저씨의 말을 열심히 받아 적고 있는 인하를 발견했다.

"뭐해?"

"이 주변에 경치 좋은 대나무 숲이 있다고 해서, 아저씨한테 길 물어보는 중이었어."

"잘 알아들은 거여? 길이 좀 어려운데……."

영 미덥지 않은 표정의 주인아저씨를 향해 인하는 고개를 끄덕였다.

하지만 아저씨보다 더 의심스러운 시선을 보내는 이는 바로 옆에 서 있는 희재였다. 유난히 길 찾는 것에 약한 그라는 것을 잘 알고 있었기 때문이다.

"아저씨, 저한테도 한 번 더 설명해 주시면 안 돼요?"

"걱정 마. 내가 잘 알아들었어."

빼곡하게 글자가 적힌 메모지를 흔들어 보이며 인하가 해맑게 웃어 보였다. 그래도 그가 못미더워 설명을 요구했지만 그는 억지로 그녀를 방으로 밀어 넣었다.

"내가 한 번 더 듣는 게 안전하잖아. 너 그러다 길 못 찾으면 어쩌려고 그래?"

"걱정 마. 잘 찾아갈 수 있다니까?"

"퍽이나 그러겠다. 너 고3 때 기억 안 나?"

"그게 언제 적 일인데 그래."

허탈하게 웃은 희재는 그날의 기억을 떠올리기 시작했다. 제주도 수학여행 둘째 날이었다. 두세 명씩 짝을 지어 세 시간 동안 자유롭게 돌아다녀도 된다는 담임의 허락이 떨어졌다.

인하와 희재, 그리고 효주는 한 조가 되어 움직였다. 그때까지만 해도 그가 엄청난 길치라는 것을 몰랐던 희재와 효주는 머리가 좋은 그에게 지도를 맡겼었다. 하지만 그것이 아주 잘못된 생각이었다는 걸 두어 시간이 지나고 나서야 깨닫게 되었다.

"여기…… 어디야?"

"이상하다. 지도대로 왔는데."

낯선 길로 접어든 세 사람은 결국 세 시간 안에 담임의 곁으로 돌아가지 못했다. 간신히 지나가던 사람을 붙잡아 길을 물으며 저녁 식사 시간이 훌쩍 지나서야 숙소로 돌아올 수 있었다.

"걱정 마. 나만 믿으라니까."

대체 저 근거 없는 자신감은 어디서 나오는 것일까? 희재는 진지하게 대꾸하는 인하의 표정에 차마 대놓고 웃진 못했다.

민박집을 나오면서 아저씨에게 몰래 설명을 들으려던 그녀는 결국 그에게 들켜 아무것도 듣지 못하고 길을 나서게 됐다.

"번거롭게 뭐하러 그래. 아저씨도 귀찮으실 거야."

아우, 저 똥고집. 희재는 인하를 보며 연신 불안한 표정을 지었지만 그는 개의치 않아 했다.

그녀는 그의 손에 이끌려 산 입구에 들어섰다. 다행히도 그곳엔 많은 관광객들이 지나다니고 있었다. 사람들만 따라간다면 문제없을 거라 생각한 지 한 시간 정도 흘렀을 때, 슬슬 무언가가 잘못되었다는 느낌이 들었다.

맨질맨질했던 산길은 어느새 마른 낙엽에 덮여 더 이상 길을 알아볼 수 없었고, 간간이 보이던 사람들은 시야에서 사라진 지 오래였다.

"이상하다. 이 길이 맞는데……."

인하는 머리를 긁적이며 주위를 두리번거렸다. 허랑한 산
속엔 바람만이 거세게 불고 있었다. 어제와 다르게 햇볕도
내리쬐지 않았다. 희재는 미간을 찌푸리며 하늘을 바라보았
다. 검은 구름이 밀려오는 것 같았다.

"인하야, 비 올 거 같아."

"뭐?"

낮게 가라앉은 목소리에 인하도 고개를 들어 하늘을 바라
보았다. 그리고 뚝, 그의 이마 위로 빗방울이 떨어졌다. 그것
을 시작으로 비가 우두둑 쏟아지기 시작했다. 곧 비를 피할
만한 나무를 발견한 두 사람은 몸을 숨겼지만 이미 쫄딱 젖
은 상태였다.

한숨이 푹 터져 나왔다. 희재는 입술을 깨물고 원망스런
시선으로 그를 노려보았다.

"그래서 내가 아저씨한테 설명 듣겠다고 했잖아. 못 찾을
거면서 왜 고집을 피우고 그래?"

짜증이 묻어나는 어투에 인하는 말없이 고개를 돌려 자신
이 적은 약도를 봤다. 답답한 그 모습에 그녀는 냉정히 시선
을 돌렸다. 냉랭한 적막이 감돌기 시작한 지 얼마 되지 않아,
비가 조금씩 잦아들기 시작했다.

"저쪽으로 조금만 가면 금방……."

"됐어. 안 가. 왔던 길로 돌아갈래."

성큼성큼 내리막길로 향하는 희재를 보며 인하는 억눌린 한숨을 내쉬었다.

"야, 정희재. 금방 도착한다니까?"

인하의 목소리에도 조금씩 짜증이 어리기 시작했다. 그 말에 잠시 걸음을 멈췄던 희재였지만 이내 아랑곳하지 않은 채 앞으로 걸어갔다.

"정희재. 멈춰 봐 봐. 진짜 거의 다 왔다니까?"

희재의 뒤를 따르던 인하는 그녀의 손목을 낚아채 걸음을 멈추게 했다. 그녀는 원망이 가득한 시선을 그에게 보냈다.

"진짜야, 이번엔. 진짜 조금만 더 가면 돼. 그리고 비 와서 내리막길 미끄러워. 이렇게 내려가다간……."

"야. 서인하."

"……."

"너 가끔 말도 안 되는 고집부릴 때마다 내가 정말 많이 참고 있다는 거 알고 있어?"

"희재야."

"언제까지 네 고집을 들어줘야 하는 건데, 어?"

잡힌 손을 억지로 떼어 내며 다시 걸음을 옮기던 그녀는 순간 비에 젖은 나뭇잎에 발이 미끄러지고 말았다.

외마디 비명과 함께 몸이 순식간에 내리막길 밑으로 굴러 떨어졌다.

"희재야, 괜찮아?"

눈을 꼭 감고 있던 희재가 인하의 물음에 천천히 눈을 떴다. 인하가 몸을 던져 저를 감싸고 뒹군 듯했다. 그의 품속에 있었는데도 나뭇가지에 긁힌 건지 희재의 뺨에서 피가 흘렀다.

"내가 내려가지 말라고 했잖아. 비 와서 미끄러운데 거길 무턱대고 가면 어떡해?"

몸에 묻은 나뭇잎과 흙을 손수건으로 대충 털어 내며 인하가 신경질적으로 말하자 그의 손을 내친 희재가 자리에서 일어서기 위해 몸을 일으켰다. 하지만 시큰시큰한 발목에 다시 자리에 주저앉고 말았다.

"삔 거야? 어디 봐 봐."

"됐어. 신경 쓰지 마."

"어떻게 신경을 안 써."

인하가 희재의 신발과 양말을 벗겼다. 그리고 조심스럽게 발목을 건드리자 그녀가 미간을 찌푸리며 입술을 꾹 깨물었다.

"많이 아파?"

고개를 푹 숙인 희재는 아무런 대답도 하지 않았다. 그저 인하를 믿고 따라온 제 자신에게 화가 나 미쳐 버릴 것 같았다.

배낭을 앞으로 멘 그가 등을 보이며 말했다.

"일단 업혀. 내려가자."

자신의 말에도 망부석마냥 가만히 있는 그녀를 보고 그는 손으로 제 눈두덩이를 힘주어 눌렀다.

"계속 이러고 있을 거야? 얼른 내려가자며."

희재는 체념한 듯 낮게 깔린 그의 목소리에 눈물을 왈칵 쏟았다. 입술을 깨물며 참아 보려 했지만 한번 터진 눈물은 쉬이 멈춰지지 않았다.

"희재야, 내려가서 얘기하자. 여기부터 내려간 다음에……."

인하는 희재를 마주 보고 앉아 달래듯 팔을 잡았다. 그녀는 그제야 고개를 들어 그를 바라보았다. 눈물이 잔뜩 고인 시선에 그는 당혹스런 얼굴을 감추지 못했다.

"울어?"

놀란 인하가 눈물을 닦아 주려고 손을 뻗었지만 그녀는 거칠게 그 손을 밀어냈다.

"희재야."

"손대지 마. 지금 너 보고 있는 것도 짜증 나니까."

여행을 떠난 지 이틀밖에 되지 않았는데 모든 게 엉망진창이었다.

이틀도 같이 지내기 힘든데 과연 우리가 결혼을 해서 잘 살 수 있을까? 그런 의문과 함께 부정적인 생각이 그녀의 머릿속을 맴돌았다.

너무 성급하게 내린 결정인 것 같았다. 아무리 같이한 세월이 길더라도, 인하를 다시 만난 건 고작 몇 개월밖에 되지 않았다는 것을 잊고 있었다.

그저 열일곱 살 때부터 쭉 함께했다고 여겼기에 서로에 대해 잘 알고 있다고 자만했었다.

"인하야."

역시 효주의 말을 들었어야 했던 걸까?

"우리…… 결혼 다시 생각해 보자."

아니, 어쩌면 지금이라도 이 사실을 알아챈 게 다행일지도 모르겠다. 결혼식을 올린 후 서로에 대해 이해력이 부족했다는 것을 깨닫게 되면 더 안 좋은 결과가 일어났을 테니까.

인하는 갑작스런 희재의 말에 아무 대답도 하지 않은 채 덤덤히 그녀를 바라봤다.

"거기 젊은이들! 괜찮아?"

그때, 중년 남성의 목소리가 들려왔다. 고개를 돌린 두 사람의 시선에 자신들 쪽으로 다가오는 남자가 들어왔다.

40대로 보이는 중년 남자는 근처 오두막집에 사는 부모님을 뵈러 가는 중이었고, 희재는 남자와 인하에게 부축을 받아 그곳으로 향했다. 오두막집에 도착해 문을 열고 들어가자 노부부가 그들을 맞이했다.

"어머, 아들. 연락도 없이 워쩐 일이여."

인기척에 한걸음에 달려온 할머니는 곁에 서 있는 낯선 여자와 남자의 모습에 조금 놀란 표정을 지었다. 전쟁이라도 나갔다 온 사람들처럼 온통 진흙투성이였기 때문이다.

"어머니. 저기 밑에서 여자분이 굴렀나 봐요. 좀 봐 주실래요?"

"어이구, 우째. 다리를 삔 거여?"

희재를 부축해 작은 방으로 들어간 할머니는 그녀의 발목을 살폈다.

"다행히 뼈에는 이상이 없고 약간 놀란 것 같네. 잠깐만 여기 있어 봐요."

할머니가 방을 나서자 혼자 남은 그녀는 주변을 두리번거렸다. 선반에 즐비한 나무로 깎은 장식품들로 인해 방 안엔 향긋한 나무 냄새가 가득했다. 덕분에 마음이 진정되는 것 같았다.

얼마 지나지 않아 따뜻한 물을 받은 대야를 들고 할머니가 다시 방으로 들어섰다. 그리곤 희재의 삔 발을 잡아 조심스레 대야에 담갔다.

"제가 할게요. 할머니."

"가만히 있어 봐요. 여기까지 오느라 힘들었을 텐데 시원하게 해 줄게."

할머니가 능숙하게 희재의 발을 마사지하기 시작했다.

"바깥양반이 잘 다치고 와서 이런 것에 능숙해졌어."

"아하……."

"그런데 같이 온 젊은 남자는 남편인가?"

"아직은 사귀고 있는 사이예요."

"아, 곧 결혼할 예정이구만."

희재는 결혼이란 말에 씁쓸하게 웃었다. 순간 화가 나 내뱉어 버린 말이 떠올랐기 때문이다.

"아이고, 얼굴도 까졌네. 이리 와 봐요. 약 발라 줄게."

할머니는 조심스러운 손길로 상처에 약을 발라 주었다. 따끔한 아픔에 그녀는 자신도 모르게 인상을 찌푸렸고, 그 모습이 그저 귀여운지 할머니는 호호 웃음을 내지었다.

"여기까지 오느라 힘들었겠어요. 둘이 여행 온 거야?"

"네. 배낭여행 왔어요."

"오늘이 며칠째?"

"이틀째예요. 앞으로 5일은 더 돌아다녀야 하는데……."

희재는 5일 동안 인하와 여행을 다닐 생각에 절로 한숨을 쉬었다. 그런 마음을 알아챘는지 할머니가 그녀의 어깨를 쓰다듬으며 말했다.

"원래 사람 마음 맞추는 게 제일 힘든 거야. 상황이 힘들면 힘들수록 더 어려워지지. 나도 바깥양반이랑 더 이상 못살겠다 생각한 적이 몇 번 있었거든. 그런데 막상 생각해 보면 이 사람만큼 날 위해 주는 사람이 또 있을까 싶기도 하고. 원래 사람 마음이란 게 이랬다저랬다 하잖아요?"

"……."

"그러니까 조금 마음이 안 맞아도 이해해 줘. 각자 생각이 다른데 어떻게 모든 게 다 맞을 수 있겠어. 그냥 이 사람이 날많이 생각해 주는구나, 싶으면 같이 사는 거야. 그런 사람 만나기도 쉽지 않아."

마치 모든 상황을 다 알고 있다는 듯 할머니가 위로의 말을 던졌다.

"그런데 아가씨 남자 친구는 안 다쳤나? 아까 보니 흙투성이던데."

자리에서 일어난 할머니가 방을 나서자 희재도 절뚝거리며 뒤를 따랐다.

밖에서 세수를 하고 있던 인하는 희재가 나오는 모습에 얼른 그녀에게 다가갔다.

"다리는 괜찮아?"

희재는 대답 대신 무심히 고개를 끄덕였다. 다가온 할머니가 이리저리 인하의 몸을 살피다 그의 등과 어깨를 손으로 툭툭 만졌다. 그러자 그가 작게 신음을 내뱉었다.

"이럴 줄 알았어. 이리 들어와요. 냉찜질해 줄 테니."

인하는 의아한 표정으로 방으로 들어서는 할머니의 뒷모습을 바라보다 애써 아무 일도 아닌 척 희재를 향해 웃어 보였다.

"그렇게 대단한 거 아니야. 아까 구를 때 나무에 살짝 부딪히는 바람에……."

희재는 인하의 말을 끝까지 듣지도 않고 그의 상의를 뒤로 젖혔다. 그가 재빨리 그녀의 손길을 막으려 했지만 이미 등에 시퍼렇게 든 멍을 본 후였다.

"진짜 괜찮다니까. 생긴 것만 이렇지 아프진……."

희재는 의연한 척 넘어가려 하는 인하의 손을 잡고 방으로 향했다. 그리곤 그의 상의를 거칠게 벗겼다. 냉찜질할 수건과 얼음물을 가져온 할머니가 그 모습을 보고 놀라 탄성을 질렀다.

"아이고, 멍이 심하네."

"할머니, 제가 할게요."

"그럴래요? 하긴, 남의 남자 벗은 몸 만지는 것도 예의는 아니지."

할머니가 농담을 던지며 방문을 닫고 나서자 방 안에 남은 두 사람 사이에 무거운 침묵이 맴돌았다. 레이저라도 나올 것 같은 그녀의 따가운 시선에 그는 멋쩍은 듯 **뺨**을 긁적였다.

"뒤돌아봐."

무서운 명령조에 인하가 지체 없이 뒤를 돌아앉았다. 멍투성이인 그의 등을 보며 희재는 한숨을 푹 내쉬었다.

"하여튼 넌 무모하고, 고집 세고, 정말 나쁜 놈이야."

"내가 무모하고, 고집 센 건 어느 정도 인정하는데, 나쁜 놈이란 말은 인정 못 하겠는데?"

"넌 이 와중에도 장난이 치고 싶어?"

"장난이 아니라 난 진짜 나쁜 놈이 아니니까 말하는 거야."

피식 웃는 인하를 보며 희재도 싱겁게 웃음을 내지었다. 그녀는 얼음물에 담갔다 뺀 차가운 수건을 그의 어깨에 가져가 댔다.

"아, 차거……."

"많이 아파?"

"하나도 안 아프다니까."

그의 대답에 희재가 입술을 삐죽이며 멍이 든 곳을 살짝 눌렀다. 그러자 그가 몸을 움찔거리며 신음을 내뱉었다.

"이래도 안 아프다고 자꾸 거짓말할래?"

버럭 화를 내는 소리에 인하는 말없이 유들유들한 미소만

지었다. 조심스러운 손길로 냉찜질을 하던 희재가 작은 목소리로 중얼거렸다.

"미안해."

"뭐가?"

"아까 한 말 말이야."

"아……."

"내가 생각한 대로 진행되지 않으니까 조금 화가 났어."

"괜찮아. 이해해. 신경 쓰지 마."

인하는 몸을 돌려 희재와 마주 보고 앉았다. 그리곤 부드럽게 그녀의 머리칼을 쓸어내리며 입술에 조심스레 입을 맞추었다.

그의 숨결에 그녀는 작게 웃음을 지었다. 희재를 따라 미소를 지은 그는 그녀를 제 품에 꼭 껴안았다.

"대나무 숲? 여기 바로 위잖아."

할아버지가 나무 막대기로 오두막집 위를 가리켰다. 인하의 말대로 대나무 숲은 아주 가까운 데 있었다.

두 사람은 다시 길을 떠날 준비를 하고 오두막 위로 걸음을 옮겼다.

몇십 미터 가지 않아 두 사람의 눈앞에 멋진 대나무 숲이 펼쳐졌다. 곧게 뻗은 대나무 사이로 들어오는 햇빛이 매우 눈부셨다.

"우와, 멋지다."

"그러게 진짜 멋지네."

환한 미소를 짓던 두 사람은 서로를 바라보곤 멋쩍은 표정을 지었다.

몇 시간 전까지만 해도 냉랭했었는데 언제 그랬냐는 듯 손을 잡고 웃고 있는 게 신기할 따름이었다.

"계속…… 여행할 거야?"

조심스레 물어 오는 그의 질문에 그녀는 망설임 없이 고개를 끄덕였다.

"당연하지. 이대로 돌아가면 효주가 엄청 놀릴 거야."

"그럴 줄 알았다고 잔소리해 대겠지?"

"응. 그러고도 남을 애니까."

두 사람은 킥킥 웃음을 내뱉으며 여유롭게 대나무 숲을 관망했다. 분명 몇 시간 후면 집으로 돌아가지 않은 것을 후회할지도 모른다.

하지만 희재는 자신만 위해 주는 인하가 곁에 있다면 오늘도, 내일도 앞으로 나아갈 것이라고 생각했다.

"고마워. 인하야."

"뜬금없이 왜?"

"그냥! 내 옆에 있어 줘서 고맙다고."

희재가 장난치듯 귀에 대고 소리치자 그가 작게 웃음을 내뱉었다. 그리곤 앞으로 평생 놓지 않을 그녀의 손을 꽉 움켜쥐었다.

—The End